# 一个人的桥

包临轩　著

江苏凤凰文艺出版社
JIANGSU PHOENIX LITERATURE AND
ART PUBLISHING

目 录 Contents

001 / 鸽 群
005 / 月牙街
011 / 晨 雾
016 / 寻 村
022 / 雪 人
027 / 光 轮
031 / 铁路公园
036 / 雪 村
042 / 逆 光
048 / 一个人的桥
055 / 父爱苍茫
062 / 雪 豹
068 / 兆麟，兆麟
074 / 未完成的画
080 / 穿越小兴安岭
088 / 无人岛

目　录　Contents

094 | 夕照书店
100 | 彩虹是怎样升起的
106 | 虎图腾
113 | 低　回
118 | 师妹的哈夏
124 | 静音区
130 | 遇嫦娥
142 | 门前的一棵树
149 | 大剧院
158 | 遍地葵花
165 | 善　意
172 | 平原上的森林
179 | 夜里的红日
188 | 出走与返回
196 | 落日酒馆
203 | 飞　翔

210 | 咳　嗽
217 | 一团雪
223 | 极寒里的暖
228 | 礼　花
235 | 缠　绕
242 | 亨　利
249 | 黄房子
256 | 哈尔滨郊外的晚上
266 | 县　城
275 | 服务区
282 | 王　子
289 | 断　水

294 | 后　记

# 鸽　群

养鸽人是一位中年男子，蹲在水泥地上，眼睛望着地面，一言不发。

面对数百只躺在地上莫名被毒死的鸽子，他已不再落泪，他的眼睛是干涩的。这样的事件，已不是第一次发生了。动机无法猜测，得罪谁了呢？有人非要吃鸽子肉？不当的喂食？都有可能，但是从未得到证实。

这些经常在教堂广场起起落落的鸽子，是广场风景的一部分。失去了鸽群的广场，总是少了些生气。

但是谁会留意这些呢？除了养鸽人，除了当地一两家媒体的零星报道，一切如常，激不起涟漪，更无法形成公共话题。可是我一直在心中默默地想着这些鸽子，每次从广场走过，都会想起。一些日子过去了，又有鸽子飞临这里，一大群游人又围拢上来。这些新来的鸽子，取代了原来的那些。在游人看来，风景如旧，仿佛这是同一群鸽子。然而，我为这些新来的鸽子捏把汗。

生生死死，寂灭与轮回，原本是世间法则，何况难逃这一宿命陷阱的是这些不足道哉的鸽子。但是，它们并非微不足道。鸽子，这个城市生灵的重要一员，城市上空飞翔的风景，是构成城市景观的灵性部分。

我记得一位女性作家把上海弄堂的灰黑色屋脊比喻成一排一排的鸽子，我当时就想，那是你们上海的灰鸽子，是无生气的“鸽子”，而我们的鸽子，白如雪，几乎可以和雪花融为一体。它的飞翔，它的起落，是人们视野里的重大事件，虽然，有的人尚未意识到这一点。

不止如此，鸽子在我的心目中，还是城市精神的一个微弱的象征。在钢铁水泥的巨大掩体里，在机动车堆积如山的大大小小的街区，这些偶然一见的、零星出现的鸽子，会带给我们一丝惊喜，和内心发出的一声轻叹。

在北方寒冷、孤寂的冬日的户外的空地上，鸽子是离人最近的精致的生灵，它是安静的。它觅食、啄食的动作是优雅和轻柔的，虽然其中包含着对人的些许距离感，和一点点防范之心，但是那份怯生生和犹豫，也分明隐含着与人亲近的愿望。这和灰色的麻雀似乎有着很大的不同，麻雀叽叽喳喳，欢呼雀跃，但你总会在不知不觉间忽略它们，成为你视而不见的牺牲品。但是鸽子，无论一只、两只，还是一群，你总会被它或它们深深地吸引，你无法轻易挪开自己的目光。

或许，鸽子是袖珍版的天鹅，虽然身躯娇小，却跳动着一颗堪与天鹅媲美的心。天鹅是很难见到的，它因罕见而成为传奇和神话。而鸽子，似乎在某种意义上成了天鹅的替代物，它比天鹅更令人亲近，更贴近实实在在的人生，在雾霾沉沉的混浊尘世，它给你带来的慰藉，令你可以忍受呼吸困难的日子。或许，鸽子就是远在天边的天鹅的使者和友伴，传递着与天鹅心脉相通的天堂之音。

惨遭屠戮的鸽子，凋零的羽毛漫舞于空中，直至消失于无。然而，还会有新来的鸽子，但是你无法准确地预测它们到来的时辰，除非你特意来到教堂广场这样的地方。

城市的高层住宅不是被称为鸽子笼吗？这真是一个贴切的说法。从比例来看，都市人的住宅，便是鸽子笼的放大，每个进进出出的人，就像鸽子，满世界游走觅食。但是人应该更羡慕鸽子，因为后者拥有一双随时可以打开的翅膀，只要愿意，它随时可以盘旋而起，浏览一个更加高远的世界。而双足陷于地面的你，只能向高处拼命地仰望，有时却什么也看不见。

鸽子，分明是眷恋人间的，所以它总是不会飞得太高、太远，它不会绝尘而去，在它的心目中，人类是它最依恋不舍的朋友。然而，在这座城市，却有人毒杀它，这一定令它迷惑不解，它至死也无法找到答案。

我联想到，那些追求纯粹的画家、音乐家和诗人，与城市的鸽群何其相似。当艺术家介入世界的时候，他的言说和表达方式，只能是温柔的，即使他有时采取了呐喊和激越的风格，但是他的心和底色，永远如鸽子般柔弱，如鸽子般明媚。我多么希望有更多的人，能够了解这一点。

当我看到广场边上的那一排坐在马扎上的街头画家时，鸽群就环绕在他们的周围，我觉得他们和它们是一体的，同是柔美的生灵，他们和它们交相辉映，构成了一个城市的精神生活最灵性、最直观的部分，闪耀着天使的光辉。

这些街头画家，每天与鸽群为伍。和鸽子一样，不知道从城市的哪一个角落飞出来，晚上，又将去哪一座小小的鸽子笼里栖身。我们看到的景象是他们带着马扎和画架，无声地出现在广场，静静地坐下来，他们的眼睛明亮而清澈，映照着早晨和每一个路过的人，他的画笔，随时为你准备着；他的眼睛，已经看到了你所看不到的美妙。

而这时，雪白的鸽群从教堂顶端扑落而下，落在他们的脚边，走来走去。

# 月牙街

在哈尔滨南岗和道里两区的交汇处，曾经有一片茂盛的丁香林，非常知名。从南岗和道里两个方向分别看过去，第一眼看到的必是那片林子。但你有所不知，林下掩映的那条弯曲的小道，多少人曾经匆匆走过，却未必知道它的名字。

这就是月牙街了。

月牙街极为短且窄小，微微弯曲的形态和它的名字一样，有着莫名的纤巧、精致。当年给这条小街命名的那个充满遐思的雅士，早已消失在历史档案的某个缝隙里，无法查出他的身份和名字。

当年，丁铁无数次从月牙街经过，但从未想过丈量一下月牙街的长度。那时还没有导航软件，所以至今无法说出它的确切长度，或许不足五十米吧。现在，他有些懊悔，当时为什么不去测量一下呢？在它被彻底毁弃和消失之际，他甚至未能拍下它最后的模样。到今日再也无法找到它的时候，他才懂得这条街在他心中的分量。

很多事情都是这样，当你终于意识到它的重要性的时候，早已时过境迁，物是人非，而闪跳出来的回忆，不过是一种无法固化下来的精神残片而已。

此时，丁铁站在这条街曾经存在过的大致方位，茫然空对，甚至连举起手机拍照的必要性也丧失了。之所以说大致方位，是因为他已经无法确定其曾经所在的准确位置了，在他眼前展开的，是一片广场般宽阔的机动车道。除了往来穿梭的汽车长河及其排放的尾气，什么都没有了。月牙街，似乎从来就不曾存在过。

月牙街并非独自消失的。它不过是火车站周边区域的组成部分；整个火车站及其站前广场步入高铁时代，不得不脱胎换骨，历时多年的站前改造工程，完全改写和重塑了这片区域。这片站前区域只剩下名字，地上的建筑、街路早已大异其趣，新的布局完全呈现为一个令人陌生的新空间，旧的一切被清理一空。月牙街不过是被裹挟于其中的一个小小的部分而已。在推土机、挖掘机的钢牙铁齿的撕咬的过程中，甚至听不见月牙街微弱的呻吟，虽然它的确是呻吟过的。

丁铁在火车站附近长大，这片区域是他的家。他的名字中的铁字，就源自铁路，他的生命与铁路、火车站息息相关。而月牙街，更是他上下班和出差时的必经之路，月牙街一直托着他，像修长的手掌托着一小片树叶，带他走完了自己的大半生。但是直到月牙街消失后，他才有些后知后觉，就像参加完父亲的葬礼的若干天后，他才慢慢地感到悲痛竟然如此挥之不去，且强烈到进入了每夜的梦中。月牙街也是这样，街消失了，却在他的记忆中又慢慢地复活了。

月牙街虽小，位置却极为重要，它的东南端，连着火车站货场、售票厅和旅客候车室；它的西北端，连着著名的霁虹桥，使它成为从火车站步行到道里区的唯一人行过道。两端的繁华之间，是这座城市的地标性建筑，是城市的心脏地带和灵魂，是聚集着人流、人气和目光交汇的核心所在。而它，小小的月牙街蛰伏其间，却与两头的喧闹和热烈绝缘，像一个大隐隐于市的无名隐者。它是怎么做到的？

这是丁铁当时不曾深想过的，但现在他感觉匪夷所思。

月牙街作为一条小小的人行道，徒步而行的路人，成就了它在火车站区域以机动车为主角之外少有的慢节奏。虽然行人大多行色匆匆，但再匆忙的脚步，依旧是人的常规速度，无法与机动车相提并论。丁铁记得，那时外地人对火车站一带并不熟悉，很难知道这条街的存在，下车的人，要么乘公交，要么打出租车，直接从出站口登车而去，完全忽略了这里。只有极少数去往道里的本地人，尤其是火车站、霁虹桥附近的居民和工作于此的人才是它的行人。这使得月牙街成了一条僻静得近乎安逸的小街。

丁铁的住宅离火车站很近，步行也就十几分钟，所以那时他出差，一点不急，掐着火车发动的时间点，从容地用餐，从容地挎上背包，轻轻松松地穿过霁虹桥，踏上短短的月牙街，转眼间火车站站房便到了。出差回来，走下火车，别人都急匆匆地挤过人群，奔向公交站台，或者招手打车，而他则慢条斯理地走出车站，悠悠然地穿过站房的售票处、货场大门口，再度踏上月牙街。

在小街上抬头，可以看见自家米黄色的楼房耸立在桥畔。霁虹桥置于高处，它向西延伸，道路顺势而下，街道两侧的建筑群落，参差而出。如果是夜晚，还看得见楼体上的霓虹灯，自家楼房的窗口，也流泻出温暖的灯光。那时他暗自认为，这条小街简直就是他独享的一条街道，心下生出小小的惬意。

这惬意，不仅来自抬眼就看得见的桥下的家宅，还来自月牙街上葱郁的丁香树。这些丁香树形成了茂盛的、密不透风的灌木群。丁香盛开的时节，芳香四溢，扑面而来，即使在丁香花季结束时，丁香撑起的浓荫，依旧不减其浓密，它们的枝条盘绕纷披，庇护着小街的幽深和静谧。小街和机动车道贴得很近，但是有了丁香林形成的屏障，让人错以为时刻不息的机动车车流，与这条短短的人行道相隔甚远，不仅在视野上形成了有效隔断，在听觉上也抵挡住了车流持续不断的低吼或特种车辆的啸叫。车流源源不断、经年累月地狂轰滥炸，都对月牙街起不了什么作用。

丁铁记得月牙街的丁香花花开时节的醉人香气，缠绕着他，让他不自觉地放慢了步伐；他也记得，在秋季和冬季，丁香林只是色彩黯淡了，但是它们的枝条相挽依旧，紧密有致，如臂膀连起臂膀，手腕扣住手腕，共同抵御着机动车道上的喧嚣和尾气。

假如跳出小街，在机动车上望过来，会发现小街和机动车道一小一大，完全不成比例，后者的庞大和气势早已把小街比没影了，即使是那片丁香林，也毫不起眼，像蓬松起来的头发，看不清下面隐藏的面孔，如某个女子一般，固执地守候在一段局促的地界中，秉持着不为人知的某种执念。在机动车上的人看来，这一小片丁香林，似乎随时都可以被轻轻地抹去。它后来的命运虽果真这样，但是在当时，丁香林和小街却顽强地拥抱、交织在一起，撑起了一个袖珍的幽静之所。丁香作为灌木，居然像乔木一样伟岸，始终保持着自己的坚韧和耐力。

丁铁多次在夜晚中走过月牙街，月牙高悬在月牙街的上空，它看得见以自己的名字命名的小街，正如小街也看得见它，它们彼此之间，有过无数次互诉衷曲的时刻。

然而小街并非不食人间烟火，相反，它是一条极富人间烟火气的小街。在街的西侧，不再是丁香林，而是一排绿色的木栅栏，支离而破旧，有一排低矮简易的铁皮屋，其中有名的一家就叫月牙小吃，红底白字，甚是醒目。

此外还有月牙快餐厅，卖的是麻辣面、馄饨、包子、人工水饺和凉菜，等等，还有发货处、寄存处、复印店、小超市、流动的地摊，路旁有卖冰棍的、卖杂货的、摆旧书摊的和算命的，支撑着小小的生计，像月牙一样小，也像月牙街一样不被人留意，但是，它们构成了小街朴实的日常，也在行人的匆忙之外云淡风轻，洋溢着生活小景速写般的潦草气息。丁铁来不及在家吃饭的时候，有时会走进小街的一个小门面里，要一碗热气腾腾的馄饨，那是他儿时延续至今的小小而绵长的一份热爱。

现在，丁铁满头银发地逗留在这一小片曾经叫做月牙街的地方，四周是滚滚车流，气浪不止掀动了他的银发和衣角，仿佛还要将他吞没。事实上，他必须赶快离开，何况，他也没什么可拍的，围绕着他的都是陌生的景象，刚刚启用的欧式火车站，南北两个站房相距甚远，大大地超过了当年月牙街的长度和宽度，如果不用航拍，不在高处俯瞰，两个站房之间似乎无法形成一种呼应。实际上它们是通过地下通道连在一起的。而曾经的霁虹桥，已被拉长了好几倍，一直向西面伸展下去，道里因这段桥身而将地势抬高了许多，昔日的月牙街终将无法找到与新桥对接的端口，所以它只能无言地消失了。

丁铁就近打车，离开了。他在车上想：过去的月牙街是给行人留的，那是以人为尺度的小小的世界，今后却不再是了，从今往后，城市采用的是大机器的超大尺度，是机动车和高铁的尺度，比人的尺度大出了许多倍，城市因此进化得更加高级，更加宏大雄伟，大街变得愈加辽阔和立体。而行人和他们曾经拥有的小街，正在急剧收缩，直至无影无踪。丁铁能够看见的和感受到的，只是飞起来的无数的钢铁模块和无法捕捉的冲刺速度。

# 晨　雾

晨雾绝非雾霾，不要让后者将前者污名化了。

恰恰相反，晨雾自有其魅力……

——题记

车子开出了城市，郊外并没有像预期的那样在眼前豁然敞开，而是变得婆娑迷蒙。原来，清晨的薄雾笼罩了四野，雾树烟村，犹可听闻其中隐含着的潺潺水声。已经很久不曾出城了，与晨雾这样不期而遇，令人心头一喜。

晨雾的朦胧曼妙之美，还是这般令人着迷。

曾几何时，由于雾霾肆虐，害得我们对雾之美妙本身也退避三舍了，差不多已到了谈雾色变的程度。雾霾带来的严重污染，是全方位的，仅就其在视觉上所形成的遮蔽，它能令白天成为暗夜，令黑夜伸手不见五指，令人人骇然，个个绝望。现在每每回想雾霾肆虐的日子，依旧心有余悸。

然而，薄雾与雾霾终究有着大不同。景物时隐时现，似有若无，亦真亦幻，这样的朦胧之美是属于雾的浪漫。

车子在慢速中行驶，一团团薄雾只似轻纱，依然看得见黎明前铁灰色的天空，处于缓慢的瓦解之中，太阳的金线还没有在地平线上蔓延出它的头绪，似乎天地之间都在等待着它的破土而生。此刻，薄雾是天地的主角，但它却是谦逊而温和的，洋溢着女性阴柔的气质，不像雾霾那样黑沉沉的，充满了死亡的威胁和暗示，有着咄咄逼人的凶煞，似乎在其身后，丧钟已经沉闷地响起。

晨雾就像跑在阳光前的曼妙的女子，整个大地都是她的舞台，轻舒广袖，她一路轻抚着树林、流水和村庄，轻抚着动物们的皮毛，轻抚着刚刚醒来的湿润的心情。

把车停在路边，走进薄雾中去。我和同伴都没有发声，交谈是多余的。

想起上小学时，一个人骑着自行车穿行在雾中的情景，时光就像雾中的道路，在永不回头的曲曲折折的延伸中，探向雾海深处的未知。虽然是未知，却并不可怖，也不惶惶然，而是饱含着希望和憧憬的水汽。

我想起了我那隐在淡淡的雾中的红砖校舍，它的红是醒目的，就像旭日的碎片；想起校园围墙边上的榆树和柳树，它们是参差着排列的，叶片在晨雾中或静止，或轻轻地摆动，像彼此低语，也像独自沉吟。而忽然响起的自行车清脆的铃声，能划破校园和林子保持了一整夜的茫茫沉寂，从那一刻起，校园醒了。现在，雾还在眼前缭绕，这分明就是少年时代的晨雾悄然归来，我似也回到了那般年少。这就是幻觉的奇妙、美好之处。

路和行道树的两侧，稻田展开。稻田尽头隐约可以看到乡村的房屋。在雾气之中，它们暂时都处在灰色的调子里，直到太阳光临，赋予万物以色彩。

这时我想，雾里看景，看到的是境。境不仅由心生，也由雾造。薄雾是彻底的光明与彻底的黑暗之间的一段过渡，正如哲人所说，彻底的光明与彻底的黑暗一样，让人看不清楚东西。人们固然常常诅咒黑夜，但是也很少有人赞美正午。

相反，人们对黎明的礼赞，对希望的寄托，对光明初来时的渴望，反衬着对黑夜的诅咒、拒绝和厌弃。光明之初之所以给人带来狂喜，不仅仅是它构成了对黑夜的反击的胜利，还意味着它的最初，是如此地充满了柔和、亲切和温存，即使初升的红日是那样鲜红，但那鲜红不是暴烈，不是自负，不是无所顾忌的透射，甚至它的鲜红不是刺眼的，而是有着初见世人的羞怯和某种初临人世的忐忑不安，它有着羞涩之美，它对自己的光耀的强大潜力还有着种种犹豫、谦虚和保留。

我们对那样的一轮红日，是产生了强烈的拥抱之欲的。所以，我把此时此地的薄雾视为迎接黎明的万千飞天的曼妙的舞蹈。这舞蹈本身与支撑她的舞台之间，短暂地形成了某种诗境的契约。

我和同伴在树林里缓行，他回头望了一眼，说车子也隐到雾中去了。雾是水的另一种呈现方式，是水派生出来的蝉翼，与空气携手，相缠着离开了大地的低处。植物学家说，降雨得以延续，要有一个先决条件，那就是从海岸到内陆之间必须有森林分布，尤其是海岸森林。

缺少森林这个条件，降雨是不可能的，如果没有森林，远离海洋的广大内陆地区，将面临无止境的荒漠和干旱。幸好我们有森林，有着拥有最大叶片总面积的植被形式，因为每平方米的阔叶或针叶林在树冠上集中起来的叶子展开后的总表面积之大也是惊人的。

雾气也是这样，它以水的特殊形态，从大地深处腾起，令我们在一览无余的单调中，发现了隐匿的妙处和神秘。或许，它代表的是幻象，但是真实与幻象总是纠缠在一起的，彻底的真和彻底的幻，都是不存在的。

晨雾出现了，它让丑陋和难堪变得暂时可以忍受；为下一步的行动和思考提供了缓冲地带。就像大雾散去，我们走进村庄，可能看到贫穷、疾病和残疾，也可能看到人去屋空，一片萧索。但是走在雾中和踏进现实，都是我们所需要的。走出大雾是必然的，因为不管你乐意与否，这是短暂的晨雾，即使你不肯走出，它也会坚决地撤离，大地即将迎来秋日的又一个活生生的白昼。

在这个世界上，薄雾以其朦胧缥缈的形态，不仅成就了大地一景和人间一境，同时还成为艺术的一个象征和隐喻。它与黄昏也有着相近之处，因落日、晚霞和晚景成就的诗篇、音乐、摄影和图画，无不赶在夜幕降临之前，在彻底的黑夜到来之前，留住了人们对朦胧之美的永恒的眷恋，一如一曲曲无尽的挽歌和叹息。

晨雾出现的时间，与黄昏形成了一早一晚的对应和呼应，它们成为彻底的光与彻底的黑之间的过渡，成为光中有暗、暗中有光的特殊存在，其中，静成为主导和灵魂，它拒斥了昼与夜的喧嚣和绝对，成就了悠悠的舒缓和无言的宁静。与黄昏相较，晨雾似乎并不带来感伤，而是在缥缈的薄纱中，给出了似有若无的探寻、询问和暗示，以及千头万绪般的线索。

自然，晨雾也给出了生命的轻盈和朦胧的希望。

# 寻 村

孟皓开车，我和另外几个朋友应邀陪他出城，去看他的新村屋。在拥堵的市区耗去一个小时之后，再走一段短程的高速，就进山了。

逢雨雪天，不走高速，直接走普通公路，也是很好的选择。现在是初春时节，驾车走在山路上，一路起起伏伏，路上非但无堵车之虞，反倒只一车单行，头顶是如洗的蓝天，两侧杏花、桃花次第开放，确如一幅幅绝妙的连绵春景图。接近村口的时刻，真的有小河流水从山涧而出。

停下车，蹲下身去，一掬坚冰刚刚消融的清凉，真个不知今夕何夕。站起身，一个小小的村庄，从群山的褶皱里徐徐露出了它的恬淡和静谧，有三五头黄牛悠闲于村旁的草地，有羊群出现在倾斜的缓坡上，而后山也在视野里展开，但见杂树丛生，野花簇簇，山林摇曳，整个山体像一道厚重、实在的屏障，护佑着山脚下的这几十户人家。

这是一个无名的袖珍村庄。

孟皓刚刚长租下来的村屋，坐落在最北端，算是村口。这是个好位置，往外走就是村后的一座小山和山林，屋子前面与村邻的距离也不算太近，留出了相对独立的小空间。

这是一个小院落，抬头能看见邻家的后菜园子，但是打招呼，则显得有些远。这真是一个恰当的距离，进可交流，退可回到自己的小院。孟皓说出他的种种考虑，无非是，他和村庄的关系，看似很近，实际却不太近。他和他们可以保持一种若即若离的关系，在实际交往中的尺度，可由他自由拿捏。

村屋成了孟皓悠悠万事中的头等大事，他决心好好地收拾一下。修缮房屋，整理一下小院和土地，种上蔬菜、玉米，还准备栽植几株果树。我在他的院落里转了一大圈。村庄和村屋本身，倒也没给我带来过多的意外，这里的乡村环境的确不错，在近郊似也称得上可遇不可求，但最打动我的是他对这份选择的坚定意志和执着的过程，这是我此前不曾料到的。

城里人到乡下买房或住进长租房早已不是新闻，但是假如这事儿就发生在你的周边，你身边的朋友当中真的有人这么做了，那却是不能完全无动于衷的。许多人想在乡下买房或租房，念念久矣，但很少有动真格的，似乎都属于叶公好龙，孟皓是少见的行动派。

孟皓一直在不动声色地寻找一个合适的村落，一个合适的院子，一间自己的村屋。从很早的时候起，每逢周末或者假日，他便一个人驾车奔向城市周边的乡村，去寻找他心目中的村屋。这种寻找，据他自己披露，已持续了近二十年，其足迹已踏遍了附近郊县区的村庄，累计行程大概可以以数万里计。他先后探查了三十多个村庄，有几个村庄去过不止一次，比较来比较去，最后确定了这个有山有水之所在。

孟皓是一个性格内向的人，平时也未见他流露过过多的乡野之思，没想到他竟悄悄地找了这么多年，行了这么多里路，看了这么多个村庄。单枪匹马、浪迹天涯般地搜寻，成了他的一份内在的执念和心魔。这份强大的内驱力，还是不多见的。然而要找到一个心目中的理想村屋是很难的。他断断续续地向我倾诉了他独自寻找的过程的曲折和大不易。在城市周围，如何能找到一块心目中小桥流水般的净土？那块净土，在现实中真的存在吗？

他怀揣精神乌托邦，但在实际探察的过程中又不能过于理想主义，这的确很难。譬如所选的村庄不能离城市太远，车程超过一个半小时就不考虑了，这样可选择的范围就变得有限了；譬如最好是山村，村后有山，村前有水，这样平原的村落就被排除在外了；譬如不仅村庄是美的，通往村庄的道路最好也是美的，要有山路的曲折，路上景色宜人，最好还可以靠得上高速公路，能享受到现代交通的便利，这样泥泞的土路、车辆无法通行的羊肠小道也被排除在外了；譬如村庄的规模不能是上百户或数百户的，那种既不是村，又不是镇子的大村庄，感觉不伦不类，乡愁的味道会被冲淡，这样大村庄就被排除了；再譬如村庄的人口构成和村民状况，最好既有大地质朴的气息，又与现代都市生活存在着某种关联，他们善良，但是并不缺乏见识，对大都市有各种或深或浅的联系，能够很好地沟通，如此等等。

孟皓就这样找啊找，找了好多年，其中的种种辛苦周折，难以与外人道。如今终于找到了这样一个大致合乎他心意的地方。“现在的这个，真的就很好了，不可能像唐诗宋词写的那样，有一个百分百满意的标本式的村屋。”他对我们几位应邀前来的朋友如是说。

我说：“你想要的元素，这里都有了。剩下就是走进村庄，和村民实实在在地打交道了。”

“其实也不用打太多的交道，”孟皓说，“我和原房主来往也就足够了，毕竟，我只是周末有空才来。房主是本村人，一个中年汉子，当过村干部，高中毕业，见过世面，很好沟通，就当亲戚朋友处了。”

事实上也是这样，自从有了这间村屋，孟皓比平常忙碌多了，这个从未干过农活的读书人，给自己配备了不少行头，他甚至开始购买木工器械，空出一个房间做木工房，准备做一个业余木匠。“我喜欢木工活儿。”孟皓说。周末，他带着妻子，妻子带着他家的宠物犬，一路上山。仿佛真实的、有意趣的生活，刚刚袒露出它的新鲜底色，而都市生活反而变成了不得不捱着过的庸常日子。

村屋，这个不太远的远方，是他和他的家人今后日常生活中的一个向往、一个目标。曾几何时，城市是他少年时代孜孜以求之所在，城市给他的锤炼和摔打，成就了他的生活和事业，成就了他如今的一切。但是城市给予他的，同时也渐渐地成为他的负累，成了一个压得他喘不过气的巨大容器，这似乎就是人生的吊诡之处了。问题在于，如果村屋于他而言仅仅是一个接纳他类似士大夫式的内心诉求的载体，我担心有一天他会陷入新的单调和厌倦之中。

我对孟皓半开玩笑地说道："你应该尝试着做一个新乡绅，把你的优雅，你的一些新理念带给村子。村子接纳了你，它提供了它所能提供的，你也要提供你所拥有的，你的某些绿色经营的构想可以在这里试试。"

他说："目前能做的就是把院子打理好，会有一点点示范性吧？但是主动为人家做事，需要一个过程。我也没想把自己弄得很累，顺其自然吧。"

现在他和他的妻子、他家的宠物狗，成了村民好奇的对象，对他和他的妻子，他们都有接近的愿望，想打探，想了解，想知道。孟皓想独善其身，并不容易。他的妻子出现在村口的时候，村里的妇女会主动热情地和她打招呼，并且开始停下来与她唠家常了。在他那尚未拾掇的荒草萋萋的院子里，在他们遛狗必经的土路边上，邻居们正在一点一点地走拢过来。这对城里人，成了生活单调、缺乏新故事的村民们从未见过的一道风景。孟皓其实还没准备好融入，或者不打算真的融入，但是村子已将其视为一个新鲜有趣的存在了。

寻找一个合适的村庄并尝试着在此安家落户，孟皓不知不觉间用去了二十年，但愿他那窸窸窣窣、四处摸索的不平静的心，从此不再漂泊。

# 雪　人

那一场前年初春发生于小城的大暴雪，似乎并未远去……

——题记

暴雪，颠覆了人们对四月的固有认知，超大雪量，把一长串本该迎春的日子填满了。女医生和她的医院深陷在暴雪围困之中，白色弥漫了全部时空。

女医生从白色病房的窗子向外看了看，继续着和患者的简短的交谈。护目镜、口罩和防护服，把她武装起来，使她看起来像一个宇航员，又像一个外星人。一身的白色，令人觉得她和外面的大雪有着某种关联，似乎她和雪来自同一个地方——一个遥不可及的高处。她向外的一瞥，有时是漫不经心的，有时不是，正如患者从她藏在护目镜后面的眼睛里获得了安慰，从她的口罩后面发出的语调里得到了希望一样，她也从窗外的大雪中，悄悄地获得了自己的那一份慰藉。

被白色围着，自己也是白色的一部分了。

医院外面，一辆病患转运车开了进来。车门徐徐打开，在口罩的遮护下，每个人的眼神都是大同小异的，仿佛他们有一个共同的名字似的。医院和他们的身前身后，此时是纷纷扬扬的大雪。

这样的场景，女医生是熟悉的。她是一个安静的人，职业的特殊属性又强化着她的这一性格，但是病毒肆虐以来，她发现这个世界比她本人还要安静百倍。

起初不是这样，起初这个缺乏准备的世界被打蒙了，那时是号啕、哭泣、悲伤，和灌满江河的泪水；那时，无论在院子里，还是走廊上，甚至在病房，她没有片刻的安宁。那些突如其来的病人，令她应接不暇，但她始终保持着职业的冷静和耐心，她从未失去这些专业的心理素质。她像一朵雪花一样冷冽，但是当目光落在一张张被病痛折磨的面庞上的时候，雪花就会融化成微微的印痕，这微痕却是暖的了，像体温一样。

二十四小时工作模式开启后，就没有停止过。对她而言，工作本身就是生活，吃盒饭、睡觉都只是为了充电，如同给汽车加油。谈话的内容只有一个，就是交流患者的病情，从轻症到重症，到危重症；或者反过来，沿着另一个方向，反反复复。

白色，几乎是能够让视觉获得短暂休息的唯一方式。白色的墙壁、白色的罩衣、白色的口罩，甚至病服蓝白相间的白格子部分，都是目光触及的白色片段和局部。外面铺天盖地的大暴雪，加强了这种错觉，视觉在大雪的纷纷扬扬中，感受到了某种审美上的、不那么真实的奢侈，于是压抑的心灵无意识地小小地舒展了一下，甚至发出一点无声的惊呼，那惊呼落进潜意识的最深处，随后消失了。

雪在这个季节依旧降临，似乎要与不肯离场的病毒进行一番较量，仿佛两者之间存在着神秘的博弈。是的，感谢雪。

这时，男友的头像和号码在手机屏上亮了，他发来语音，过去她几乎没有时间和他通话。但此刻望着雪，她有了和他直接通话、听听他的声音的强烈的愿望。

他们的第一次约会就是从冬天开始的，也是一个落雪的日子，只不过没有这样猛烈。她迎着他，踏雪而去，他的手藏在身后，当她到了近前，一束火红的玫瑰突然出现在眼前，大雪天里绽放出的爱情奇迹，从此一直熊熊燃烧。如今，男友和她相隔遥远，他正驰驱在另一个战场，在离她数百千米以外的地方，暴雪把高速公路封死，几十辆汽车被困，她的交警男友正率队驰援，而驰援的路途上也同样风雪交加。

当别人说她和同行们是在逆行的时候，她自己不这样觉得，毋宁说那其实是必须做出的唯一的正确选项，是义无反顾的前行。在漫长的消耗战中，心路历程也蜿蜒着，从高高的巅峰一路向下，落入峡谷地带。

在这样的大落差中，最初被滂沱泪水蒙住的眼睛，渐渐从模糊中看清了一个新的现实：一个被病毒反复折磨的人生，终于和茫茫大地一样，在白衣飘飘的风行中，变得前所未有地简洁，肃穆的旋律正在升起。她觉得，这气氛与医院的氛围相近，医院似乎被无边界地扩大了。

她过去是把医院和外面的世界分开的，走出医院，走在下班的路上，就是走出了病患，走在了健康的、繁华的、活泼的人间，医院外的生活展开着无边无际的美好和奥妙。现在不是这样了，医院与社会之间的四面围墙被看不见的病毒大军冲开了，两者的界限变得模模糊糊。

这样想的时候，她又得赶紧收回心神，去悉心照料她的病人，观察他们不同时段的变化与症候。她从头到尾地照料着他们，须臾不停，给他们以希望、痊愈和康复，这是个毫无间断的过程。

她很久不曾休息了，人手太紧张。也不曾见到久违的男友。好在大雪如滔滔白浪一般奔涌着，一直追随在她的左右，不管怎样，她是爱雪的，只要她抬头，就可以看见。哦，那雪。

她本来已经十分疲惫了，但必须继续值班，她觉得今天的防护服穿在身上，似乎比往日沉重了许多，有一种不适感隐隐袭来，但她并未在意。新入住的危重患者已经年迈，不断地出现状况，她一夜未能合眼。天快亮的时候，她在一把窄窄的塑料椅子上坐下来，不知为什么，汗珠突然从额头上滴落下来，然后，一阵眩晕向她袭来，她失去了知觉。

朦胧中，她发现病房的门意外地开了，雪花呼啸着扑卷进来。她急忙站起身，步子有些踉跄，只是想把门关上，但是她惊异地发现，这似乎不再是木门，而是一扇铁门，沉重得很，她怎么也关不上了。这让她很是焦急，无论如何她是要把门关上的。

走到门外，知道门为什么关不上了，是暴雪形成了一道厚厚的雪墙，似乎整个屋子里都充满了雪，连黑夜都被雪照亮了。她想转身回到病房，但是身子却动弹不得。她置身于雪中，成为雪的一部分了。

这时她不再感到疲累，而是变得轻盈起来，这是此前从未有过的体验。她试着动了一下胳膊，这一动，她觉得自己肋下竟然生出了翅膀，身不由己地飞了起来，连门框都没来得及抓住。风势很猛，她是不是也变成了飘忽不定的一朵雪花了呢?

……暴雪下了一夜，终于在清晨停了下来。

大地这辽阔的银色地毯，从医院四周，从小城的中心地带，向着郊外的旷野和森林铺展开去，仿佛等着野兔和群鹿张扬开轻盈的四蹄，踏上这片无垠，奔向春天。而她，却再也看不到日出了。

女医生和暴雪一起离开了，她将永远隐身于大雪之中。唯有她的男友能够看见她，缘于心灵感应，他从另一片大雪深处稍稍停下来，向她所在的医院这边遥望，他似乎远远地看见了她的身影，她依然站在雪中。

像一个雪人。

# 光　轮

这是一个大大的缓坡，机动车仿佛相互簇拥着向坡顶开上去。这时，一辆自行车出现了，它在机动车的缝隙里忽快忽慢地穿行，游刃有余，又像哗哗流淌的车之激流中的一只独飞的海鸥，时而滑翔，时而俯冲。再往前就是顶端的交叉路口，交警的身影隐约可见。但是自行车忽然灵巧地一拐，离开了主干道，驶进旁边的一个院落的小角门，消失了。

这一幕令我一呆！

城市的大街小巷，出现了一道崭新的风景，这风景的主角就是新颖小巧的单车。这些号称“小蓝车”的共享单车，有数万辆，在一家公司的运营下，一夜之间遍布于城市，像冒出来的奇迹一样，成为供给市民出行的亮眼选择。“小蓝车”的出场，可谓恰逢其时。年轻人兴高采烈，奔向一组组列队停放的“小蓝车”，就像奔向蓝天。

难道说自行车时代又回来了？面对此情此景，我的朋友大卫或许是比我更加喜悦的人了。

大卫已经五十岁了，从他参加工作起，一直骑着自行车上下班，这种出行方式他已经坚持了二三十年。他是一个坚定的自行车主义者，没有宣言，只用行动。为什么对自行车情有独钟，而且从未改变过呢？在大卫看来，并没有那么多为什么，无非就是习惯了，无非就是不赶时髦。

大卫本身是个书生气十足的人，一直活在自己的精神世界里，一个有自我定力的人。自行车对他而言，纯属外在之物，仅仅是个代步工具，绝不意味着其他任何东西。我怀疑，他的思维甚至不曾在车上停留过片刻，他未曾留意过自己的车子，甚至那上面有时落满灰尘，落拓不羁的他也并不怎么在意，只要车子能把他载走就行了。

大卫的自行车生活模式是这样的，他从写字楼里走出来，手里捧着一本书，边走边看，一直走到自行车旁边，才把书收起来，掏出车钥匙，打开车锁，把车子扶正，然后一偏腿，跨上车，走了。下车的时候还是这样，重复一遍上车前的流程，把车停下，再把书翻出来，继续边走边看，一直走进自家单元门。

自由来去，旁若无人。他对轿车、越野车、面包车，一律视而不见。大卫的同事们都已习惯，习惯了大卫的方式，习惯了大卫和他那辆破旧的自行车。自行车是大卫的铁骑，正如一匹战马之于它的骑手，哪怕战马和它的主人都已在时光中老去。

大卫和自行车厮守了大半辈子，也曾承受过很多白眼和侧目。

上下班的路上，骑自行车的受尽歧视。几乎没有路权。常常要忍受机动车车主的蔑视、车体的冲撞、语言的冲撞。不过即使有这些难处，大卫也可以忍受，生活就是由这样琐碎的烦恼构成的，应该也不值得大卫大惊小怪。

当然，大卫也不是彻底不在乎别人的目光的人，他早就给妻子买了轿车，送儿子上学，要是用自行车接儿子，那是令孩子崩溃的事情，这个他懂。但是他说他是不打算学开车的，遇着急事就打出租，出远门有高铁、飞机，他觉得从未耽误过事儿。出差回来，又骑着自行车上班了。同学、朋友聚会的时候，大家散场，大卫走向自己的自行车，很坦然。

大卫觉得挺好，也没碍谁的事儿。前些年碰到前女友，她是坐过他的车后座，搂过他的腰的女人，看见他现在还是骑着自行车，她说:“哎呀，我还真想着你骑自行车驮着我四处乱跑的那些日子呢。”你看看。

大男孩一样的大卫，就这样一直懵懵懂懂地骑着自行车，一个猛子扎进了汽车社会，抛下他自己的弯弯曲曲的车辙长线，缠绕在路的边缘和机动车轮的边缘，在这双重的边缘上，他的高挑的背影时隐时现。机动车对自行车，就像食肉动物蔑视食草动物一样，前者掀起巨大的声浪和气浪，足以令自行车粉身碎骨。而单枪匹马的大卫和他的自行车，犹如一条漏网的小鱼儿，虽然常常目光惊恐，呼吸急促，但总能倏忽来去。

大卫骑着自行车的身影，仿佛许多人的另一个自己。

这座建在高岗上的城市，是大卫的至爱，纵横交织的街道像灰色的飘带，一条条向低处垂挂下来，骑单车的人奔行在上面，一前一后两个车轮，车轮中间的每一根辐条，在或急或缓的转动的过程中，时时闪射着太阳或月亮的点点光斑，旋转成一道道光轮。

设想一下，假如没有机动车的速度作为对比，感觉单车同样也是一种了不起的飞驰，而这样的飞驰，不是粗暴的、危险的、令人望而生畏的，而是体现了可触摸的、轻盈的美感，有着自由可控的惬意，你招招手，或者发一声喊叫，它就会停下来。那矫健的骑车人脚尖着地，回过头来向你这边张望，令人联想起黄昏时分穿过街道的一只机敏的小猫。

这一瞬间，便是静谧，便是回到了城市奠基者的本意，即安居者轻松出门，又悄然返回，在城市里延伸的看不见却真实存在的窄窄的车辙，是生活化繁为简的清晰的痕迹，是单纯、流畅而美好的。

唯一让我担心的大概是某一天，一辆崭新的小汽车突然在我的身边刹住，吓了我一跳，但这还不是最令人惊讶的。最让人吃惊的是下一幕：车窗轻轻地摇了下来，露出了大卫羞涩地笑着的面容。“怎么回事？大卫，你的自行车呢？”大卫一脸歉意：“抱歉，我的自行车也坚持不住了……”

# 铁路公园

铁轨、火车头，和长长的大铁桥，现在失去了动感，不再呼啸，而是处于长久的静止状态，像巨大的装置艺术，也像钢铁雕塑群落，陈设在城市的一个敞开的条状空间之中。在这片安宁和沉默中，这一组庞然大物没落了。出现在这里的行人走走看看，与其说是游客，不如说更像曾经的火车乘客，到此来凭吊汽笛长鸣与火车轰隆隆开动的日子。

在废弃不用的老江桥大约百米远的身侧，它的替代者和后来居上者——崭新的银色高铁大桥，以其轻巧、矫健和时尚的身姿，凌空而起。老江桥以其凝重、粗犷的工业主义气势，毫不示弱，却需要忍受孤寂的命运。

对于老旧的事物来说，即使每天同样经历着早晨，也经历着正午，甚至每天都有阳光普照的时候，但是你感觉它们仍然处于黄昏之中，好像黄昏从早晨就开始了。这漫长的黄昏，有着悠悠的节奏，背景音乐似有若无，细若游丝，只要停下来聆听，就一直萦绕不绝，这使得黄昏成了一个不肯消逝的时辰。

人们说这是一座火车拉来的城市，这是不错的。最初的丑小鸭变成了白天鹅，城市早已出落成一只了不起的天鹅，但是铁路是它最初的孵化器，老铁轨、老火车头、老站房和老铁路桥，它昔日的躯壳依然坚硬，似乎颠扑不破。这的确不是一般的躯壳，时间已经赋予了它灵魂，这灵魂是用无数的故事、传奇、经历和命运为材料一点点地铸成，所以这是活的灵魂。

在铁路公园里，遇到从前做过火车司机，如今已成为一家公司老板的詹先生，他说年轻时敢和别人打架，或者路见不平时敢于一声怒吼，凭的是什么？当过火车司机啊！这身钢筋铁骨，是在开火车的经历中炼就的，他敢把胸膛拍得咚咚响，是铁路司机生涯给他的底气。

他是从一个小镇考上铁路技校的，毕业后就钻进了火车头，一干就是七八年。但他当时不觉得这是个好工种，一心想着换工作，为此重新复习，参加高考直至读研究生，彻底离开了铁路这一行。但是许多年过去了，詹先生回过头来慢慢地发现，反而火车司机的这段时光是记忆中最深切的，挥之不去，这似乎很奇怪。他的家距铁路公园很近，所以他成了这里的常客。

铁路公园其实不是个封闭的园子，而是一条南北方向的直线式的街区。沿着一面街从南往北走，森林街是公园起步的地方。铁轨就铺设在一面街的上面，高铁分分钟在行人的头顶往来穿梭，一抬头就可以对其行注目礼。然后跨过北环路，黑色的老火车头停靠在那里，庄重无比。

在这里稍稍驻足，以目光抚摸车身，可以略过其身后的小型博物馆，因为里面主要是影像资料，老照片很多，大多以声光电的方式展示。绕过博物馆，在馆外面的东南侧拾级而上，这时，浩浩荡荡的松花江尽收眼底，一座名扬中外的标志性景观——百年老江桥出现在了你的眼前。它那钢铁的雄浑力丝毫未减，黑色冷峻中透着独一无二的威严。

老江桥，无疑构成了铁路公园最激动人心的部分，也是高潮部分。詹先生当年开着火车，无数次地从这座桥上经过，对铁桥实在是熟悉得如至亲一样。铁桥离车站很近，因此无论出发还是归来，都要在桥上减速。上桥的时候，桥栏和铁架之间形成的空格都会有极清晰的感受，天气不同，时间不同，那些架构和空格会带给你不同的色差和观感。他最喜欢的感觉是从外地返回，远远地看见大铁桥，就知道马上到家了，它成了一种守望和召唤。

这些年，詹先生这位前火车司机会乘坐各种现代交通工具出行，在他看来，高铁和飞机差不多，并未让他感觉舒适，他仍念念不忘开火车的时候。他觉得飞机和高铁都是高度密闭的容器，人被安全带牢牢地固定在座位上，动弹不得，就像货物一样，只是被托运而已。每一次走下飞机，离开高铁，詹先生都要长长地舒一口气。这种放松下来的呼吸，除了对于安全担忧的隐隐解脱，更饱含着压抑的情绪的释放。

那时候，詹先生就会念起老火车的种种好处，会想起铁路公园里的那些老物件，想念那些沉默的伙伴。时代镜头切换得极快，出行的场景瞬间转换了，伴随着老蒸汽机、火车头和绿皮车厢的渐行渐远，拥挤不堪的生活似乎也跟着消失了。正是担心人们忘得太快，铁路公园作为一种重要的生活提示，以露天博物馆和大地景观的醒目方式，站在了那里，火车头、老江桥的伟岸身影，延伸着的旧铁轨和枕木，作为站着和卧着的纪念碑，守候在詹先生和这座城市的每一个市民的公共生活里，如同我们仙逝的祖父，虽已沉寂，却似活着，悄无声息却又澎湃在你的血液之中。

当年詹先生虽离开了铁路，但是心在远方、渴望远方的基因，此后一直左右着他的生命，他是经过好多年才弄懂了自己内心深处的这份需求。他要把这份克制不了的需求，当作对自己的最大的尊重。出门旅行，长长地延伸生命的轨迹，仿佛是这份基因的驱使。近日他在网上发现了一种新型的旅游专列，这种特别列车只连接具有代表性的景点，一次可游览众多景点景区，可定时、定点、定线。他已在网上预订这样的火车升级版。

但是铁路公园一直装在詹先生的心中，他觉得，铁路公园像命运一样，陪伴着城市的晨昏。每时每刻的江风，如同谁举起无数条宽宽大大的湿毛巾，擦拭着老铁桥硬朗的躯体，擦拭着火车头每一寸黝黑的肌肤，擦拭着铁轨和枕木，让它们闪闪发光，仿佛在阻止时间的褪色。

只要铁路公园这样的场景一直坐落在这里，即便生活有百般不如意，或者遍尝苦辣酸甜，仍能让人对自己的城市心存感念，不离不弃。

# 雪　村

入夏降雨一直未停，数日间织起连绵的无边雨帘，令我们无端想起与夏日相反的季节，在另一种白色帘幕中穿梭的行旅……

——题记

明天去雪村的行程，恐怕难以成行了。和驴友小布闷在一家酒店里，被雪耽搁在这儿已经一整天了。本来要去雪村看雪，反倒被大雪阻断了去路，这个说起来很有意思。

导游解释去雪村的路太窄，铲雪机施展不开，雪又一直下个不停，没等清完，很快又下得厚厚的。那就再熬一天吧，看看明天能否放晴。

说话时，雪一直在下着，没有停下来的迹象。整座城市陷入大雪之中，不能总是这样在酒店里干巴巴地待着，我决定和小布出去转转。对我们来说，这城里的雪也是值得一看的。

酒店坐落在城市北侧的边上，从房间的窗口望出去，可以看到一座耸立的小山，山上混交林茂盛，此刻披着银装，煞是好看。当地人说那就是在本地十分有名的北山，也是这个城市的制高点。

我们很快就走在了通往山顶的白雪皑皑的缓坡上，此时北山极为宁静，除了我俩，一个游人都没有。“真想在雪地上打个滚。”我对小布说。很快登上了山顶，我们在一个小亭子里面伫立，俯瞰全城。城市很小，一览无余，甚至还看得见远处的城外有一条冰河环绕，冰河上，一座大桥飞架其上，有机动车在上面穿行。小布说：“我们去雪村，就要经过那座桥。”他心里想着雪村呢。

当地人对雪村的推广是蛮花力气的，外界对雪村已开始有所知晓，也有游客前往。出发之前，我们对雪村有了一个大致的了解，知道那是一个新发展的景点。

雪村的东南方向矗立着一座大山，来自西伯利亚的寒流正好被大山挡住了，形成了小气候，每年累积降雪厚度达两米以上，随物赋形的雪檐，千姿百态的雪帘，大大小小形状各异的雪蘑菇，一个冬天的童话被造就出来。

在这白色之上，又有从雪屋的烟囱里袅袅升起的炊烟，令人联想起早已声名远扬的雪乡。或者说，它正在成为雪乡的后备军，但这样说也可能不公平，世界上没有相同的两片树叶，何况一个是乡，一个是村，乡与村虽然有类似之处，但也应该有所不同。

究竟如何不同，那就得眼见为实了。

我和小布离开北山时，已是黄昏，我萌生了“晚来天欲雪，能饮一杯无”的念头，何况此时正大雪纷飞。我对小布说：“和我去见见我的两个老朋友吧，虽然我不能饮，但是和旧友坐在一起把酒话旧事，抬眼即见窗外雪的感觉，还是极好的。”

而且我还有一个秘密任务，两位老友在同一座城市，已很久不坐在一起了，他们中间似乎还存有一些疙疙瘩瘩的误会，正好远道而来的我，可以起到化解的作用。

在酒店对面的小酒馆里，几个男人坐在了一起。“没想到你会来，事先也不打个招呼。要不是大雪阻了你的行程，你还不想见我们了吧？”朋友语气中带有责备。我说：“原打算先把雪村看完，返程时再聚，雪太大，只好提前会见你们了。”

他俩对雪村当然不陌生，向我介绍起雪村。我才知道，雪村火起来也就是这两年的事儿。那里本来是个小林场，并非自然村落。林场至今还保留着原汁原味，尚未遭到破坏。当然已不再伐树了，正在想方设法地发展林下经济，蘑菇、木耳、山野菜、中草药材，再加上这些年来冰雪旅游热，他们也想了不少办法打旅游牌，把自家房子拿出来做民宿，增加了一些吸引人的旅游项目，有剪窗花、架炉子、点明子、开雪地摩托、品尝山野菜饺子。朋友说：“本地人对这些实在不觉得有多新奇，你在大城市待久了，太憋闷，出来转转，到荒郊野岭走一遭，在雪地上撒个野什么的，必觉新鲜。”我说：“就是就是。”

酒杯尚未端起，我们兄弟三人当年朝夕相处的一幕幕，已浮现眼前，特别是各自的糗事。我一提起话头儿，大家便心领神会，禁不住开怀大笑起来。我想，这就是老友聚会的真义了。在这样的雪夜，与旧友重逢，比什么都好。

人大半辈子辛苦奔波，尝尽酸甜苦辣，为的是什么？为的就是多年以后的某一天，与知心朋友坐下来，一番彻夜长谈，说起过往的点点滴滴，或者换得对方的一个大笑，或一声叹息，或默默相对，相知的小火苗在心中噗噗地蹿起。我们聊了很久，在不得不告别的时候，走出了酒馆。

雪还在下着，灯影里的雪花旋转着，落在了我们的身上。我目送他们一起离开，感觉他们也变得亲近了。在酒桌上，我们虽然大谈往事，滔滔不绝，但是他俩之间的故事，却未曾提起，也无需提。我感到高兴和欣慰，人生辗转，到了披霜挂雪的季节，重聚首，相谈甚欢，还有比这个更重要的事情吗？

那一夜，年轻的小布回去后便早早地睡下了，导游和他联系好了，嘱他和我明天务必早起，乘旅游大巴去雪村。次日清晨，天蒙蒙亮的样子，我已酒醒，本来喝得也不多。小布已经结完账，在酒店大堂等我了。我们走出酒店，大巴就在大街对面静候着我们。

我俩上了车，车上差不多坐满了预约好的游客，他们正大声地说着话，掩饰不住地兴奋着。

大家在这里已滞留了两天，许多人已急不可耐，恨不得插翅飞向雪村。但是我注意到，大雪还在下着，连续两天了，满城皆白，虽然有清雪车从前面开过去，但是车身后，很快又被刚刚落下的雪覆盖。我心下狐疑，这样的天气，和昨天没什么两样，怎么就可以出行了呢？当然我也希望尽快成行，心下默默祈祷。

到了六点钟，大巴缓缓启动，车上一片欢呼。坐在我身边的小布，虽然不言不语，但是扭动的身体，不断刮着车窗的手指，向外张望的眼神，均暴露了他同样心急如焚。

出发了，车子不敢开得太快，大约十多分钟的样子，车子爬上了江桥，就是我们昨天在北山上望见的那一座。现在，这桥就在我们的脚下，我看见朦胧雪雾中的冰河，从桥下向着两边蜿蜒而去，两岸的楼群还模模糊糊地呈现着厚重庞大的体积，大部分窗口尚未亮起灯光，城市似在半梦半醒之间。

这时，车子缓缓停住。导游在前面的座位上站起身来，戴着耳麦，在这清晨的寂静中，他发出的声音显得异常刺耳，他说："很抱歉地通知大家，前面刚刚传来消息，由于大雪不停，清雪工作无法完成，路况危险，不适合车辆通行。所以……"

小布怒不可遏，他大声地质问导游："不是已经出发了吗？你是怎么和前面沟通的？"导游说："我也同样无奈，刚才出发时说是可以的，现在才说不可以，我有什么办法？我也不愿意这样，你们去不了，我们旅行社还得蒙受损失，得给大家退钱呢。"

这样，我们的大巴不得不下桥调头，垂头丧气，慢慢地返回原出发点。

就这样白白折腾了两天，我们最终还是没去成雪村。

在返回自己的城市的高速公路上，小布和我讲了他对雪村之行的设想。之前，他去南方出差，偶然结识了一个很好看的女孩子，那女孩从未到过山海关外，从未见识过冰雪，她和他约好，今年冬天她要来这边，和他结伴去看雪。

但是天有不测风云，不久前，那个女孩遭遇了车祸，现在还躺在医院里。她说她不能来了，小布想，那怎么办呢？最后，小布决定自己去一趟雪村，替这个女孩看看雪。小布做了些准备，换了一部新手机，他要在雪村现场，给她直播雪村的美景。网上关于雪村的介绍不是很多，一些语焉不详的文字，一些雪景照片，一些雪村游客欢天喜地的镜头。其实，资料越少越好，直播可以让她更有新鲜感，给她带去意外的惊喜……

小布断断续续地说着，偶尔出神望向远方。原来是带着任务来的，我明白他这两天为什么总是那么焦急了，但也实在无法安慰他。

冬天已经过去了，那场一直不肯停的大雪早已停了。但是多么大的雪，也冲不破季节的藩篱……

# 逆　光

当黎子在我的面前停下脚步时，我意识到这不是一个人的出现，而是往昔再现了。当我握住他的手，扶住他那微微颤动的肩膀时，往事窸窸窣窣，抖落时间的织物和灰尘，露出了久违的面容。

黎子是我初中时高我一个年级的学长，大我一岁。我足足有二十多年不曾见过他，不是我们相见不易，也不是我不想见他，而是他不肯与我相见。而他的不肯相见，我又是能够理解的，一切皆缘于他对自己的生活、对自己一直以来的境遇的不满意。

在我的少年时代，黎子写作文出类拔萃，人也帅气，一头卷发，讲话时的语气和音色皆雅致，彬彬有礼，在我们的学校是一个美好的“传说”。他本人也很骄傲，一般人是靠不上前的。一次，学校举行一场演讲活动，最后四个人胜出，我便是其中的一位。记得当时他笑吟吟地向我走来，和我打招呼，作为一个低年级的作文爱好者，我竟成了他的要好的朋友。

印象很深的是，他当时居然会说几句英语，把我听得云里雾里的。共同的志趣爱好，使我们无话不谈。高考恢复后，学生们都开始磨刀霍霍地准备考大学，黎子也陷入忙乱，一头扎进对高考的准备中，这使得我俩见面的次数越来越少。

后来，我考到县城读重点高中，然后是上大学、毕业、参加工作，我们再也没见过面。但是我时常想起他，那个风华正茂、一心一意地想在文学上有所成就的黎子，他过得怎样了？还好吗？

黎子过得不是很好，我是从其他的同学和老乡这些间接的渠道得知的。黎子参加了高考，但是很不顺，他的语文分数高，可数学是零分，总分就被拉了下来，仅以一分之差，未能达到录取线而名落孙山。他未复读，而是参加了工作，不久就结了婚。

婚后他的妻子得了一场大病，卧床不起，直到如今仍是如此。他在最难的时候，不得不去蹬三轮，给妻子治病买药，补贴家用。我想，蹬三轮对那个曾经心高气傲的英俊少年来说，几乎是不可想象的。蹬三轮的酸甜苦辣，一定是他心中的隐痛。

后来他告诉我，他不可能抛弃妻子，不仅仅是他们的恋爱过程是美好的，还在于她病得最重的时候，已经不怎么认人，却始终能认出他。只有他在她的身边，在她面前出现，她才会安静下来，甚至只要听见他的声音，她就会从惊慌不安中挣脱，变得小鸟依人，紧紧地依靠着他。我感觉他是深爱着妻子的，这份不离不弃、坚贞如一，在他那里是极为自然的事情。

这位当年的英俊少年，成了爱情世界里的白马王子。

黎子打了很多份工，也一直在寻找一份适合自己的工作。蹬三轮他是不会久干的，不然他将自己的文学爱好置于何处呢？最终，他的这份热爱，还是在小小的县城里派上了用场，他成了一名婚庆司仪，主持大大小小的婚礼，他那儒雅的风度，他的文采，使得他的婚庆主持在当地名声大噪。生意最火的时候，连周边的市县、大庆、齐齐哈尔都有人慕名来请他，他的经济状况和生活也慢慢地好了起来。

但一件看似偶然的事情改变了黎子的事业轨迹。一天，他交往甚密的一位好朋友，因为一场车祸意外地去世了，朋友的家人陷入巨大的悲痛之中，丧事全权交给他来办，他怀着悲痛的心情，忙前跑后，还在朋友的葬礼上致了一段告别词。令他没想到的是，他的致辞打动了在场的所有人。的确不可能有人比他表达得更好。

从那以后，遇到白事，找他的人越来越多，一传十，十传百，起初他只是帮忙，并没收过费用。但是随着时间的推移，红事司仪的市场竞争日趋激烈，他就转到了白事这一行，虽然内心并不怎么愿意，但是很快名气又远近皆知，人们似乎忘了他“出道”时本是红事司仪。

我们共同的同学不少，但是黎子没有和我联系过，他的心情一定是极其复杂的。据同学说，黎子对每一个事主，每一次白事，都是极其认真负责的，在小小的县城，巴掌大的地方，只有一条主街，人们大都是熟悉的，不幸离世的人，黎子对他们的生前是略知一二的，但是他从不因此敷衍，每次都会赶到逝者家中，和家属进行适当的交流。

他在主持告别会上，那份凝重和严肃，不是表演，他的主持词没有套路，没有装腔作势，每一位逝者，似乎都是他熟悉的故交和亲友，他不是简单地代替家属说话，他是在讲述一个人曾经的生活，他经历的事情，他给这个世界留下的痕迹，他最美好的心愿和祝福。他的致辞有代入感，但是不会有职业化的煽情。

在同学的讲述中，我仿佛能够看见黎子在那种肃穆的场合下的样子，他的一头卷发依旧，英俊之气已被时光所侵袭，因而多了些沉郁，他的语气已不再清亮激越，而是和缓如深秋山涧的溪水，下面站着的那些逝者的家人亲友，静默如夕照下深黑色的石林，冷峭凄清中有一股难以诉说的温情从心底流过，那温情的源头，正是黎子的声音。

黎子看到更多的是人生的另一面。他虽然经历了无数次生命的消逝，却从未习惯过那种沉痛。每一次，不是重演，不是重复，而是一次又一次的全新的事件。有的人活着的时候，从未站在过人生舞台的中央，但是当他离开这个世界的时候，他就是主角，不仅仅在他的亲人当中是这样，不仅仅在葬礼上是这样，在黎子的心中，也是这样。

黎子说："在婚礼上，新人是主角，所以，人的一生，无论贵贱，大约都有两次成为主角的机会：一次是婚礼，一次是葬礼。两次做主角，一次是喜剧，一次是悲剧。"所以，每一场葬礼，黎子都怀着一颗对生命的虔敬之心，去做好本该做好的事儿。一直用心去做，司仪不只是某种程序和仪式的代言人。

真实的黎子现在来到了我这里，和我见面了。他说："你不知道，我有很多次来到你的办公楼下，向上面张望，我甚至问过门卫哪一间办公室是你的，或者你是否正在里面办公。但是我一次都没有走进去过。你是我少年时代最好的朋友，你走到今天的每一步我都是了解的。我觉得你就是我，你已代替了我，你写作就是我写作，你谈诗歌就是我在谈论诗歌，你延续着我少年时代的梦，一直是这样。而我则一直留在原地。文学是我的梦，我从未实现过它。"

不，黎子是实现了的，只不过换了一种方式，或许是更具意义的一种方式。

"今天来见你，"黎子说，"是需要你的帮助。"这时，黎子那清秀的面容，浮上来的是焦虑的表情。黎子说他的业务遭遇了重大挑战，挑战者是几个年轻人，他们组建了一家与白事相关的公司，采取低价位、强公关等方式，大肆掠夺他的固有市场。他一开始没怎么重视，依旧用自己的口碑和单一的、传统的方式做。如果不是走投无路，黎子是不会来找我的，他是用尽了一生的气力来见我的，很不容易。黎子老了，时代变了，后浪要把前浪拍在沙滩上，黎子的时代就要被结束了。

但是黎子并不这样想，我也没法对他讲一些大道理，只能尽自己所能，给黎子出些主意，想些办法，可是成效有限。我和他共同的往昔，是那样纯粹而美好，让我出手拯救我们共同的少年岁月，勉为其难。但是想一想，在时光开始的地方，那两个怀揣美好梦想的少年，走在小镇窄窄的、如今早已破损得无法相认的土路上，我们惺惺相惜。我们都把自己定格在那里了。我用回忆，黎子用的却是一生。

后来我驱车回老家，专程去探望了黎子。我们默默地坐了一会儿，说一些其实无关紧要的话，更多的时候，是悄无声息地坐着。他家荡溢着古典气息的宽大木窗棂和两扇方格窗子，正被夕照慢慢染红，坐在屋里的两个兄弟，似乎成了雕塑般的剪影。

# 一个人的桥

脚下一滑，踏空了。

在失衡的身体倒下的瞬间，芷风听见自己浓重而急促的呼吸声，心跳速率似乎降到很低。而手中高举的手机，仍处于拍摄状态，在一大圈颤动的光束中，墨绿色的钢铁桥体紧急上跳，一株淡黄色的野蒿尖端部分扑入镜头，然后是整株的毛毛草草和黄黄绿绿，迅速铺展，遮蔽了此前硬朗巨大的桥影，紧接着就是定格。意识和脱落的手机同时陷入消失的状态……

芷风后来说，当时意识中的最后一个残存的念头是：哦大桥闪跳到画外了，这算是个什么画风？

芷风心心念念的大桥，矗立在城市西侧的松花江开阔的江面上。在长江以北的地区，这是一座桥梁长度最长的超大型跨江大桥，规模宏大，气势雄伟。上下班高峰期，其双向八车道的七千多米的桥面，舒展流畅，每小时可以容纳万辆机动车快速通过。

除了连接起江南、江北，承载着交通大动脉的功能之外，更重要的是从落成之日起，大桥就迅速成为城市的一道全新的壮美风景，跻身为城市崭新的地标和旅游打卡地，不断地出现在无边网络和流量滔滔的短视频中。

在这个四季分明的城市里，阳光和月光交替着将松花江水映照得如一带亮灿灿的熔银，波光粼粼。虽然面对变动不居的时代，当地居民时有抱怨，但是一看到这条奔涌的大江，在江边走走停停，不免心生眷恋，不由自主地坐在长椅上，脾气莫名地小了许多，即使常常像候鸟一样飞走，但用不了多久，他们总还是忍不住或成群结队，或三三两两地从南方潜回，在心中悄悄发誓：老子哪也不去了，就住在这里，叶落归根。

芷风也是这样，他土生土长在这座城市，作为一个已届中年的职业经理人，他走南闯北，去了无数个地方，可当身体有恙时，他觉得只有回到家乡调养才让他感到安心舒服。大约两年前，他又病倒了，哪也去不了，每天站在窗前向外面呆望。

那时起，他就隐隐地想，该做点什么呢？

他的家就坐落在松北的岸边，从他的高层住宅的阳台上向南望出去，浩瀚无涯的松花江江面如大幕一般豁然展开，浩浩江水和湿地景色尽收眼底，尤其是阳明滩大桥，气贯长虹般“降落”在他家阳台东南侧的江面之上，江水呈现固有的生态之美，如今又平添了鬼斧神工般镶嵌的一块墨绿色的条状碧玉，大桥与大江这两者融为和谐的一体。

此前，窗子的视野里，只是大自然的江景野趣，看久了不免单调。“这些年，”芷风说，“我常常在阳台枯坐，望着江面发呆。但是有了大桥之后，江面似乎有了魂一般，这魂魄在此驻扎下来，这段江面的气质因此改变了，更加具有诱惑力，就像恹恹欲睡的一个人，忽然醒了过来，再也不肯睡去。”

桥上日夜不息的车流，与流淌的江水形成垂直式的对冲和博弈，上面是火热的城市生活，下面是始终保持一个不怎么变节奏的、缓缓行走的大地水流，动与静，快与慢，既构成了鲜明对比，也构成了一曲美妙的合奏。

初春的一个清晨，芷风如常站在阳台上，但是在举起手机拍下大桥的时候，突然有了一个灵感：阳台如一个固定的机位，在这里看桥，形成了一个恒久不变的独特视角，看似浑然天成，但冥冥之中是出自一种特别的设计，看似无心，实则有意，可能建筑师规划设计时，角度预先留好了，猜到有一天大桥会在这个位置安家。作为一个居民，我正好是建筑设计师梦想中的那个幸运者，但只有我和家人有幸看到，而更多的人是无缘看到的。

那么，可不可以像写日记那样，把这座桥、这段江面的一些值得留下来的瞬间，尽可能地记录下来，连缀成一个长长的系列。当然，要用视频来记录，再根据画面阴、雨、圆、缺的特点和个人喜好，配上适合的音乐。有了这个想法，芷风一刻也停不下来了，他被自己的想法迷住，病痛反倒时不时地被忘却。

连摄影业余爱好者都不算的芷风，对摄影和拍视频并不热衷，但是这个突然涌出的念头，把他整个人和他的生活彻底地改变了，他似乎知道自己该做什么了。芷风对我说：“职业经理人的角色也做着，但不再是首要的事情，尤其身体出了状况之后，我意识到必须做好自我调整。且如果每天都想着病情，想着怎么治病，也是很不好的。”

我说：“你这是兴奋点转移，人生观拓宽了。”

他说：“差不多。”

芷风开玩笑似的对我说他的手机其实很平常，配置低端，他的夫人却不肯给他换手机。“你看我拍了这么多视频，在朋友圈、视频号点赞甚多，一下子涌出一大批朋友来，但是我的夫人始终认为设备是第二位的，我的水平才是第一位的。”

说到这儿，他哈哈大笑。

假如疾驰在阳明滩大桥上，从江南往江北，即使趋近北岸时，你也很难注意到一家高层住宅的阳台上，有一个模模糊糊的、清瘦的身影正举着手机，在经常性地、持续性地拍摄着你正在经过的大桥。但是，对于那位拍摄者来说，那是他一段时期以来的日常功课，风雨无阻。

或许，你的车影，你的速度，你的行走，都已被他远距离地摄入了他的大桥场景之中。当然，他拍的是桥，而不是你。他看不到你，你也看不到他，因为彼此都是微观的存在，都是小小的颗粒，甚至连颗粒都不算，只是因为大桥这一个特殊的媒介，彼此便有了关联。

当你觉得他的大桥短视频是美好的、曼妙的，你们彼此便有了因缘际会，有了相遇。画里的你，画外的他，共同织就了大桥的美妙乐章。想想因为一个人的瞭望和另一个人的凝视，你们无意间都在融入对方，成为各自生活乐章展开的过程中的一个律动。即使你还没意识到，但这一点儿也不会减弱你们各自美好的执念。

两年多下来，芷风已经按着自己的想法，完整地拍摄了阳明滩大桥的春、夏、秋、冬四个季节的不同样态、形貌和景象，其中，有风雪之夜的桥，有细雨黄昏的桥，有晴空万里之下的桥，有云海层叠下的桥。

不仅四季，他还拍下了大桥一天二十四小时中的不同形态、颜色和气度，大桥的早晨、正午、午后、月夜种种。这些大桥的短视频，以其制作的精良考究令人刮目相看。其视频素材之丰富且不论，单是其制作剪辑推出来的那一组组具备风格化、标识化的作品群落，业已蔚为大观。在视频号、朋友圈和其他网络中，只要你搜索一下，关于阳明滩大桥及其相关联的松花江湿地的众多视频，出自他手的，常常会被置顶，并推送到你的眼前。

这真是一个了不起的工程。

因芷风的短视频的神奇“点拨”，阳明滩大桥“出落”得千姿百态，甚至千娇百媚。大桥作为一个物理性的存在本已足够震撼，但是在短视频作品中，你会发现它又意外地上升为艺术观照的对象，成了一种更大范围的审美存在。而这，凭的是芷风一个人的坚韧的力量。

“你成了阳明滩大桥的专属义务摄影师，应该没有之一。”我对他半开玩笑地说，其实我也是认真的。芷风表示他并没想那么多，那也不是他追求的目标。“相反，”他说，“我倒要感谢阳明滩大桥，不间断的拍摄成了一种疗法，它几乎治愈了我的病痛，眼睛和心装的都是桥，反而把病忘到一边了。”为了拍好阳明滩大桥，芷风对制作短视频的各种软件着实下了不小的功夫来钻研，日以继夜地在家里埋头鼓捣，虽然手机还是那部手机。说到这儿，他笑着向我亮亮他那并不耀眼的手机，他的“装备”的确有些“久”了。

一段时间之后，他觉得不能总在一个固定的机位拍摄，得适当地换换角度。芷风从自家的高层阳台走出去，到阳明滩大桥下面的湿地和沙滩上转，试图寻找一些新的拍摄落脚地。他开始在蓬勃怒放着的、齐腰深的灌木丛和草浪里时而穿行，时而盘亘，时而踯躅。

某一天的黄昏时分，他立于疯长着大片丛林荒蒿之所在，向头顶的大桥张望。那是一个全新的角度，令他兴奋，自锚式悬索、双塔门式结构体系在近距离的仰视中更加壮观，恢弘无比；墨绿色的大件钢铁设施和庞大的桥体，在夕照中愈发显得沉郁凝重，雄浑苍劲，凝重的力量中，又有一种飘逸渺远的神秘气息荡漾其间。

这是在高层住宅远观时无法得到的体验，这些奇妙的体验蜂拥而至，牢牢地吸住了他的心神。由于过于专注，忘了脚下的湿滑、暗涌的水流和地形的不可测，他猝不及防地摔倒了，手机也随之抛落草丛之中。好在不远处有一位与他一样痴迷大桥和湿地的摄影师，在移动的镜头里发现了他，急急地跑了过来。

“当时摔晕了，伤得不轻，心脏还是不够给力。”芷风说，“但是并无大碍，还因此结识了一位好摄友，对方很专业，不可多得的知音。”现在，他们成了一起出来拍片的小伙伴了，对阳明滩大桥，他俩最近有了一个新的拍摄计划，很有意思。“之后，视频号里会发出另一种调性的阳明滩大桥，和从前拍的很不一样。”

芷风对我这样说时，很有几分神秘的样子……

# 父爱苍茫

村子四周的盐碱地，白花花的一大片，间或点缀着绿草。当然村后有树林带，村东、村南是庄稼地，但给人印象最深的，却是盐碱地的无处不在。短促的防护林带里侧，是玉米、高粱和土豆地，外侧则是一块块盐碱地与稀疏的草地相互搭配并四处绵延，两者你中有我，我中有你，呈现出彼此拉锯的植被状态。所以，不管是什么季节，记忆中童年时代的家乡的总基调是荒凉而单调的，似乎总是处于深秋之中。

下班归来的父亲跨进家门，愁眉不展，每天回到家中的一个基本动作就是摘下帽子，挂在门口的挂钩上，同时长吁一声，仿佛要把压抑了一整天的情绪释放出来。于是，因父亲的神情和他的叹息，使小时候对家乡的那份荒凉感，更加浓郁了。

父亲是一位师范毕业生，在穷乡僻壤之地当一位教师，后来成为校长。他桃李众多，在当地颇有名气。但是他在学校和家中是大不相同的。在单位他谈笑风生，幽默十足，回到家里则一言不发。记得小时候问他问题，他很少在第一时间回应，总是心不在焉。小时候最怕他给我当老师，那我的日子将会变得暗无天日，也将永无宁日。

幸运的是，他一直没有给我上过课，我此生也从未听过他讲课。当他的学生都说他的课讲得好，是个难得的好老师的时候，我是不明就里的。在学校里我一直避免和他碰面，我可不愿意在他的眼皮子底下，被他监视着。所以，在我的小学和初中时代，我们父子俩在学校里几乎没有交集。但是我的小学和中学的老师，有不少都是他的学生。

快升初中时，父亲给我买了一辆自行车，凤凰牌。我高兴极了，父亲和他的几位同事，当然也是我的老师们一起下班，步行往家里走，正好挡住了我骑自行车的去路。我那时的兴奋和得意达到了极值，大声地喊着:“让开让开！”还狂按车铃。听闻喊声，父亲和同事们闪到一边，我一溜烟地从他们的中间，带着一长串铃声穿了过去，那时我感觉自己骑着自行车的背影“老拉风”了。回到家却遭到了父亲的一顿胖揍，责备我不讲礼貌，居然让老师给自己让路，令他十分难堪。

我那刚刚拥有一辆自行车的兴奋碎了一地。

和父亲最多的直接交集，反倒是被暴打的时候。由于我的淘气，当然主要是贪玩，我总是不能按他的要求及时回家写作业。我自知理亏，到了家门口不敢进屋，便在外面绕来绕去，试图逃过惩罚，但这是不可能的。关键是我被打时，我妈还会助阵加油，说:“这小子该打。”

直到看到我父亲越打越气，下手越来越重，根本没有罢手的意思，我妈才会对我大喊一声:“快跑!”我就拼命地挣开父亲的大手，撒丫子逃掉，然后很晚才一点一点地蹭回家去，那时父亲已经睡下。而我妈则过来悄悄地告诉我:“饭菜在锅里，快去吃吧。”

后来我到县城里读高中，从此离家。父亲太过严厉，使我俩的交流无意间有了不少障碍。他认为家长就要做严父慈母，且崇尚棍棒底下出孝子，白屋出公卿之类的教育观。

记得恢复高考的那年，我还是个初中生，父亲很高兴，他认为高考对我和家里的意义重大，要求我将来必须上大学，我觉得压力很大，对他说:“要是考不上咋办?您能否帮我找份工作?”我知道他的不少学生都是有本事的，对他很是尊重。

父亲不给我留任何余地说:“你考不上是不可以的，你不是最喜欢《青春之歌》里的大学生卢嘉川吗?你要成为他那样的人，你的机会来了。而且我不会为了你的工作去求人的，我这辈子也没求过人。”

父亲从来没有当面表扬过我，而我那时作为一个小孩子，内心特别需要他的肯定，但就是得不到。我的中小学时代，成绩总是名列前茅的，有的不如我成绩好的同学，其父母也是老师，和我父亲是同事，其大肆表扬自己的子女时，我父亲在一旁听着，总是一声不吭，这很令我恼火。有一次我实在忍不住，对他哭喊了一番，但父亲毫不让步，他回答："你爸是校长，你要不是第一，我站在全校师生面前还有资格说话吗？"

我心里一直不服，但是无可奈何。

父亲的良苦用心，长大后我慢慢地明白了，他深知儿子的脾性，对症下药，决不允许我自满，不能让我忘乎所以。好多年后，我的一位老师，也是他的学生，认真地对我说："你爸爸是以你为傲的，他不会当面和你说，但是他和我可是多次说起过。一直严格要求你，那是他的教育理念所致，你要理解。"

我当然也理解，但是父子之间的有效交流，和交流的最佳方式，我们彼此之间始终未能真正地找到。

如今他已逝去，在他的有生之年，我们从未坐下来深谈过一次。父亲只是说："你回来得少，多给你妈打电话，别让她惦念。"他从不说他自己，有时我回家还没坐多长时间，妈妈和我聊得正火热，他就催我走，怕我耽误工作，他的脸上并没有笑容，他的体谅和关切都在心里，我明白，但是有时我真的感觉不到它们。

我说："爸，我知道啥时候走。"他就不再吭声了。

在他生命的最后的那两年多里，因为身体很差，家里为他找了个护工。儿子们都上班了，他一直和护工在一起，他对护工之好，即使在他神志不是很清晰的时候，也从未改变。他是怎么做到的？其他的东西都已不再回还，而他的教师本性却从未失去，教师的职业角色早已深入他的骨髓和灵魂之中，成为他的生命的本质力量。这一点至今都令我感到震惊和不可思议。

无论护工做什么，怎么做，他都对他微笑着说谢谢。在用餐的时候，他总是让护工先动筷，还帮他夹菜，让他别客气，要多吃。而他对我们一直是严厉的，常常不留情面。我问他："您对护工有没有不满意的地方？"他说："没有，护工人很好，也是五十多岁的人了，一个大男人不容易啊，抛家舍业地待在咱家，要善待人家。"

他离世的时候，护工也哭了，对我的弟弟们说："你们的父亲待人太好了，他真的是个好老师。"说心里话，护工对我父亲的这份真情，我是没想到的。现如今，患者、家人与护工的种种龃龉，是个很大的社会问题，但是在我家，尤其在我父亲这里是例外。护工至今和小弟还保持着联系，这主要得益于我的父亲与他相处时的那份难得的感情。

我对父亲的陌生感，反而是在他离去之后才渐渐消除的，这是不是太迟了些呢？在他住院期间，得知病情难以逆转，我一个人跑到走廊尽头大哭了一场，抹干眼泪，又回到病房，站在他的床边，不知道该说什么。父亲似乎用了很大的力气，说："你离我近点，坐下吧。"我努力地克服内心的那种不习惯，命令自己坐下来。才开口喊了一声爸爸，泪水就模糊了我的眼睛。父亲则沉默着，没有说什么。

父亲弥留之际，我和小弟守护在他的身边。他从重症监护室出来仅仅二十四个小时就走了，停止呼吸时是次日凌晨。小弟对我说："哥，爸一定是怕耽误你工作，才早早地走的。"在他病重期间，弟弟们照顾他的时间很长，他们几个轮流值班看护，唯有我在外地工作，不曾加入陪护，我是在他的最后一天的当日中午才匆匆地赶回的，我陪护老人的时间实在太少了。

父亲从重症监护室里出来，一直没有再睁开眼睛，只是艰难地呼吸着，但我感觉他随时就会醒来。我想在他那残存的意识中，一定知道长子回来了，而且就在他的身边。但是他依然像以往那样，不想耽搁我的任何事情，让我感觉老人家走得那样急促匆忙。小弟这样说的时候，我的内心也在这么想着，心中充满了愧疚和难过。

随着父亲离开的时间慢慢拉长，不知为何，我反而越来越觉得他并没有离开这个世界，他正开始变得亲切而温和，离我近了许多，他和护工说话时的神情，似乎正在成为与我交流时的神情。他年轻时是有过很多愁苦的，他默默地承受着生活的巨大压力。

一个中师毕业生，被分配到穷乡僻壤工作，每个月三十块多一点的微薄工资，支撑着爷爷奶奶一大家子的支出，因为他是他们八个兄妹中的老大，然后还有他自己的小家，几个嗷嗷待哺的小孩。所以那个时候，他回到家中关起门来，总是发出叹息。但在那贫寒的旷野上，在走出干打垒校舍之后，他的叹息从未在外人面前发出过，他的自尊和作为老师的尊严，从不允许他那样做。

我想，当他对我施以严教的时候，他的心中一定有着某种执念，但他的意志似乎过于坚定了，成为他的性格的一部分，以至于我要用大半生来思量、理解和体谅……

我仰望着天空之湖，父亲已隐身于蓝色的波涛之中。

## 雪　豹

雪豹并非豹子，而是一只白色的猫。

雪豹并不知道这一天是它生命中的最后一天，当然，它的女主人安琪也不知道，倘若知道，她和它就不会于傍晚时分，几乎同时地出现在那条僻静的小巷的巷口。

假如没有雪豹，安琪的生活几乎没有什么值得期待的。白天上班，她把雪豹安顿在家里，下班回家，家门吱呀开启，雪豹会懒洋洋地、闲庭信步地从卧室或者书房里走出来，抬眼望望她，彼此算是打过招呼。

她有时会俯下身拍拍雪豹的头，有时则不理它，换上拖鞋，径直走进屋里。当然了，雪豹也并不在意她是否和它打招呼，偶尔她拍它的头时，它还躲一下，表明它此刻并不是很喜欢这种方式。重要的在于双方相互打过照面了，等于彼此都知道从那一时刻，对方正式回归自己的生活圈，孤单感解除，彼此进入妥帖、放松和愉悦的状态。

更意味着一切安然就绪，生活如常。

雪豹成为安琪的家庭成员之前，后者的生活倒也不算极致的单调。那时的她每天会去公司上班，除了职场生活发生的一些不可避免的烦恼外，频繁的相亲也令她感到疲倦。她有过与男友相处的经历，但是实际的恋爱生活与想象中的爱情有很大的反差，双方不一致的状况是常态，所以多了一个人的生活常常让她感到不适。她当然明白到了谈婚论嫁的年龄，两个人的生活才是合乎生活逻辑的，但是各人有各人的情况，她高傲的个性令她无法学会妥协和迁就，她把这一点归因于自己尚未遇到真命天子，那就等吧。

便是在这段空窗期，她和雪豹相遇了。

那天下班，她走进公司的露天停车场，准备发动自己的座驾回家。走近车子，她发现了一只孱弱的猫咪，纯白如雪，正在车的前轮胎上蹭来蹭去。

发觉她的靠近，小白猫居然没有逃走，而是停下蹭轮胎的动作，抬头望向她，冲她“喵喵”地叫了两声，不仅如此，它还走向她，在她的裙角上蹭来蹭去，然后再次抬头看向她，弱弱地又叫了两声。

安琪很是意外，她以为小猫咪饿了，在向她要吃的。她蹲下身，从包里翻出中午吃剩下的小面包，递向小猫咪，可它只嗅了嗅，并没享用。

明明看上去很饿的样子，却还挑食，安琪觉得这只猫咪很不好伺候。它不肯吃，该怎么办呢？安琪看着它，一时间没了主意。

这时有同事走过来，和她一起俯下身，研究这个小东西，也觉得它不好对付。同事说：“这小猫咪一直不肯走，怕是缠上你了，它这么信赖你，说明你俩有缘，带回家吧。”

安琪犯难，她此前从未想过要养一只猫。但是眼前的这只猫咪让她的内心柔软了起来，且它始终不肯离开，也不怕她，安琪一咬牙，把猫咪抱起来放进了车里。一溜烟开出去，先奔向猫食店，然后带着猫咪回了家。

就这样，雪豹和安琪成了一家人。两三年过去了，雪豹是一只公猫，出落得相当帅气威武，所以她为它取名雪豹。安琪不到三岁的小侄子来她家时，相当淘气，经常追逐雪豹，对雪豹大喊大叫，雪豹觉得厌烦，便躲在沙发底下，坚决不肯出来和小男孩玩。直到小男孩离去后，它才慢条斯理地踱步而出，在屋里转上一圈，找个小地方安卧下来给自己洗洗脸，久违一般独自享受家中一贯的安宁和寂静。

雪豹和安琪不即不离，好像安琪不是它的主人，反倒是它的领地中专属于它的某个物种，是它的领地的一个组成部分。所以究竟谁是谁的主人，很不好说，两者各有各的认知，应该不在一个频道上。

和安琪初相遇时的那种主动，似乎只是小猫咪时代的一段难以复制的天真，如今那种方式已不怎么常见，但早晨时光例外，太阳初升时，雪豹会有凑上去亲近一下的意愿。它会悄无声息地跳上床，和她厮混打闹一会儿，但绝不纠缠，有一种即兴感和仪式性，并谢绝安琪试图继续亲昵的美意。

安琪觉得雪豹的性情与自己很搭，这很好。

但是，雪豹也有不安分的时候。春天到了，它会变得心浮气躁，总是一副试图冲出门去的焦躁的样子；它在渴望外面的世界，渴望蹿出去探寻和张扬，渴望驰骋、飞奔。某一天，安琪外出开门的一个不经意的瞬间，雪豹看准了时机，一下子从她的脚边冲了出去。安琪大叫道："你给我回来！快回来！"

但是雪豹并未迟疑，沿着楼梯飞奔而下，安琪赶紧跟在后面追，却一脚踩空，重重地从楼梯上滚了下去。

而雪豹，已没了踪影。

大约半个多月过去了，除了上班，其他时间安琪便拖着受伤的身体，在小区里四处寻找。无论白天，还是夜晚，小区里经常出现一个青年女子寻寻觅觅的身影。

安琪发现小区是很大的，环境有些复杂。她找遍了小区的每个角落，看到过好多只猫，其中也有白色的猫，但是都不是雪豹。她多次向左邻右舍、向小区里散步的路人打听，她收获的要么是带着茫然的表情的摇头，要么是对方不得要领的廉价的安慰，对她毫无帮助。

某天安琪惊觉自己的状态偏离了正常，她赶紧进行自我劝解，"不就是一只猫吗？又不是我把它弄丢的，是它自己执意要出走的。也许，雪豹已经遂愿，找到了它渴望的自由，焉知雪豹离开后，一定过得不如意？它要的或许就是自由自在呢！”

“本来它就是一只野猫！”

安琪这样想的时候，心里的负担是卸下了，但是仅过去几分钟，雪豹的模样便会再次浮上心头，令她再度陷入黯然。

仍然是一个普通的日子，安琪下班后回到傍晚的小区，把车停好。她又想起了雪豹。以前总是在小区里寻找，也许雪豹早就跑到小区外面去了。

安琪步行出了小区，来到与小区相邻的一条弯弯曲曲的小巷子。她常常驾车出行，很少在这里驻足。此时她缓步于小巷中，祈祷能遇见雪豹。

小巷是东西走向，在朝向夕阳的西端出口，射落下来的光线柔和、宽舒而斑驳。安琪低头走着，仔仔细细地搜索着小巷凹凸不平的路面，那些粘着泥土的松动的石板条，拉长的灰黑色的婆娑树影，晚风中颤动着的透明的塑料袋，被谁抛下的黄中透着黑斑的香蕉皮，都没有逃过她的扫视。

快到巷口时，入眼一团毛绒绒的白色在轻轻地移动，像一个精灵。安琪瞬间止住脚步，在小巷整体处于晦暗天色的背景之下，跳入视野的白色格外耀眼，那分明是一只猫咪！

安琪屏住了呼吸，不敢发出任何声响，担心惊扰了那敏捷的“小豹子”。但她不禁加快了脚步，她看得愈加分明，那是和她的心爱的雪豹的身形、大小、颜色完全一模一样的白色猫咪，她几乎可以确认，那是她的雪豹！

雪豹微微扭了一下头，打量身后，随性而安然，它是否看见了它的安琪？无论与否，它未曾转身，依旧保持着既定的行走方向，并且突然冲刺般起速，向着巷口飞奔而去。

这时，从巷口外部的边缘，突然闯出一辆摩托车，风驰电掣般的刹那，被撞的猫咪高高飞起，又沿着一条抛物线急剧落下，之后没有了一点声息……

安琪站在这个她本不熟悉的、黄昏的巷口，双手紧紧地捂住眼睛，这个无名小巷，成了她永不会忘却的伤心之地。而雪豹在她的泪雨滂沱中，头也不回地向着彼岸，泅渡。

## 兆麟，兆麟

从前，兆麟这两个字，意味着一个人，一个青壮男子，如今，这两个字指代一条街、一座公园、一所小学、一所中学，甚至一片街区。

当年走进水道街 9 号时，正值初春一个或明晃晃，或阴沉的下午，但是他没能从那里走出来，而是倒在了自己的血泊之中。

他并不知道，不久后他的名字会通过一个庄严的仪式，成了这条街道的新名字，水道街从此封入历史档案。沿街往北走，一座公园成了他的永久的栖息之地，同样也拥有了他的名字。

这个一生在血雨腥风中穿行的将领和战地诗人，随着岁月的次第演进，身上和名字上的血火硝烟气渐渐荡涤，直至淡化成昔日的传奇。

但是同时，又因为这一场不寻常的命名，这传奇历久弥新，变成了一个长青的故事之树而枝繁叶茂，成了一个永远意味深长的符号，成了市民生活中的一个须臾不能脱离的物理和精神交汇一体的空间。

这是命名的力量。

我工作了差不多一辈子的那座大楼和这条街相邻。这是一种缘分。

从年轻时起，我无数次地把脚印和身影留在这条街上，曾经那个行色匆匆的疾行者，走成了如今的一个缓缓的踱步者，并且延伸步履，常常出现在公园。

一开始是无感的，只是走过了一条街道而已，或者，不过是遛了一趟公园而已。直到那一刻，被公园里的垂柳所打动。

那个时刻属于深秋。

深秋的古柳布满了公园的水塘之畔，排列在人行道两侧，也出现在围墙边上，并高出围墙。

一棵棵古柳树大根深，满树的枝条，看起来与树干平行生长着。树干向上，即使常有倾斜和旁逸，枝条却披着耀眼的金黄，深深地、近乎绝对地垂向大地。枝条如此密集，形成层层叠叠的屏风，如金色的幕帘垂挂下来，密不透风，庇护着静静的水塘和廊道。

令人称奇的是，地上和水里的落叶往往都是别的树木的阔叶，而这些窄窄的柳叶却紧紧地抓住枝条，久久不肯脱离，它们只是零星飘落，然后不情愿地混杂在其他的叶子中。

在这些老柳树下，人的身影显得渺小，仿佛一群儿童嬉戏在巨人的怀抱之中。

站在柳树下，公园外面的世界似乎已不存在，高大的柳树群遮住了外面的高楼大厦，把公园自身圈在一个自在的微型自然里。

在柳树连片的外围，公园的最北侧，松柏围绕着兆麟将军墓，将军静静地隐身于那里，紧挨着北角门，有一种别样的肃穆和宁静，并不刻意渲染悲伤和壮烈，担心打扰了行人。

他只是轻轻地熟睡了，有着一个浅浅的梦。

大片的柳林是别处无法复制的。这里的柳林繁茂高大，为的就是撑起绿荫。柳林层峦叠嶂，却又婆娑起舞，活成了不老的神仙，须髯飘飘，庇佑后生和澄澈的秋水。这片柳林保存得很是完好，我想，没有这位英雄在公园一角的日夜厮守，没有他经年累月的守望，在曾经有过的那些浮躁的年代，这方宁静能否存续，会成为未知数的。

在这座城市的其他地方，即使你有心踏访，也很难再找到一片类似这样浓荫蔽日的柳林了。

命名，不止是对记忆的赋形，更是生命得以延续和扩展的一种重要的方式。

在汽车时代，这街心花园一样的街也经历了变迁，例如，路被拓宽了，街心花园因此不得不收窄。不久前，在兆麟街的起始点，突然冒出一座人行天桥，据我观察，桥上行人极为稀少，然而横在这条名街的端口，令人不免气闷，我想或许用不了多久，它将因其利用率太低而被拆除。目光忽略这座突兀的天桥，整条街上的草木依旧很是茂盛，类似带状公园。

尤其春天，这条街将率先绿起来，葳蕤起来，是与它相邻的那些街道难以比肩的，哪怕是那条著名的老商业步行街，也没有它这样的盎然生机，因为那些街道没有这闹着春意的、长长的林带啊！

到了夏天，这条街一路花树，映衬着机动车的穿行，又给每一个过往的司机、乘客和行人的单调而灰暗的行走体验，带去一股难得的清爽。

夏秋之交，这条街五彩缤纷，成为扑入眼帘的、一段令都市人意外的山野风光。

落雪时节，这条街大大小小的树，黑色枝干峭拔不屈，松树依旧深沉地暗绿着，高擎大朵的白雪王冠，高低错落，银光闪闪。与它相交的两条街道，也有着和它相关的、美妙的名字，森林街、柳树街，与这条英雄的街道构成了默契和呼应。再往东北方向走一点，将有阵阵孩子们的欢声笑语传来，兆麟小学就坐落在相邻的街上。

一个要好的朋友，因公出差从外地赶来，公务忙完已经很晚了，次日凌晨就要离开。他对我说："你得陪我去个地方。"我们驾车抵达，我才知道他说的是兆麟街。从车上下来，他默默地走着，向左，他看到哈尔滨话剧院，上面的莎士比亚头像浮雕让人联想到剧场的沧桑巨变；向右再走一点，索菲亚教堂广场豁然展现在眼前，这著名的打卡地，原本就在兆麟街畔。他一直走到兆麟小学，停住，久久驻足，不语。

回到车上，我才知道，他从小在这条街上长大，在这里读完小学之后离开了，再也不曾有机会回来过。或许是年龄的原因，最近总是梦见这个地方，所以借出差的机会停留一下，匆匆地看上一眼。他说："希望能找个机会，在这附近住上几天，好好地体味一下小时候的美好。"但是离开不久，他就意外去世了，一个故人的宿愿终是未能实现。

和朋友相比，也许我更幸运、更幸福一些，我与"兆麟"一直相伴，也在心中悄悄地代表着我的朋友，替他在这里伫望。

我曾经在文史画册、博物馆展陈厅里，瞻仰过兆麟为数甚少的照片，他眉清目秀，却有着干练、果敢的神情，他的"文气"在他的英武浩然之间闪耀，他的"武"也洋溢在他的"文气"中。与其说他是一员儒将，不如说他是一个投笔从戎的书生，这个以战火中的铁笔写出著名诗句的人，火烤胸前暖，风吹背后寒，让人似乎看见一个辗转于苍凉旷野和漫漫风雪中的跋涉者，并未感到艰难困窘，因为他的眼神，一直闪现着心与天齐的超拔情愫。

在兆麟街，川流不息的车辆和行人，彼此擦肩而过，但是他们会因为这个不朽的名字，拥有共同的经历和息息相通的情感意绪。所谓阴阳阻隔，已被完美跨越，活着的人和地平线之下的他的对话从未停止，英雄传奇对日常生活的长久浸润，让一条街道变得四季温馨，即使冬季也绝不例外。

因为从来都是沉浸其中，对街的温馨感觉成了一种熟悉和习惯，人们反而不曾意识到这一点。我将离开这片街区，但是对这条街的这种特殊的感情，却不曾有丝毫淡漠。有人说，有些东西会随着时间慢慢地冷却下来，淡漠下去，甚至遗忘，然而这条街道的命运注定不在此列。

走在兆麟街头，我越来越相信这一点。

# 未完成的画

正是下班时刻，在经过一个十字路口的时候，我看见了一张熟悉的面孔，那不是米格吗？他牵着一个七八岁的小女孩，正走在白色的斑马线上。因为绿灯的时间太短，他们走得十分慌忙，很快便穿过去，奔向街道的另一侧了。我当时正在公共汽车上，眼看着他消失在人流中。

这次对他的隔窗眺望，似一个偶然。

我和米格曾经过从甚密，作为同事加舍友，我和他朝夕相处了很长一段时日。那时我刚刚走出校门，而年长几岁的他，已经是一个在课堂上和校园里大受欢迎的青年教师了，用今天的话说，他收割了大量的粉丝，而女生占了极高的比例。他上课时，教室里常常挤得水泄不通。他讲的是美学课，作为一名学者和业余油画创作者，他独到的思考和艺术天赋有机交融，加上他那充沛的激情，优雅的表达，使得他非常地受欢迎。除了本系学生之外，中文系、外语系等其他院系的学生也都慕名而来。

走下课堂，他则成了另外一个人，一个寡言的人，一个离群索居者。那时他已离婚，前妻带着他们的儿子远走他乡，他重回单身时代，所以我俩在一起的时间就多了些。他偶尔对我敞开心扉。我那时还处于见习备课阶段，对于讲课这门艺术，相当懵懂，不断地向他讨教。当时有一个校外的漂亮女生，对他极为痴迷，总是来宿舍找他。我见状赶紧躲去图书馆，给他们留出空间。那时的他，活力迸发，激情洋溢，像一个初恋的少年。我回到宿舍后，还能感受到他仍处于突如其来的幸福漩涡之中。

然而，更多的时候，米格是一个独处的人，他相当勤奋，除了短暂的恋爱时光，他也是整天泡在图书馆里。没课的时候，他常常带上一两个冰冷的馒头，在图书馆里啃书本、写东西，很晚才回宿舍。半年后，他获得了一个出国留学的机会。出发前，他对我说："我这次走了，就不打算回来了。""那你的小女友怎么办？"我知道对方舍不得他离开，常常以泪洗面。他说："只能等以后再想办法了，先出去再说。"这样，米格就从我的视野中消失了，并且走后也没有联系。我想，他走得真是决绝。

我以为此后不会再见到米格了，他会在另一片大陆上过起他所向往的生活，那是他想要的。

我这持续了多年的"以为"，被一场意外打破了。

在一次画展上，我结识了一位画家，他与我年纪相仿，其画作很有风格，我很喜欢，于是就攀谈起来。这位画家朋友自称患有社交恐惧症，朋友不太多，仅有两个经常往来的至交，其中的一位叫米格。“什么？米格？哪个米格？”我不免为之一惊，遂追问。画家朋友说：“怎么？你认识米格？”

然后他向我说起了他的偶像米格。

在他的描述中我才得知，米格和他一直生活在这座城市，两人往来大概已经有二十多年了。画家说：“只要我感到自己的灵感要枯竭了，我就找米格和另外一位好朋友一起神侃一番，之后我就如充满了电一般，灵感很快就能找到。”在他看来，米格就像他的恩师一样。画家说他了解到米格当过大学老师，短暂地出过国，但又很快地回国了，选择在另外一座城市教书。但是因为他的家在这里，他没有办法解决两地分居的问题，索性辞了职，专心照顾家庭，目前无正式工作。他现在的婚姻很平静，波澜不惊，妻子比他小很多，是经人介绍认识的。但是日子过得不大容易，妻子总是不断地变换工作，为生活奔波。两人有一个小女儿，米格就在家里陪着女儿学习，并接送她上学、放学，学校离家很近。

米格也画画，而且画得很好，但是他有一个特点，总是在一幅画上反复地改来改去，不断推倒重来，所以画得很慢。他却浑不在意，好像画画本身、作画的过程就是他的一个营生。米格是这位画家敬佩不已的人，但是不大了解他的过往，因为米格不曾与他详谈。

轮到我说时，我告诉他我需要见见米格。

如此，我和米格就重新见上面了。尽管这么多年过去了，我还是一眼就认出了他，米格仍像年轻时那般清瘦，衣着干净而朴素。我问米格："为什么回国这么多年，不和我联系呢？"实际上，他的住处和我的单位相距很近。

米格说："刚回国的时候，我去你的单位找过你两次，但是你都不在，他们说你出差了。我问收发室的人，他们说了一点儿你的情况。我感觉你很忙。我离开你的单位后就在想，我所了解的你，风风火火、不怎么安分的一个人，不该在这个城市待这么久啊，可是你居然一直没有离开过。"

我似乎有些明白了他的心迹，他对我是有责备的，包含着某种失望。或许他是对的。这么多年，我们都没真的看准对方，也没看准过自己，如今各自的状态，或许都不符合各自的初心，和彼此内心中的某种期待，最终谁都没有成为心中最想成为的样子。白驹过隙，我们竟然都还在原地打转，以至始终没法向对方说清楚这些年究竟做了些什么，是否辜负了人生。

然而多年后的重逢，还是令人愉快的。我们是彼此的一面镜子，有意无意间照亮了一段共同的青葱岁月。米格告诉我因存在着许多实际困难和不适应，他在国外待的时间极短，当他折返之际，他重新认识和评估了自己，以及他所处的世界。他并未讲述那些细节及过程，倒不是有什么隐衷，或者不堪回首之类的，仅是觉得无趣。

米格个人的旨趣到底在哪里呢？在他的画中？我后来看了他的画，我觉得他的画作没有传达出他内心的那种丰富、细腻和渺远，或者他应该换一种其他更好、更适合他的表达方式，甚至可以不是画，而是其他的更直接的方式，譬如授课、学术和文本，这都是他能够做到的，但是他不打算那么做……

他的内心似乎是累了，他想把自己变成一个简简单单的人。

那天我们坐在小酒馆里，米格很兴奋，但是在他的骨子里，他认为没必要过多地倾诉，他只说他的妻女。

婚姻和女儿是他目前最大的责任，他已脱离往昔的那种独来独往的生活状态，进入笨手笨脚的柴米油盐的日常，他出现于早市、夜市和茫茫的人海之中，和普通市民没什么两样。

画家也和我们坐在一起，但整个过程他一声未吭，只是听着。

后来画家时常来找我，米格也建议他多和我交往。有一次，我俩散步时恰好路过米格家楼下。那是一个老式小区，我俩在那儿停住了脚步。他说："叫一下米格如何？"我说："好啊。"但是他迟疑了一下，收起手机继续往前走了。沉默了一会儿，画家说："我和米格的联系有些少了。"我问他发生了什么事儿，他说什么事儿都没有，就是觉得和米格在一起，总有一些很重要的东西，未能很直接地触及，但是又不知从何说起。画家说："米格的那幅画，至今还停留在画架上，不知是在琢磨，还是扔在那儿不管了。"我说："或许他一直在思考，没想好怎么落笔呢。"

我宽慰他："或许米格想给彼此之间留一些空间和余地吧。""就像你俩这样？"画家有些苦笑地问，"你们留空间，一下子就留出好多年的空白。"

我和米格只见过了那一次。分开的那些时光，仅那一回把酒叙谈，似乎就说清楚了，如同提交了各自的简历，细节和故事不必详述，因为感悟成了最简洁的提炼，那些枝枝蔓蔓，被轻轻地抹去了，不值得纠缠。

米格过得是否开心，这很难说，凭我对他的了解，他应该始终知道自己究竟想要什么，但那个东西在实操之外，他只能将其束之高阁。也许夜深人静时，他会向那高处望一望，然后，他会微微颔首，环顾模模糊糊的四周，看看生活中真实的妻女。次日醒来，他早早地走进厨房，为她们做早餐，锅碗瓢盆的交响之后，他替女儿背起沉重的书包，在蒙蒙亮的天色中陪她走向学校。而妻子也早已独自匆匆地赶在上班的路上。

对米格，我从未有过真正的淡漠，他年轻时的绚烂，长存在我的心中。但我也理解他的现在，我们之间的不经常联系，是彼此间的某种无需多言的默契。就像逢年过节时，最好的朋友，并不用发微信祝福一样。

这一次，我在公共汽车里，与车窗外的他不期而遇，他牵着女儿的小手急急地穿过马路。我们之间离得既近又远，既远又近。

庞大的公交车体，也摇摇晃晃地驶离了十字路口。

## 穿越小兴安岭

我已经很久没有进过山了
也不需要，
再伐倒榆木、油松和侧柏
我已经有些年头
用不着点亮一盏马灯
——摘自马泽平《只有月亮听见斧刃在屋檐下嘶鸣了一整夜》

一辆湖蓝色的越野车，向着小兴安岭的深处开去。

盛夏，灰色飘带一样的山路蜿蜒向前，这里才是青山不改，绿水长流的现实版。一路上，置身于崇山峻岭的连绵起伏之中，穿行于大森林的莽莽苍苍，永无尽头。

方向盘掌控在朋友林果的手中，多年来他一直属意于自驾游，只要有空，他会随时开启长短不一的自驾之旅。这次我随他一道北上，再度体验一下夏日北国画中游。

之所以说“再度”，是因为我们对小兴安岭都不算陌生，此前出差来过多次，好多景区也去了不止一趟。问题似乎就在这里，你以为你来过，无需再来的地方，实际上并非如此。换一种方式，不找当地朋友，不见熟人，只身孤旅，以陌生人的角色和初次游的心态，与自然直接相遇，寻找大自然本身固有的“野性”，自会有新的、意外的发现。

当我们跨过平原地带进入山里以后，小兴安岭独特的气候，以一种意外的、舒适的方式，向我们次第打开。这种方式就是时雨，时阴，时晴。一路上何时雨，何时晴，似乎全凭老天的情绪而定。

阴晴不定是常态，时时带来意外的惊喜。雨和晴的转换时差很短促，常常相差几分钟的光景。从一个山脚转过来，迎面一座新的山峰出现，同时出现的还有灰蒙蒙的雨幕。车冲进雨幕时，雨刷急速滑动，扑上风挡的雨水清冽而浓郁。

但是，再转一个大的急弯，狂雨又会迅速变缓，甚至变成毛毛细雨，轻柔低吟，车速也随之降下来，我便摇下车窗，让头部感受一下微微的清凉。

再往前行，拐向另一道山梁，天气忽然变得晴朗，一带蓝天从天窗上方的阴云中挣脱出来，阳光直直倾泻，洒满风挡前的道路和车身，车子像刚刚出浴的青年，移步跃入露台上的阳光之中。

时而清凉，时而灿烂，起初会因此惊喜连连，但在山区后来的行走中，慢慢地习惯了这份惬意。或许，这是森林浴的一种常态性指标吧。当地人对此可能见怪不怪，不以为有什么特别，但对于外地人来说，这也算是一个小小的发现呢。

号称“林都”的伊春，其四通八达的公路网业已形成。一路上，高速路有不少路段在进行着提升完善工程，为的是让外来游客和物流更加畅行无阻。

林果说：“无论是基础设施建设，还是旅游推广工作，当地人这些年来从未松过劲儿，但受某些因素影响，来的人还是太少了，举目望去，不见车影。”

然而在高速公路的两侧，已出现了新型服务区，这在省境内并不多见。作为自驾者的林果，对此很是兴奋。五营汽车营地，就坐落在公路东侧的服务区之中，这是本地服务区的升级样本，由过去的加油站和快餐的几项简单的服务，升级为集交、旅、文、体功能于一体的综合性服务，成为时尚消费业态的新服务区。

从入口进来，直接入了汽车营地，帐篷酒店、太空舱住宿区、儿童室外游乐园、林区生活展示区，一应俱全，同时还有加油站、水电桩、亲水广场、沙滩游乐场、人工湖等配套设施。这是体验式旅游度假的胜地，为自驾者提供了回归自然，尽情呼吸的美妙所在。

一位年轻的工作人员热情迎来，他说：“这里刚刚试营业，今天已有三十多位自驾者入住，还有四十多人预订，明天就会抵达。不久的未来这里定会热闹起来的。”

向北再走三十多千米，一直藏于深山的新青湿地公园，闯入眼帘。其入口同样与公路服务区一体化。这里是白头鹤的栖息繁殖地，同时也是八百多种动物、一千多种植物的家园和基因库。草本、森林、灌丛沼泽湿地等多样性湿地，组合在一起，这里更是典型的寒温带泥炭沼泽湿地，面积达四千五百公顷。

我和林果抵达时，有幸赶上白头鹤放飞。数十只白头鹤在湿地上空飞舞盘旋，在蓝天白云下尽展英姿。公园的工作人员自豪地对我们说："这样的景象，在别的地方是见不到的，欢迎你们常来新青湿地公园。开车来最方便，最顺畅。"

林果说："自驾的一个基本考虑是尽量不走寻常路，避开人人都走的高速，另辟蹊径，甚至要多走人迹罕至之路。"

于是，在返程途中，林果驾车从伊春市区绕出，换了一条当地人都不怎么走的普通的公路南下，路况真的很好，虽然窄了些，但是车少，极为通畅。

路上，我们与大丰河不期而遇。

大丰河其实一点也不大，相反，它是一条极小的河。一开始并不知道这条河的名字。向车外望去，发觉公路紧紧地傍着一条清澈无比的河流在前行，但是行进中这条河有时又脱离了我们的视野，一抬头才发现，原来它在路边树林外侧的不远处奔涌，过了一会儿，它又拐了回来，向我们重新靠拢，和公路一道向前奔跑。

公路与河流，一个在稍高处，一个在稍低处，不离不弃，兄弟般相互照应着前行。

在下午倾斜着的光线的照耀下，河水清澈甘冽，泛着碎银般的光，波平如镜，在无声中畅快地奔流，像山野里无人管束而又清新可爱的疾奔的少年。河流不宽，大约有三十米，榆树和其他不知名的树丛一簇簇地分列两岸，绿意婆娑，高低错落着连接在一起，形成庞大的榆树群落，蔚为壮观，它们在水中的曼妙倒影，清晰动人，绵延不绝。

这样的山野河流景致，实不多见。

我们把车停下，正好碰到一位骑摩托的当地农民，便向他打听。他在岸边种了点庄稼，过来打理一下。他说这是大丰河，起源于老白山之巅，那上面有红松原始森林，大部分树龄达三四百年。河长只有八十千米，是汤旺河的支流。清澈见底的河水，看得见鱼儿成群游走。“早年它是运送木材的河道，后来搞起了漂流，小兴安岭第一漂，说的就是这里。”

正说话间，一阵火车的汽笛声惊扰了我们，我们发现在河西岸，一列黑色货车正沿着隐身于草丛中的窄窄的铁轨经过，惊散了水边的一大群鸟儿。

“这么好的地儿，为什么没看见有人来呢？”我们问。农民回答：“当年伐木时很是热闹，不伐木后人就少了，偶尔有钓鱼的人会骑摩托车过来，有时候三五成群，但钓完鱼后又悄没声地走了。”

驶离大丰河之后，我们在金山屯、南岔和带岭做了短暂的停留，这些林业局所在地，风格相近，都是静悄悄的林业小镇，小街规整寂静，林荫路短小而通向幽深，老百货大楼，依旧是小镇繁华区段的大体量建筑，墙体被风雨剥蚀，挂了几十年的招牌不曾更新，字体超大，但字迹模糊。居民小区都是以多层建筑为主。仿佛时光倒流，令人错以为回到了二十世纪六七十年代。

因时间关系，我们不敢耽搁，继续匆匆赶路。

由于修路的缘故，导航把我们导向了一条林区内部的公路，这超出了我们的预想。无论林果如何尝试改变路线，导航坚定不移，它给我们指定的唯一路线，是从乌马河通往带岭的公路，也就是乌带公路。而此前，我们对这条公路一无所知。

我在手机上紧急搜索，通讯信号不怎么好，断断续续的，但是我们还是对这条误打误撞走上的公路有了一个大概的了解。

网上的信息不多，但可以确定这里原来是一条旅游公路，一条长达一百多千米，景色壮美的林荫大道，令人喜出望外。两侧宽阔无边的林带密不透风，中间牢牢地抱紧一条坦荡的长路，直通天边。天边，森林与白云齐一。

虽然是双向两车道，却见不到什么车辆。欧阳娜娜的导航语音，不断地提醒着各种急转弯的出现，但在长达一个多小时的车程中，我们实际上未曾遇到一辆对向来车，后面也无车跟随，会车的情况从头到尾没有发生过。因为天色向晚，再加上导航的高频率提示制造了紧张的氛围，我们犹犹豫豫间，终是未敢停车。

正值夏季，林荫道的浓郁的绿色，仿佛浓得化不开，紧挨道边的树木可以看得清楚，杨树、白桦、松树、榆树、柳树、槭树，应有尽有，但是离道边远一点的树木群，层峦叠嶂，看不清树木是长在山体上，还是谷地里，抑或生长于一片平地。除了树木，还是树木，树木之外的两侧，到底是个什么景观地貌，何种地域风情，因这遮天蔽日般的茂盛而无法看得明白。

透口气的情况偶尔也是有的，透过绿色的缝隙，有隐隐约约的苍黛远山，有路边不时哗哗流淌的清凉的溪水闪着波光，还有树后面的小片空地，排列着林场的几间木屋，似乎很是空寂，但闻鸟鸣。小兴安岭的一些名胜景区如凉水自然保护区、翠河湾和若干露营地、葡萄园基地、度假山庄，都在这条景观大道上。过去我们只是大略知道，但是此番经过，终于一一确定了它们的具体方位，这也是个不小的收获。

此时的乌带公路的主基调是绿色，但是到了秋天，它将变身为五彩缤纷的景观大道，如油画般绚烂多姿；到了冬天，它又变了，成为一条雾凇的长廊，成了林海雪原上晶莹剔透的一个银色的仙境。四季不同，景观大不同，值得每一个自驾者做出全季安排。而在此之前的年代，这条公路不过是林区的木材输送通道，一直深藏于大山之中。近些年伊春花大气力整修了这条路，褪去昔日伐木作业的物流功能，变身为如今的旅游景观大道。就像前面的大丰河，卸下运河式的运输重荷之后，重返原生态，一身轻盈。

林果感慨："砍伐时代结束的这些年，生态开始有了明显的、全面的恢复，如果不是自驾来此，很难切实体验到这番新境界。"

我们历时一个多钟头终于驶出乌带公路，那一刻林荫路延伸着的远端，正高挑着一轮夕阳，起伏辽阔的森林正沐浴在晚霞的红色之中。

我恋恋不舍，禁不住回首望去，公路的出口已掩映在群山深处，不复再见，像一个梦。

走马观花般的一整天，驾车穿越了莽莽苍苍的小兴安岭。但林果和我，我们的心里都十分清楚，我们只是匆匆地浏览了它的封面而已。

# 无人岛

双脚一踏上来，小岛固有的宁静就被打破了。

柳树和老榆树蓬蓬勃勃，是岛上当仁不让的主角，同时也被高矮不一的灌木和草本植物所衬托，溪流和起伏的沙丘之中，遍布一丛丛芦苇和不知名的蒿草。

我们几个人一走进来就被它们湮没了。

小岛被动地卷入了都市人的生活，或许这是它所不情愿的吧！

邀我而来的朋友老金说："你上来就知道了，小岛让我们增长了见识，我们对小岛爱护有加，你放心地来吧。"

上了岛，再往里面走一点点，有个小小的凉亭出其不意地闪现出来，它的暗绿色的顶端和翘檐微微浮出于草木之上。在岛外的江面上，大概很难瞥见的，或许只有到了冬天，落叶脱尽、草木荒芜之际，才会裸露出它的身姿，给这座小岛带来些许的人工痕迹。

但此刻正值盛夏，它把自己藏匿得很是严密。

据说这个亭子建成没多长时间，是为了增加主航道的沿江景观而建，很少有人亲临于此。

亭子里摆放着老金此前搬运过来的旧木桌和几把木制的小凳子。亭子外面的一小块空地上有一个临时帐篷，白色的帆篷布满水渍，已是历经风雨的模样。帐篷下面，有一个旧木茶几，上面摆放着我们带过来的果盘和时令果蔬。老金布置完毕，眼前的场景让我觉得有点印象画派的意思，虽然老金本人与艺术行当完全无关。

他说："这些临时搬上来的，都是老物什，和岛上原生态的环境很搭，吃的、喝的也都是从岛外带过来的，岛上的东西我们一样都不带走。"

"当然，除了钓到的鱼。"老金笑道。

我们是上午十点钟在岸边集合，搭乘一条小船奔赴小岛的。

上船前，从岸边北望，近处的三三两两佩戴着橙色浮标的泳者忽略不计，远处的江面开阔得很，江心小岛如被抛下的一袭绿裙，漂浮在那辽阔之上，与北岸若即若离地连接在一起。当然，这是远观的错觉。

实际上，那是孤悬水面上的一条狭长的带状沙洲。

我们从船上不断地接近它，它便不断地放大，由模糊变得清晰，由远景渐次变为中景、近景，直至特写，几分钟后，满眼的葱郁，在低低的惊呼声中打开了。

对于老金来说，发现这小岛的妙处，已历时有年。

当初他们几个技艺高超的泳友，每到夏日便一起畅游松花江，总是游到这座小岛的边上。一次忍不住好奇，他们就试探着爬上了小岛，从此无可救药地爱上了这里。

和所有的江心岛一样，这座小岛随着江水的变化而改变，它的形状和大小，每年都是有所不同的，江水特大的时候，它还会被淹没，或者只剩下一点点；江水回撤时，它会重新露出来，所以岛上的植被和沙丘、内部的小溪流，也处于变动不居的状态。

老金和几个泳友在岛畔的水域盘亘，在岛上晒太阳。黝黑的皮肤，古铜色的身板，成了他们标志性的泳者特征。但身心强壮的他们不满足于此，于是在岛上的空地开始种些令他们心仪的花花草草。当然，这些人工种植比例极小，如果不是特别留意，已融入到岛上整体的葳蕤之中的它们，并未让外人觉得有多么特别。

但这看似不起眼的人工种植，实际上要付出很多，岛上都是沙土，并不适合特定的花草的生长，老金他们就从其他地方买来黑土。运输是个大问题，他们得把土先运到坝底下，再搬到船上，从南岸运到岛上，七手八脚，花费了很大的力气和成本。据老金说，在岛上种这一巴掌大的地方，他们付出的汗水之多，是局外人难以想象的，几人常常累得腰酸背疼，躺倒在沙滩上起不来。

这倒也没什么，关键是这小小地块的种植命运将如何，谁也不能保准，即使没有其他外力，也随时可能被出其不意的大水冲掉，它们最长的生命周期，也不过是一个夏日。而下一个年份，能否重新来过，还得看具体情况，不确定性因素非常多。

即使花儿不开，也年年会种。所以，他们的种植行为有点类似行为艺术，不问收获，只为耕耘。甚至比行为艺术更为纯粹，因为他们不需要观众和掌声，仅仅为了自己内心的一份愉悦。

我曾劝老金，何必为了几个愉快的瞬间，把自己累够呛。何况这些瞬间，只是集中在短短的夏季里，且仅在白天，因为到了傍晚的五六点钟，他们便得离岛回家。

“这就是生活的乐趣所在啊！”老金说。老金他们并没有感到得不偿失，反倒乐此不疲。

老金话语不多，笑眯眯的，但说起这些的时候，一双眼睛亮得像璀璨的星星。他和几个伙伴由最初的泳友，变成了岛友，对小岛的守护和热爱，他们近乎痴迷，让我想起西西弗斯往山上推巨石的神话。

西西弗斯是不得已的，充满了悲剧意味。老金他们则不然，他们是带着对生活的满腔的热爱来做这件事的，小岛成了他们的精神家园。实际上，他们在岛上的时间很有限，都是些零打碎敲的日子。但是他们要花费很大的精力，还要在岛外做各种精心的、漫长的准备。他们的夫人会关切地询问：“明天去岛上，需要带点什么？”

带点什么呢？其实也没什么特别能带的，无非是本地人常见的红肠、面包、干豆腐、烤鸭、啤酒、小烧；是餐具、小木凳、一两顶帐篷，如此而已。重要的是要带着饱满的情绪。

我们几位被邀而来的朋友，不明就里，都带了其实不怎么适合简餐要求的红酒、茶叶之类的。老金笑着说："你们带的东西，岛上不大用得上，还得怎么带来，再怎么带回去。"

老金带的是实实在在的矿泉水，因为岛上没有饮用水。"虽然岛在水里，"老金说，"但是我们都得自带水，这就是你们不知道的了。"

这个，我们真不知道。

小岛上的时光挣脱了都市生活的繁杂、喧嚷，回归单纯。老金说小岛没太多人在意，但它很自在，有一份不经意的快乐，他就是看中小岛的这点了。

所以夏日一到，老金马上开始奔赴小岛无声的召唤，就像彼此有了不变的约定。

此刻，从掩映于柳林中的小岛望出去，江面上有大小船只穿梭而行，南岸上的高楼大厦看起来近在咫尺，却呈现着一个从未被欣赏过的全新的角度，与以往所见有着诸多新奇之处，譬如某一家楼顶住户的露台上，高挑着的东南亚风格的遮阳伞，显得格外醒目。

白色斜拉桥，在下午的日光下飘逸轻盈。而此前，我曾在斜拉桥上往江这边眺望过，这座小岛一直未引起我的特别注意。如此的视而不见，真是不可原谅。

老金和他的朋友们的简洁明快的个性，是这个城市特别赋予的吧？卸下生活重负时，他们很是利索，绝不拖泥带水，就像在这个夏日，他们自由自在地深呼吸，在柳林和芦苇丛深处游走，任水声和鸟鸣漫过不羁的心绪。

无名岛，松花江进行曲的一个休止符。

# 夕照书店

书店有可能成为一个城市里面关键性的节点，有了它，这个城市就不孤独。

——作家郝景芳

李旋拎着一摞子新购的书，从书店里走出来。

但是那份购书的欣喜，随着身后书店玻璃转门的旋转而消失了，代之的是一丝莫名的窘迫，因为路人正用奇异的目光在扫视他，那目光的含义分明是：怎么还有人在买——书？

李旋觉得十分不自在，就好像做错了事似的，匆匆逃离那些目光，和这条似乎已是走不完的街道。进入停车场，赶紧钻进车里，把书抛到后座上，双手握紧方向盘，后背有些僵直地靠在椅背上，长长地舒出一口气。

那些奇异的目光消失了，他和他的书又单独待在一起了，那份外人无法体会的自在和舒坦，重新短暂地回到了李旋的心中。

这种不自在已经持续很多年了，但是李旋无法克制自己去书店的冲动，若长期不去，便会怅然若失。然而，在一次又一次的不间断的充满失望的体验中，书店正渐渐地变得面目全非。更让人悲哀的是即使变得面目全非书店依旧处在风雨飘摇之中，终将走向消失。

一个好的说法是书店在改变业态以顺应时代：有的成为大商场中的一个小小的单元，有的成为咖啡馆的变体。传统意义上的那种独立门户的书店，已难觅踪影。

李旋是固执的，总是在周末或者其他节假日期间，独自去寻找心目中的书店，明明知道找不到，却总是带着一份侥幸式幻想，一次次地奔走在徒劳之中。

新业态书店的店面大小不一，但都是开放式书架，水平式展开的大一统模式，看起来便利贴心，实际真正可供选择的好书凤毛麟角。

最后，李旋不得不在书架外侧的一排咖啡桌前坐下来，休息一下眼睛和双脚。这时，诱人的咖啡的香气飘然而至。

当人坐下时，降低了身体的高度，咖啡桌、咖啡椅便被凸显出来，并且格外地明亮起来。那份背景音乐一样的轻巧和雅致，慢慢地赢得了李旋的注意力，咖啡及其所带来的休闲氛围，终于控制了整体，咖啡超过了书籍，变成了前台和主角，而书架和书籍悄然转化为背景，成为一种虚幻和衬托，表面上，是书香与咖啡香相得益彰，平分秋色，但咖啡文化总会在不动声色之中上升为王者。

这种看似漫不经心的转换，实际上是书店运营的处心积虑使然，是维持书店运行的一种时尚的方式，无可厚非。当李旋到吧台点选了一杯咖啡，坐下来啜饮，把暂时未能买到好书的失落的心情平复一下的时候，书店终于在不知不觉中完成了自我升级。

李旋在浑然不觉中，在隐隐感到有点不大对劲的心态下，已被改造为一个时尚文化的消费者了。这个因书籍而入的顾客，这位书籍爱好者，当他在咖啡椅上犹豫着坐下来，而不是站在书架前选书的时候，他仍然是一个潜在的购书者，但是当他点完咖啡之后，他的单一购书者的身份便开始变得模模糊糊，成为咖啡消费者这一点是毫无疑问的了。当然，成为后者也不是什么坏事，但问题的实质在于，他没能买到心仪的书籍的这一核心的事实，被咖啡缥缈的香醇给轻轻地掩盖过去了，就好像没买到书这一初衷已变得不重要了。

但是走出书店，尚未摆脱时尚幻觉的李旋，他的心并没有被彻底俘虏，依旧是空落落的，没能买到好书的失落感并未真正消除。

李旋怀念在书店里一待就是一小天儿的时光，数小时流连于书架之间而不知疲倦的感觉，真是好极了。

学府路上的那家书店，曾经是他的好去处，是他周末的最佳去处。书店占了好几层楼，规模宏大，充溢着书籍那铺天盖地的无敌的力量，令人心中大呼过瘾。李旋总是能够在这里找到意想不到的好书，每一次从那家书店出来，他几乎都是手提肩扛，像个力工一般，心中有着抑制不住的狂喜。

现在，那家书店还在，但已显出明显的颓势，好书锐减，教科书、工具书、应试类书籍充斥其间，浓郁的实用主义气息扑面而来，昔日的雅致的书卷气日渐稀薄。

李旋有时还会出现在那里，在重重叠叠的、宽大的书架之间往来穿梭，试图找到昔日那份深沉而又贴心的感觉，和发现一本好书的惊喜，但终是不可得。书店的规模并未缩减，但已是显得杂芜和空洞。那些学生模样的年轻人大都神情焦灼地在备考书籍前停留。李旋轻轻地绕过他们，缓缓地走下楼梯，向出口走去。他想，他今后或许不必再来了。

但是李旋常常有忍不住的时候，便去了别的书店。这时，他已经不怎么指望在那里面买到又好又多的书籍了，如今他早已是网上书店的常客了，但是逛实体书店本身的那份乐趣，像基因一样摆脱不掉。他发觉，很多实体书店除了在形式上变成咖啡派之外，在书籍的选择也大大窄化了，有不少书店已沦落为课外教辅书的集散地，书店成了少年、儿童的活动场所了。

大人去书店，大都是以家长的身份出现，他们自身似乎早已失去了对书籍的需求，而仅仅将书店看作陪护子女的一个临时的空间，选书买书，仅仅是孩子们这一特定阶段的事情，但不再是成年人的事了。李旋在这样的书店里，常常不得不置身于一些家长中间，家长们心不在焉，东张西望，或者只是把目光盯在孩子的身上。李旋很是尴尬，仿佛自己误入了某个儿童中心，于是他小心翼翼地从书店里撤出来。

李旋还有一位和他一样书痴的朋友，前不久突然病倒了，大病初愈后，两人坐在朋友的书房里聊天。朋友大彻大悟地对他说："你可以在我的书架上找任何一本你喜欢的书，然后带走。"李旋说："你这个嗜书如命的家伙，没开玩笑吧？"他说："我是说真格的，你随便选，选多少都行。"

朋友用手拍着书架，眼神有些黯淡地说："如今这时代，网上什么都有，谁还需要纸质书？你都看到了，我的孩子们对书全不在意，只有我一个人在意，哦，还有你。所以我想好了，你现在尽可在我这儿选书，反正我也看不完了。"

一时间两人默然。

身体复原后的朋友来找李旋了，游说："咱们以后就不去书店了，改去图书馆。书店越来越局促，越来越变味，不去也罢。和图书馆相比，书店本来就是散兵游勇，如今已溃不成军，但图书馆还在，图书馆才是正规大部队，而且一直都是。"

他俩便结伴去了图书馆。

图书馆当然还是大体量，巍然屹立，完好如初。通天而立的每一道墙体，书架林立，每一排书架都像通往天堂的阶梯，书架后面间隔的每一扇条形窗子，都透着或明亮或彩色的光，时时刻刻散发着浓郁的精神气息，幽深、神妙、高远的氤氲里，储藏着无尽的文化与灵魂的密码。

李旋和朋友常常在里面待很久，像中学生似的，怀着无法泯灭的好奇心。好的图书、藏书，一部不少，静静地在图书馆里占有一个位置，只要你去寻找，它就一定在那里等着你，像相约后的谋面，也有着邂逅的惊喜。

即使如此，李旋依旧会顽童一般穿越数字时代，从直播和短视频的狂轰滥炸里闪跳出来，偶尔去一趟书店。仿佛书店是森林外的一小块平地上的一泓静水，假如幸好碰到一本好书，如同从水中钓到一条活蹦乱跳的小鱼，喜不自胜。

就像这次，李旋把新书放置在后座，启动车子，一边匆匆地往家开去，一边想象着一头扎进傍晚的书房，尽情沉浸在台灯的暖光里。

坐拥书城……

## 彩虹是怎样升起的

生命太短暂，所以不能空手走过，你必须对某样东西倾注你的深情。

一位诺贝尔物理学奖得主之言。

小涛敲门后走进我的房间的时候，我非常地高兴，有很长一段时间没见到他了，确切地说，自从他妈妈病逝之后，我们还没有见过面。

小涛的妈妈是我的一位好大姐、好朋友，但是在她的生命的最后一段时光，我们未能见上一面。

这中间有些缘由，当时小涛夹在中间，不知如何是好，很是为难。

小涛坐下来就说："叔叔我必须来看看您，代我妈妈向您表示歉意，当然更代表我自己内心的真实想法。我妈妈哪样都好，就是太固执了。"

小涛一直在外地读大学，这次暑期赶了回来。我说："小涛，我理解你妈妈，我一点都没生她的气，相反，我的心中对她充满了歉意和不安。”

这份感情的纠结和歉意与一座桥有关。

那是一座有着近百年历史的铁路跨线桥，钢筋混凝土结构，是这个城市早期桥梁史上真正意义上的立交桥，无论在建筑风格还是艺术风格上，都是独一无二的，方尖碑造型的桥头塔、花盏灯座、花环状装饰浮雕、镂空嵌花的铁栏、双翼飞轮和桥下柱子上的狮子头像，无不构思精妙，其铸造更是巧夺天工。

关于这座桥的故事就不多讲了。市民对这座历史老桥极为珍视，小涛的妈妈白钰——一名城市建筑文化学者，对此颇有研究和心得，对这座桥更是推崇备至。

然而，随着高铁时代的到来，这座桥的去留成了一个必须给出最终选择的考题，规划者、建设者为此费尽心力，用时很久，拿出了一个可行性方案。既要推进高铁建设，也要对历史建筑做最大可能的保护，这种平衡点不好把握。

如今，高铁已经开通，关于这座桥的命运的关注和讨论也已成为往事。

但是往事并未如烟，在当时，白钰是主张完全保护的，她为这座桥奔走、呼吁，得到了各方面的认真的倾听，但是由于建设工程自身的种种复杂性，结果未能尽如人意。白钰心头块垒如坚冰般无法消融，就病倒了，从此卧床不起。

作为她多年的好朋友，我们一直都谈得来，彼此始终保持着很密切的联系。

她住院后也经常通电话，话题自然离不开那座著名的桥。为了让她安心养病，我劝她暂时把和桥有关的事情放一放，等病好了再说。

但是她不肯，拿起电话就不愿放下，小涛在她的身边必须反复地劝说，她才会停止说话。

我知道她的那颗心始终是悬着的。

当年，白钰的单位离这座桥很近，上下班必要从这座小桥上走过，无数个晨昏，无数个春秋。作为白钰的好朋友，我知道那些岁月里，这座桥，她曾携着恋人走过，带着儿子小涛走过，和许多同事朋友走过。

我们曾多次在桥头碰上，在打招呼的时候，一位我们共同的朋友开玩笑地说："总是在这里碰上，看起来大家都是桥上名人，将来得把我们的名字刻在桥栏上。"

这句玩笑话我一直记得，因为说这话的人，包括白钰，都在这座桥消失之前离开了这个世界。他们走时，桥还在，桥一定默默地向他们行过注目礼。

所以我十分理解白钰当时的心情，却不知该怎样劝解才好。她每日里以泪洗面，病情越来越重，却对桥的命运无法释怀。朋友们的劝说，反而令她更为焦虑难安。

在她最后的日子里，桥的去留成了她心中最大的牵挂。

我那时也很着急，想着用什么法子劝说她，尽快帮她减轻心理负荷。我自己对桥的观感和情感，与白钰并无二致，但是我明白保护与发展的矛盾，这两者的纠结缠绕，是当代世界经常不得不面对的一个很普遍的课题，有的地方解决得好，有的差强人意，有的付出了沉重的代价。

就这座桥而言，其自身面临着年久老化的难题，何况在交通负荷日益沉重的汽车时代，其承载力早已不堪重负，再加上高铁开通在即，桥体势必需要抬高和延伸，它原有的样貌很难不发生改变，后来，事情的发展也证明确实如此。

我当时想，虽然感情上不是很好接受，但这件事情总得在这一片茫然中理出个头绪，要找个适当的机会和白钰好好地说一下。

恰好她打来电话和我说桥的事情。我反复斟酌，认真措辞，下定决心把上述想法十分和缓地和她说了。

事情朝着我最不愿意看到的方向发生了。电话那边，沉默良久之后，白钰开始痛哭起来，并大声责备我，质问我怎么不坚持和她站在一个立场上。她哽咽着诉说我让她很伤心。

我向她解释："白姐，我不是那个意思……"但是她把电话撂了。

到底还是闯祸了，赶紧给小涛打去电话，小涛安慰我："叔叔，您别担心，我妈平静一下就会好的。"

但现实并非如此，白钰再不肯接我的电话，而是让小涛通知我，她不再同意我去医院看她。我只能和小涛一遍遍地通电话，小涛说："我妈的脾气您也了解，暂时就别来医院了，什么时候她可以了，我再通知您。”

不久后她离世，我始终未能看上她一眼。

这座铁路桥是在她去世不久之后被改造重修的，不但被翻新，周边环境和整个空间也都已发生了重大改变。

某种意义上可以说，她心目中的桥已紧紧地追随她而去了，在她那心有不甘的梦里，这道欲落未落的彩虹，重又飞腾而起，呈现在她的生命的天宇之上，虽然那炫目的色彩，也许透着她不忍见的晚霞般的血色。

为尽可能多地拍下城市保护建筑的点点滴滴，白钰生前徒步多地进行拍摄，包括铁路桥在内，构成了她城市摄影的重要单元，也成为她的生命中不可分割的一部分，她直率、快人快语的性格，如同她痴爱的那座简洁明快的桥。

城市大改造的过程中，不断涌现的立交桥，在她的眼里已升级为超级怪物，它们不再是简洁明了的单体，他们连绵不绝，屈曲盘旋于人的头顶，占据了人的全部视野，仿佛是无边无际的混凝土躯体在做漫长的挪移，望不到尽头。

这自然不是白钰心目中的桥。

每每从百年老桥曾经伫立过的地方驾车经过，我会情不自禁地想起白钰，想到她那深入骨髓、无法释然的怀旧情结，想到她为追求美好事物从不妥协，虽千万人吾往矣的决绝个性。无论当时还是如今，都很难见到像她这样的人。

小涛说：“我妈妈其实理解你说的那些话，但她就是不想再听了。”我说：“是的，如今不用劝解她了，她和那座铁路桥已经二合一，都化作天上的彩虹了。”

雨过天晴时，只要抬头，就会看见。

## 虎图腾

这是多年前的一个痴爱东北虎的男子的故事。

如今，“完达山 1 号”出没山林、东北虎豹公园虎踪频现，都已不再是特大新闻了。

这些接踵而至的好消息，我该去哪里告慰那位将虎视为图腾的故人呢？

——题记

那是一个日光倾斜的下午，陪着啸尘又坐进了武装到牙齿的观光越野车，也就是坐在移动的大铁笼子里，探视而不是参观车外的那些久违了的老虎。

老虎三三两两，懒洋洋地散卧在无遮无拦的旷野上，它们像这片土地上难以理解的点缀。毒花花的太阳，将其酷热的光线瀑布一样狂泻下来，洗劫着这片旷野。

越野车的出现，并未让老虎们感到兴奋，工作人员抛出了两三只活蹦乱跳的鸡，它们仍旧无动于衷。

只有近处的一只小老虎，冲过来叼走了其中的一只，然后向旷野深处走去。

剩下的两只鸡，缩在地上一动不敢动，陷入对陌生环境的茫然无措之中，但其他的老虎甚至连往这边望一眼的兴趣都没有。

天气实在太热了，老虎们被晒得蔫巴巴的，待在尘土飞扬的平地上，就像没了脾气的大家猫，和想象中威风凛凛的山林之王的称号搭不上边儿。

啸尘叹了一口气，他说："当年就是因为看不下去这样的情景，又无力改变，才选择了远走他乡。"

作为一个曾经的养虎人，这些年他辗转多地，换了不少工作，但是内心中他竟从未摆脱老虎。他说："老虎总是在梦里和我纠缠不休，让我不得安宁。"

当初决定在大城市建一座虎园，其实是没有办法的办法。啸尘透露，原来设置于山区的东北虎繁育中心，已经养不起越来越多繁育出来的老虎了，经过多方论证，考虑到老虎具备充分的科普、旅游与观赏价值，决定暂时采用"以虎养虎"的方式，解决养虎的大难题。

老虎就这样进城了。

就像进城的农民变成了农民工，进城的老虎也不得不成了打工仔，某种意义上，虎园成了老虎的打工场所，而非栖息地。

当然，虎园也设置了野化训练单元，但在到处都是人类的地球上，是看不到有老虎被放归山林的。虎园被设在平原地区，这本身就存在着各种不得已，它的先天生存环境应该是山林。

后来，仅仅在虎园打工还不够，为了提高收入，老虎还要被押解着奔赴各地做巡回演出，给自己挣一份口粮。

老虎所到之处自然都是大受欢迎的，场面壮观热烈，收入也还说得过去，认养老虎和捐赠款物的好心人也不少。但是说到底，这些和老虎自身的天性是相违的！

“每当看到老虎出场，观众在一浪高过一浪的喊叫声中，往笼子里面扔各种活物，”啸尘说，“那场面，让我忍不住站在一边哭泣，心开始流血。”

作为一个养虎、护虎人，“啸尘们”不得不扮演着类似经纪人的角色与那些赶来看虎的人讨价还价。

那时啸尘和同事们带着老虎，哪里人多，哪座城市大就去哪里。四处奔波的日子里，他们被折腾得吃不下饭，睡不着觉，老虎其实也受不了，但是它们不会说话，无法提出抗议，纵然是山林之王也始终是病恹恹的样子。

最后，无法再忍受下去的啸尘，忍痛辞职。

下午三点钟后，虎园就不再往里面放游客了。我和啸尘坐在越野车里，很安静，没有人打扰，老虎也暂时无人骚扰，它们还在那儿卧着，没有起来走动的意思。

我担心地猜想，它们的习性是不是被改变了呢？啸尘望着那些老虎一言不发，就像望着自己的亲骨肉。

我说：“你离开的这些年，虎园的状况倒也没有恶化，后来的管理者也在为虎园的存续发展尽心竭力，大家都在顽强地坚守着，对老虎也都是满怀感情的，养护、训练从未懈怠过。”

啸尘没有接我的话，他指着车外面的一马平川说：“这里的平地树木长了二十多年了吧？一年年往高处生长，每年都要长高一点，但是无论如何，它们还是稀稀拉拉的，怎么长都变不成大森林。”

我也抬头望出去，正好看见了园外的旷野，在紧贴着虎园边缘的地方，一条铁路隆起，横陈成一条直线，正有高铁从上面快速经过。从火车的车厢里，旅客透过车窗可以看得见虎园，甚至老虎们的踪影。

我发现，啸尘不再是当年那个整日精力充沛的汉子了，如今的他眉宇紧锁，透着些许疲惫，这一切都与老虎有关。

离开虎园，走在返回万家灯火的城市的路上，啸尘突然发现虎园早已不再身处郊外，而是淹没在这些年来不断扩展出来的新的建筑群落当中，成为城区的一个不起眼的组成部分了。

一路上搭着话，我们回到了市区，在一家饭馆里坐下来。啸尘说：“先不着急点菜，我给你看点东西。”

他打开了随身携带的手提电脑。

我坐过去，我俩凑到了一起。我得说，虽然自以为了解这位老朋友，但还是被他的工作成果震撼到了，电脑里没有别的，都是关于保护东北虎的各种文件档。

他打开其中的一个，是关于建立东北虎大保护区的规划建议书，图文、数据一应俱全，都是他自己调研撰写的。我说："看来得开一个学术研讨会了。"

啸尘说："你一定是觉得我疯了，我自己也觉得自己疯了。为什么一定要请你陪我去虎园呢？因为只有你这个老朋友能把我从虎园拉回来，不然，我会忍不住去找过去的同事，和他们谈老虎。你想想，他们天天和老虎打交道，再被我揪住谈老虎，没完没了的，他们必定觉得累。所以，只好请你陪我了。"

"你是不是这样干过好几次了？"我问。啸尘不答，看来是默认了。而且我也注意到，在虎园转的时候，他过去的几个同事只是熟稔地和他打了招呼，似乎没想深入交谈。

"现在我有点明白了，"我说，"你是对虎太痴迷，走火入魔了。"

"你想想我当时为了不碰老虎，工作都不要了，还不就是为了解脱出来？"啸尘说，"但结果还是不行，我的心不答应。这些年换了好多工作，都和动物保护没什么关系，但是我发觉我还是忘不了老虎的事情。"

"那就干脆回来。"我说，"既然割舍不下，就别再纠结，回来放手干吧。"

啸尘说："不是这么简单，我的想法其实有点大，已经不大合乎我现在的身份和角色了。这个规划书弄了不是一天两天了，这些年我找了很多人交流，他们都说不可行，可我觉得是可行的。问题是我该怎么说服他们呢？这成了我的心病。"

啸尘的想法是在整个东北地区，把长白山、大兴安岭、小兴安岭这三大山脉视为一个绵延的不能割断的森林整体，统一规划成一个巨大的自然公园，把现有的村落、人口都迁移出去，把全部自然资源统统留给动物，将这片巨大的区域恢复成真正的动物王国。

虎园这么多年下来，繁衍数量可观，啸尘说："是否可以考虑组织各路专家论证，拿出个大科学实验计划，把老虎们陆续地放出去，当然前提是要认真划分区域，好好布局，老虎的活动半径是以百千米计的，神龙见首不见尾。"

这阵势，是要放虎归山哪！

啸尘的规划书做得系统详尽，或者可以将其视为规划书方式的另类乌托邦，一个被书面化、条理化的白日梦。但是我无法忽视它，无法不给予足够的尊重。

这番倾情付出，啸尘度过了多少个不眠之夜！

不是坐在家里耽于幻想，啸尘无数次只身奔赴深山老林进行实地考察，他还专门调查了三大山系的村镇和人口存量，这些都是有数据说话的。

啸尘是一个身体力行的梦想家，是一个试图在大地上给梦想安家落户的奇人。其实他原来所学与老虎毫不搭界，当年他参与养虎、护虎工作事出偶然，但他此生却与老虎结下了不解之缘。如今，他曾经工作过的部门已经裁撤，前同事们都已星散于各处。他说他曾经找过他们中的几位，与他们谈及他想做的事情，对方大都迷惑不解。

他总是一次次地被问道：“都离开这么多年了，你为什么还要管这事呢？”

我俩在饭店里交谈的时候，把女服务员也给吸引住了。她手捧着菜谱，忘了让我们点菜，忽闪着长睫毛怯生生地说：“要是山区都留给大老虎了，我的老家可就挖不了山野菜了。”

我说：“嗯，这可是个问题。”啸尘说：“这个影响不会太大，我们会在老虎的身上安装电子装置，实时跟踪，上山的人也会经过培训，会有电子防护措施。”

服务员说：“噢，那我就放心了。”然后喜滋滋地请我们点菜。

这一次，啸尘带着他的手提电脑，带着他那放虎归山的梦想，在虎园里又出入了一回，然后再度消失了。

我猜那些年，啸尘会常常回来，因不想再打扰到别人，定是独自来去，与令他魂牵梦绕的老虎们单独待上一阵子，然后又风尘仆仆地离开。

# 低　回

大地的呼唤无声、沉实而执着，或早或晚，你总会听见……

——题记

回想起停电的那一天，李易觉得就是一个噩梦。

自家楼体是黑的，整个小区也是黑的，一点儿光亮都没有。

想从二十二层楼上下去，电梯已经“死机”，只能沿着平时几乎不曾走过的楼梯，往下摸索。

李易和妻子下楼没有问题，打开手机的电筒功能，一阶一阶地捱就是了，关键是八十多岁的老母亲还在卧室里，她是需要看护的，离不开人。下，还是不下，这令他左右为难。这样的状况，持续了大约四十多分钟，终于来电了。

他和家人都觉得，这四十分钟比一个世纪还要漫长。

从那一次停电起，李易暗暗地做了一个决定，搬离高层，另找一个多层住宅，最好不超过四层的，当然平房最好。

但是在市区里，找到平房的可能性为零。

在售和预售的新楼盘，无一例外，全部都是高层，即使有所谓的小高层，也在十二层左右，价格不菲。剩下的，就只有更令人望而却步的别墅，或联排和叠拼了。

去二手房市场探得，多层只能到老旧的小区里去找，但是破败老旧的小区环境，又成了无法逾越的心理门槛。

住进高层住宅最初的日子，李易是兴奋的。俯瞰全城，整个市区尽收眼底，奔流的江水从窗前流过，江桥飞架，车水马龙；到了夜晚，放眼望去，灯光璀璨，仿佛银河落在人间，而家宅就置于浩瀚银河的岸边。

随着日子的拉长，审美疲劳慢慢地出现了，来自日常生活的种种不便，越来越频繁地显现出来，最初的那种心灵震撼渐渐地归于平静，直至停摆。现在向外望去，无论怎样的天气，带来怎样景象，李易心中都已波澜不惊。

李易来到了二手房中介公司，此前他在网上也查看了一些房源。在中介者看来，他的要求看似简单，实际上很复杂，但是也并非绝对办不到，只是得有点耐心。

"新楼盘，高层是主流，然后就是邻近郊区的准别墅，多层住宅这样的产品属于凤毛麟角，几无存量，就只能看看有没有这类产品中的老住户想要出售。所以我们给您留意着点，一旦有，第一时间联系您。"

李易一声未吭地走出中介，来到街道上。当年，他和大多数同龄人一样，对高层趋之若鹜。

因为对于几代人来说，昔日的平房记忆就是对贫穷的记忆：平房意味着破败、低矮、阴冷和潮湿；意味着夏天漏雨、冬天挨冻；意味着煤炉子、干草垛、土炕和冒着黑烟的粗而短的灰色烟囱；意味着父母在烟熏火燎中那沧桑而又晦暗的面孔。

突然崛起的楼房，则代表着高级的生活，代表着城市和体面。纽约和香港成了大都市的模板，后来所有的城市似乎都成了二者的翻版，摩天大厦遮天蔽日，完全吞噬了城市空间，城市的高空拥堵不堪。

下面的街道是机动车的拥堵，上面则是大楼们的拥堵。天和地，都被这两类大宗物件填满了，令人窒息。

曾几何时，都市化终于从狂飙突进中缓缓醒来，放慢了狂奔的步子并开始重新审视自身，但审视归审视，速度的强大惯性依旧不减。

不知不觉中，李易已经接近高处的那个家了。他曾无数次仰起头，用眼睛艰难地搜寻着自家的窗口，实际上他自已也分辨不出来，除非他停住脚步，耐着性子，用最原始的办法，一个楼层一个楼层地数，从上往下，或者从下往上。

他真的经常这么数来着，妻子说他："你可真无聊。"

江边林立的楼群，像一堵堵密不透风的铜墙铁壁，把江畔完全塞满了，即使曾经无拘无束的江风，如今也已变得无奈，它从江面上起飞，但很快就被高楼压制下来，只能在楼的间隙疯窜或低吟。

然而江岸的风，本来就是暴躁的，它日夜拼命地摇撼着楼体，撕扯着楼窗，风擦窗子，声音是凄厉的。钢窗不断加码自身的厚度予以抵挡，从两层到三层或者达到四层，似乎这样就可以挡住风的进入。或许可以，但是始终无法抑制江风不肯间歇的怒吼。

一些邻居陆陆续续地搬离高层，李易注意到，房子开始空置起来，人去楼空的迹象正在显现。

一位女邻居对他的妻子多次抱怨过，高层虽然观景不错，但是住着并不舒服，风声整夜不停，刮到窗子上，像老鼠一样吱吱地叫，让她夜夜失眠。

李易已站在自家住宅楼的下面了。看不见什么人，也看不见车，因为车都在地下车库存放。两位一袭黑衣的年轻保安，威严地站在小区门口，为他们日夜值守，令他想起那居高不下的物业费。

一楼地面的空间，或许连小广场也算不上，非常局促，它只是供居民快速通过的窄窄的通道，虽然开发商也设置了花坛，甚至还植有几棵孤单的树，但是和大楼的超级巨大的体量相比，它们至多算得上盆景，小花、小草一样，成了小小的点缀和象征，完全不成比例，可以说开发商只是弄了一个花花绿绿的概念而已。

李易常常觉得住在这里，不像回家，倒像一个旅人来到了一家大规模的酒店下榻。

站在封闭起来的地面上，就像站在天井底部。李易抬眼向上望去，可以看到楼顶部巴掌大的一小块天空，方方正正，像一个通气孔。

李易长长地呼出一口气，他分明感到呼出的热气只是围绕着自己的脖颈转了一圈，便在低处消散了，高高在上的通气孔是人的呼吸无法抵达的。

进了单元门，电梯目前正常运行，它将要承载着这个一百多斤的身体升向高处。

这个密闭的箱体，当然一丝风也进不来。物业在电梯口贴出了温馨提示："为了您和他人的健康，请至多两人同时乘坐电梯。"在电梯里的人，大气儿都不敢出，口罩严严实实地戴着，封住了鼻与口，只剩下两只滴溜溜转的眼睛。

电梯门很快就打开了，李易走出电梯，拿出自家的钥匙开门的那刻，他又听见屋里老母亲因病痛发出的呻吟。他的脑子里闪过的一个念头是，如果母亲需要马上送往医院，而电梯碰巧又停电了的话，他该怎么办呢？

被高层住宅绑架了的中年男子李易，至今仍兜兜转转在不同的中介所和相关的网站上，他需要找到一间离地面足够近的房子。

## 师妹的哈夏

师妹伊莉从北京总部调到我所在的城市工作已半年有余，她非常地忙，我们一直没聚上，今天终于能坐下来聊聊了。

“跟你说，我已经爱上这座城市了。”伊莉这样说。

快人快语的师妹性格如故，一点没变。

她夸赞我的城市，我当然很是高兴。

我说：“可别因为我请客，就说拜年话。”

师妹说：“你还不知道我？我从来都实话实说。”

此时正是夏秋之交，啤酒吧的窗外，天空碧蓝，枫树、杨树、榆树，各种树的纷繁的叶子分割着蓝色。

这面蓝色的大玻璃向着极高处铺展，同时在近处的树林里，呈现出一格一格的不规则的方孔或圆孔，在枝叶的随风飘摇中，有着颤动着的奇妙的闪烁。

窗子是打开的，凉爽的风在布满绿植的室内游走，似有还无。

师妹对这座城市感受之新鲜，令我意外。

伊莉说："别的不说，就是夏季的这份凉爽，简直了。"

全国大热的新闻一直在刷屏，许多地方和城市的气温已高达四十多度，东北之外的区域，一个字：热！两个字：狂热！

这里却完全无感，置身事外，独自清凉。

哈尔滨是怎么做到的？

"天气预报我是天天看的，"伊莉说，"我有这个习惯，好像大家也有。天气预报常常报出连续四五天都是雨，在手机屏幕上显示的也是大雨、中雨、小雨、阵雨，雨的类型一应俱全，还有气象台的各种警示提醒，包括水位上涨的尺度，把我弄得有些紧张。"

"尤其我是从北京来的，北京的雨下得很金贵的，可没这么频。"

但是伊莉的担心，后来证明都是多余的。

整个夏天，雨虽然下得很多，但是雨的下法，下雨的时辰，雨与晴的节奏间隙，拿捏得非常有分寸！雨量充沛，又很会选择下雨的时间，决不影响人的正常出行和生活，人工设计一般。

好像设置了程序！

伊莉说："你发现没？大多时候，这地方的雨都是夜晚开始下，下得又急又大，我开始很担心第二天早上上班要怎么办，街上会不会暴雨成河，无法出行。

"还电闪雷鸣的。

“但是你猜怎么着？第二天晴了！

“庭院里，草木湿淋淋的，红砖甬道也像喝足了水，湿润中有着饱满的亮色，走在上面，惬意非常。

“有的时候更绝，凌晨下雨，很是持续了一阵，但是七八点钟的时候出人意料地停了，正好是从家里走出去上班的时刻。

“伞都不用打，空气那叫湿润，那叫清新！

“你说，这雨怎么下得这么善解人意呢？

“我长到这么大，也走了世界上的不少地方，哪里有这么考究的夏季。”伊莉感慨，“你看从六月初到八月底，长达三个多月的时段里，一直是这种雨晴兼顾的节奏。即使晴天的时候，太阳高悬，温度却一直适中，早上、晚上都清清爽爽的。”

“去哪里找哈尔滨这样妙不可言的夏天呢？”

我静静地听着伊莉的讲述，禁不住对她的感受充满了感激之情。

作为本地居民，我对这座城市的特性已经习以为常，习焉不察。即使它四季分明的特色那么鲜明，我也有些感知迟钝。在一个地方待得太久都会是这个样子吧？她对哈尔滨的夏季气候的感知之强烈，让我意外。

哈尔滨人一直都是这么过来的，从未觉得这有什么可多说的，甚至当别人对这座城市颇多微词时，也常常因底气不足而笨嘴笨舌的，无法为自己的城市辩白，想来不免多出几分惭愧。

用餐后，我和几位本地的朋友陪着伊莉一起走一走中央大街和江边，这是外地的朋友来哈尔滨时我们的习惯性节目，走一走街道，看一看欧式建筑，吹一吹江风。

在江边散步时，伊莉又有所发现，她说："哈尔滨真是一座音乐之城，你看看江边的这些本地人，三五成群，散落在不同的区域，互不相扰。有唱歌的、有跳舞的、有玩乐器的，像在开一场场小型音乐会，据说四季都不断的。这是哈尔滨独有的风景，其他城市没有这样的阵势，也没这么多玩各种乐器的人。"

我此前从未作如是想。我有时也来江边散步，对这些爱乐者往往视而不见，未觉得有何特别之处。伊莉一说，于我犹如醍醐灌顶，仔细想想她说得其实很对，哈尔滨的音乐人才源源不绝地输送出去，从哈尔滨走出的歌唱家、作曲家委实不少。江边的爱乐群体，不正是这座城市音乐传统的一个突出的表征吗？

这些爱乐者聚集江畔都是自发的，也是松散且开放的，只要你有一份热爱，随时被热情地接纳，没任何门槛。

我告诉伊莉："江边的这些爱乐者，其实并不是以音乐为目的的，他们就这样生活，就以这样的方式休闲。夏天一到，哈尔滨人在江边载歌载舞，就像去太阳岛上支帐篷，野餐，啤酒、红肠、格瓦斯齐上阵，哈尔滨人就是这么可爱。"

伊莉说："这种无意识不就是他们的生活方式吗？这多好！你看中央大街，美女、靓仔云集，江边爱乐之人扎堆。哈尔滨这么时尚浪漫，无忧无虑的，老同学你生活在这里多么幸运。"

我说："有时候这种乐呵呵也是缺点。"伊莉说："那就是怎么看的事儿了，就生活态度、生活状态来说，哈尔滨人的达观，让我感觉很是舒坦。”

我知道伊莉一直是个爱乐之人，大学时期她是个业余吉他手，架子鼓也是她的拿手好戏。果然，伊莉告诉我们，她常常去地段街的乐器店，果戈里大街也有这样的店。有时候不一定要买乐器，但是可以感受那里的艺术氛围，还会遇到各色爱乐之人，甚至会遇到音乐上的知音。

如此，我们就不能不陪她去大剧院和音乐厅了，好在这些地方对伊莉来说都已不陌生，她自己都曾来过。

当我们沿着大剧院的外楼梯拾级而上，一直走上大剧院顶部观景大露台的时候，夜幕已然垂落，松花江两岸华灯齐放，江桥上的车灯长河绵延不绝，仿佛星河降临了人间，而天顶真实的群星，离我们更是近了许多。

可谓夜凉如水。

伊莉在大剧院里看过多场演出，但是登上大剧院的大露台却是第一次，她有些激动地说：“这是‘夜幕下的哈尔滨’的新版本啊，和老印象中的哈尔滨的形象完全不同。”

大剧院坐落于松花江北岸，周边的湿地苇草繁茂，一段段栈桥曲曲折折地伸向湿地深处。从高处看，栈桥是隐形的，悄悄地绕着极具现代感的大剧院，托举着游人星星点点的身影，自然环境、人文景观和人在此刻达成了默契。

没想到伊莉这么热爱我的城市，我说：“那你就在这里多工作一段时间，别急着回北京总部了。”

伊莉说：“我也是这么想的。”

她已在松北区另外租住了一个很是安静的地方，她的先生和儿子常常先后来这里，陪她一起住，他们父子俩也和她一样爱上了这里。这里的气候、生态和城市风格，这里人的坦诚和风趣，都让他们觉得很是舒服。

伊莉告诉我们，北京的工作节奏和生活调性与这里差异甚大。和一些本地人的交往中，有许多无法言传的东西让她感觉很是明快、坦诚和舒展，她很愿意接着在这儿工作和生活。至于工作多久，那不是她自己能够决定的，但她会极为珍惜在这里的时光。

一个外地人很偶然地来到这座城市，在不太长的时间里就这么热爱它了，这座城市一定自有其魅力，尽管那魅力总是被人忽略或刻意回避，也常常让人觉得抓不住，摸不着。

伊莉与这座城市相遇，这里的很多区域特点契合了她的内心深处的某种期待，故令她有意外之喜。而哈尔滨自身却依旧处于懵懵懂懂、不明所以之中，它只是习惯性地张开臂膀，一如它一贯地敞开自己，它迎接每一个新来者，一如从前接纳无数形形色色的故人，并无任何差别。

之后，它被默默地浏览和翻阅，偶尔被有心人意外地深读。

## 静音区

去道外必得徒步而行，因为道外这片区域从来不是为机动车准备的，它只容纳步行者，或者共享单车。

道外，这位垂着眼帘的布衣长者，古旧而安静，谢绝大物件招摇过市，也谢绝加速度的横冲直撞。

一辆刚刚穿过拥堵的车流，穿过喧腾不已的道里区的出租车，在一面街边停住。

杨莎从出租车里走下来，缓步而行。

落成不久的高铁线，高高地矗立在一面街的上方，这让杨莎觉得一面街似乎比当年又高出了许多。

筑得更高的屏障愈加凛然和高不可攀，道外似乎又矮下去了几分，道外和道里，彼此间更加泾渭分明，两个区依旧风格完全不搭，依旧各自安好。

此时正好有一列高铁迅疾而近乎无声地驰过杨莎的头顶，杨莎需要仰头才能看见。

从海外回来探亲的杨莎，就要从这条两区的分界线跨过去，如同从一个时代跨入另一个时代。

走在斑马线上，需要穿过桥洞，桥洞上方红绿灯高悬。

绿灯亮起，走到东侧，这些年来在她的梦中无数次相逢的道外，就在眼前展开了。

道外区的确是“长高”了，路也宽了，有些认不出来了。

这是杨莎最初的感觉，但是当她踏上景阳街，少年时代的熟悉的老道外的韵味飘然而至，最突出的表现是车辆骤然减少，道里和南岗的街路拥堵不堪的现象，在这里不再上演，车辆零星而过，行人尽可以放心地走，瞭望过后，即便穿过马路也无大碍。

杨莎站在景阳街边往南望过去，她看到东西走向的一曼街的车流正哗哗流淌，而与景阳街相交的路口，却很少有车辆从车流中分离而出，往道外这边拐来。

沿着景阳街向北继续走了一段，便到了更加安静的靖宇街。

靖宇街街口远看很小，只有走到近处，它才豁然开朗，仿佛突然从藏身之处裸露出来。

踏上靖宇街，杨莎才觉得自己真正地进入了道外的核心区域。

靖宇街是步行街，当然不会有任何机动车，这一点杨莎是事先已知道了的，但是未曾想到靖宇街上也没有了行人。

此刻，只她一个人走在上面。

正午的阳光瀑布一般倾泻下来，没有树木，没有绿荫，人们都躲到屋里不肯出来了吧？

中华巴洛克建筑，以淡黄色、浅灰色、红褐色和银白色为主基调，分列靖宇街两侧，它们的高贵格调和绚烂之美依旧，只是历史感更强了，和当年相比，多处楼体年久失修，损坏的门窗黑幽幽的，像大张着的失神的眼睛望向远处，似乎也望着从远方归来的游子杨莎。

窄窄的街面和两侧的巷子般的小街，像从前一样弯弯曲曲，因人迹罕至，显得格外幽深。

两边，曾经熟悉的商铺招牌历历在目，杨莎一眼便看见了令她激动的老鼎丰，并且走了进去。热情的女服务员依旧像邻家的大姐，宽敞的专柜分门别类，月饼、红肠、糕点、冰糕琳琅满目，应有尽有，但是顾客着实不多。

杨莎开始选购。

走出来，世一堂、中亚金行、第四百货、亨得利眼镜店、沙家烧麦，这些令她徒生情愫的过往景象，几乎打湿了她的眼眶。这些百年老店的招牌和门楣高低错落，沿街排开，古旧如昨，但是它们的身形却那样清瘦，仿佛老时光在慢镜头里回放。

杨莎踏足于马蹄石街面，想着道外历经沧桑，也想着她的画家弟弟。

这些年弟弟经常在道外穿街走巷，用水彩和钢笔绘就了大量道外题材的作品，而且弟弟并不是一个人，他们是一个很大的松散群体，画画的、摄影的、从事老道外文物研究的，这些人经常聚在一起。他们有一个共同的身份——老哈尔滨人，都与道外血脉相联，无法割舍。

弟弟说：“其实道外的游客并不少，观光的、拍电影的、看老建筑的、喝扎啤的，特别是喜欢风味小吃的，虽然不是络绎不绝，但也长流水，不断线。老哈尔滨人爱往这儿来，外地人也慕名而来，但是为什么我们就是看不到以往的那种人头攒动的繁华场面呢？”

弟弟让杨莎猜猜看。杨莎说：“我看地方政府和企业没少下功夫，靖宇街区改造、道外文旅推广始终没间断过，光是中华巴洛克的名气和影响力，我在国外都能感受到。”

所以才急着回来看看。

正这样想着，弟弟打来了电话，说马上赶过来。

赶过来的弟弟带着年迈的叔叔，出现在杨莎的身边。

叔叔本来是道外的老户，一家好几代都住在这里，但是因城区改造，他和家人已搬至别处很多年了，他始终对老道外念念不忘，退休以后总是一个人或约上几位老街坊，偷偷地跑回来，在这里转悠，或者在老宅子的窗下下象棋，消磨时光。

叔叔说：“杨莎回来了，我要陪着转转。”

“道外改造的事儿我不大懂，”叔叔说道，“但是我知道这个区居民走得太多，都走空了，没有人聚堆儿，这地方就不大可能热闹起来，是不是这个理啊？再说了，楼都空着，没人住，没人打理，时间一长，墙都酥了。”

弟弟说：“我觉得叔叔的大实话，说得不错。”

杨莎不语。

她想，叔叔和弟弟，还有她本人都是道外居民，道外就是他们斩不断，理还乱的根。在她和弟弟很小的时候，道外是他们的生活之地，人间烟火气蒸腾，她自己和家人都陷在云遮雾罩的成长岁月之中，并不能从那里面跳出来，打量这种生活和文化与旅游有什么关系。

如今社会发展了，这些从前看不见的价值浮出水面，而道外人原有的这一潭活水，反而一点点地被抽干了，留存下来的渐渐成为旧日生活的遗迹。

这遗迹是流逝的岁月的波纹，慢慢地凝固起来，却把人们的怀旧之心激荡得颤悠开来了。

她这次回来探亲，就像叔叔总是带着老友三三两两地返回，就像弟弟们不断地画画和摄影，他们都在以各自的方式，表达着对道外的绵绵情感。

这样的人，这样的心情，在无数个看不见的地方和角落里悄悄地聚集着，有的转到视频网站上去了，有的变成了弟弟们的画面。

她拿出刚刚买的老鼎丰点心，递给叔叔和弟弟，他们都情不自禁地会心笑起，脸上绽开了花朵。

杨莎一行三个人汇合一处，在靖宇街上慢慢地走着。

他们去看了自家的老屋，坐落在距中华巴洛克不远的老屋，默默地期待着中华巴洛克项目兴盛起来，期待着人来人往，人声鼎沸的场景，希望把老屋重新带动起来，恢复昔日的那般热闹。

中华巴洛克里，大大小小的风味店、餐饮店正在陆续地开张，有的小店已成为网红打卡地，年轻的经营者们通过小红书、直播、短视频和网店等各种时尚招数，招揽着四面八方的游客和吃货们。

通过弟弟的介绍我们得知，如今有两个道外，一个在脚下，一个被转到视频网站上去了，老道外在手机端里活得热气腾腾，那里面有风味小吃、老房子、旧门窗，还有老巷子、旧货市场、花鸟虫鱼，老照片、水彩画里的物事儿，应有尽有。一刷手机，老道外还像小时候那么好玩，看着看着，人就想回来了。

“姐姐，你是在元宇宙里感受道外呢。”

“就像你的画？”杨莎反问。

脚下这片真实的道外，并不是布景，但意义似乎转换了，它们抽空了自己的生活，只为虚拟世界里的那个道外提供场景支持，成为怀旧的符号聚集地。要是没有这些活生生的历史遗存，道外又怎么会成为网红打卡地呢？

弟弟认为当你从抖音和短视频的世界里走出来，按图索骥，你总不会失望，总会在这里找到对应的现实，那些墙体老红砖的细节，那些门窗斑驳的古旧颜色次第呈现在眼前。

当然，实地游的感受与刷抖音的体会又很不相同。

弟弟的这种新视角，自然是叔叔不曾想过的，杨莎也不曾深想。杨莎不知道谁的感受才是对的，或者，都是对的？

杨莎和叔叔、弟弟就这样走在道外的街道上，三个人的影子被转动着的日轮一点点地拉长。

## 遇嫦娥

为赏月时有所思的朋友，提供阅读选项……

### *01*

在谷口遇到了嫦娥。

嫦娥正在坡下的一片草丛中寻找着什么，或许是在采撷一朵兰花吧？

嫦娥一袭长裙，那是她的标志性装束，她只可能穿长裙，而且不可能是除了白色以外的任何颜色。

这个月亮女神，在人间出现了，不必感到奇怪，人间本来就是她的故乡。

当嫦娥直起身子，回头向我这边张望的时候，我发现她的姿容没有任何改变，她的美貌自然是无需描述的，你想象她有多美，她就有多美。这既是事情的关键，也不是。我此时最想知道她为什么从月球上下来了呢?

## 02

“我一直住在广寒宫的清冷里，那种从未改变的清冷。”嫦娥这时已经席地而坐，坐在我的对面，轻轻地说道。

“你们看我是隔着月亮这面镜子的，镜子挂得那么高，那么远，镜中的我，其实你们是看不大清楚的。

“但我往下看人间却是没有镜子的，比你们自己看自己要清楚很多。我看人间，就像看你们在裸奔似的。对我来说，裸奔也没什么，不就是一部长长的人间大戏嘛。我偶尔喜欢看女人的衣裳和打扮，花枝招展，变来变去，让我多少有点眼花缭乱，你知道我是从不化妆的。不过，虽然人间总是赶着各种潮流，我还是傻傻分不清，好像千人一面的样子。

“至于这场大戏的情节，和一个连着一个的小小的结局，不过是相互抄来抄去，没有让我意外的地方。

“过去了这么多时光，人间的想象力和心智其实没什么大的长进，无论弄什么花样，最终还是打打杀杀，你争我抢，兜兜转转，回到了我那时的原处。这时我就想，该不该下去看看呢?这真是个问题。

“于是我就在广寒宫里走来走去，有时甩动着衣袖，袖子太长了些，你们还以为我在翩翩起舞呢。”

“我们以为你从未停止过舞蹈，”我说，“人间的舞蹈大都是从你那儿学来的，尤其是最美、最飘逸的部分，本来就是对你的模仿。”

嫦娥不以为然，她说：“我跳舞是偶尔的事，更多的时间其实是一个人沉思、默想，因为我的时间太充裕了。你们不该只关注舞蹈，舞蹈里藏着我的一颗心，是这颗心一直在舞蹈，这是一颗有强烈好奇感的心，这是我最看重的。

“如果没有好奇心，怎可能会偷偷地品尝老公的仙丹呢？当年在地上锦衣玉食的生活，别人很是羡慕，觉得那是豪门的日子，但是我自己无聊得很，也苍白得很。有诗人说我上天以后就后悔了，碧海青天夜夜心什么的。

“这都是些猜测和谣传罢了，其实我从未后悔。”

## 03

“那你为什么又回到人间来了呢？”我问。

嫦娥叹了口气，她说：“你有所不知。”这样说着，她复又起身向草丛中走去。她又要去采摘什么了，或者也不是真的要采摘，我感觉她是有心事的，这从她的背影就能看得出来，她的背影似乎透着些许忧伤。

不知此时是什么时辰，我只知道自己是来谷口打柴的，我已经打好了扎扎实实的一捆，可以背柴下山了。

我正要和嫦娥说一声我要走了，嫦娥却折转身，手捧一束兰花，又是笑吟吟的样子了。但是我觉得她的笑不是冲着我来的，离我很是遥远，似乎要掠过谷口的水草和树木，飞到天边去。她说："你不知道吗？我是经常从月球下来的，广寒宫很冷，人间进入四月以后，我就和桃花、杏花一起回来了。"

"我在人间待过好多日子，但是你们认不出我来。我有时是少女，有时是少妇，有时是老妇人，在不同的年龄段穿梭往来，体验人世间的悲欢离合，承受不住的时候，或者失望的时候，我就逃之夭夭。"

## 04

"那你经常下凡么？"我问。

"说下凡也成，其实就是在人间烟火气和油盐酱醋茶中，认认真真地走一遭。我下凡的时间不固定，如果有了有意思的人和事，我就多待，否则就离去。"

"什么叫有意思呢？"我迷惑地问。

嫦娥说："有意思的事情就是让你流连顾盼、舍不得离开的那些事情。这和我当初离开人间时的那种感觉相反，我是很久之后才发觉人间的美妙的。譬如说人间让我有了一个小孩子，他那么可爱，我就不能离开他了；譬如说我遇到了一个奇男子，他那么有魅力，我们很相爱，我就不会离开。

“但是这样的情景总是不能持续，生老病死很快就会发生，也总是有意外的夭折，即使我是神仙也无能为力。无论多么美好，最后人人都离去了，再也回不到这个舞台上来了。总是剩下我一个人站在舞台上，茫然四顾，孤零零的。

“这成了我的一个不变的结局，重复了好多次。

“你们总觉得长生不老是最好的事情，其实不是。”

“这么说，你就不再下凡了吗？那我怎么又见到你了呢？”我觉得嫦娥和我撒了谎。嫦娥低头看着手里的花，默默地感叹：“你说的是啊。我怎么又下凡了呢？这也一直是我弄不清的一件烦心事呢。

“我每次回到天上，便会躲一阵子清净，时间不等。但是非常奇怪，记忆是个最靠不住的伙伴，只要时间长了些，有些事情就会变得淡漠，记忆也模糊起来。不仅如此，记忆的各个情节、细节之间有时还会打起架来，不知哪个是真，哪个是假，哪一个我该相信。譬如说我到谷口来采花，谷口这个地方我来过多次，和我的情郎来过，还带着我的小孩子来过，但是我却记不得谷口最初的样子了。

“曾经的谷口，树木比现在茂盛得多，鸢尾花、玫瑰花、兰花、月季，漫山遍野，什么花都有。但是现在，你看，我就找不到那片花海了。是不是都被你给砍光了？”

“我可砍不了那么多。”我咕哝着辩解，“再说又不是只有我一个人在砍，小伙伴们暂且不说了，我父亲、我祖父都在这个地方砍过柴，砍了好多代了。”

嫦娥若有所思，“那就是了，但也可能是我的记忆有误，我记得的那个谷口，可能压根就不是这里。”我说：“你是神仙，怎么能记错呢？”嫦娥叹了口气说：“所谓神仙如我，不过比你们活得时间长一些罢了，此外并无其他不同。”

我说：“你活得久，无论怎么说见识都是多的，哪有你不知道的事情呢？”

听我这样说，嫦娥的神情变得黯然了，她的笑容不知什么时候已经消失。嫦娥说：“人们崇拜神仙，多是因为不了解神仙。人们崇拜我的那副样子呆头呆脑的，害得我都没法和人们接近，没法好好地跟他们说说话，我的烦恼也就说不出了。”

“我看你就很好，好像不怎么怕我。”嫦娥说，“这样我就很高兴，就想和你多说一点。”

## 05

我懵懂着回答：“我只是个傻小子，还没搞明白怎么回事呢。”

嫦娥说：“你总会明白的。我以前遇到过不少男子，他们哪样都好，就是个个自以为是，高傲自大，不像你，很是谦逊温和。其实他们每一个人的底细，我都看得清清楚楚。

“他们最后都失败了，但是男人不肯认错，真是没办法的事情。”

我说：“那你可以好好地提醒他们。”嫦娥微微地摇头：“男人是不听劝的，喜欢一条道跑到黑。我每次下凡，都是想帮他们的，但最后总是不欢而散。”

这时我忽然想起一个人来，我就斗胆问她了。

令我诧异的是，嫦娥先是一愣，然后久久地不作声了。我就说：“嫦娥，我得回家了，我母亲在等着我把柴草背回去呢。”嫦娥说：“是啊，时候不早了，我也该走了，但我可以和你一起走一段，我知道你的家就在山下，离这儿并不远。”

## 06

“我知道你总会问起吴刚的，”嫦娥幽幽地说起吴刚，“吴刚是个奇男子，他本是一个有气概的人，他犯了错，只得奉太阳神炎帝之命，去把一棵桂树砍倒，否则不能解除他的过失。

“你们都知道那棵桂花树高达五百丈，随砍随合，哪怕树上乌鸦的一次叫声让吴刚稍稍地分了神，那落下的一片树叶，也会重新飞回到树上。因此，吴刚只能一刻也不停歇地抡着斧头，重复着动作，不停地砍下去。”

从嫦娥登月至今，她一直眼睁睁地看着吴刚抡圆了胳膊，挥动着斧头，高高地举起，重重地落下，从未降低过速度，减少过频率；从未省过半分力气，从未吭过一声。

但是，桂树还是高达五百丈，树叶依旧回到树身上，砍开的部分还是会迅速愈合。吴刚从未真正地撼动过这棵古老苍劲的参天大树，就像从未撼动过太阳神的顽强意志，这棵树就是太阳神的同谋、帮凶和刑具。

然而吴刚和太阳神其实是一样的，他是另一个神，两者的较量从未分出胜负，看似吴刚是被惩罚者，但是他从未屈服，从未乞怜，太阳神也从未赢得真正的胜利。

嫦娥说："我常常给吴刚送去热水，汗水把他从头到脚都湿透了，他需要不断地补充水分。

"再后来，我和吴刚商量着，将桂树的果实酿成了你们都知道的桂花酒。香醇的桂花酒，一时间成了我的安慰，却成了吴刚的麻醉剂，他总是喝得酩酊大醉。因此，吴刚要么在醉酒，要么在伐树。吴刚的心中充满了痛苦，但是他抡起斧头的时候，似乎不再觉得太阳神在惩罚他，他也从不应付，从不敷衍。

"似乎每一次落斧，他都在将一腔无处诉说的块垒和痛楚，发泄成斧头落在树干上的咚咚声。

"吴刚一定是被他所爱的女人欺骗了，太阳神惩罚他的方式，反而成就了他对愤怒的特殊表达。但是无论他怎样挥动斧子，他心中的痛苦，似乎从未减少分毫。"嫦娥说，"我是无法安慰他的，本来我以为我是能够安慰他的。”

“我的舞蹈，谁人能够匹敌？他却常常对我视而不见，有时，他也会停下手中的活计，定定地望着我，我以为他终于懂了，但是他没有，他是望着我，但是表情却去了天外，他的思虑从我的头上飞过去，不知落到了什么地方。

“这时候，我觉得他像一个哲学家，不食烟火。后来我觉得桂树和他，也不再是敌对的双方，而是成了一对生死之交，他挥舞斧头的动作，何尝不是另一种更为刚劲的舞蹈。

“桂树在他的利斧之下，感受到了另一种更为猛烈而持久的刺激，比大风更强劲，比暴雨更精准，桂树处于安静的时间太久了，所以一把斧子的敲击，它并不觉得自己受到了伤害，相反，桂树感到了它的任何一个同类从未感受到的，以创痛为代价换来的游戏的快乐。它便以迅速的愈合继续挑逗和激发吴刚的雄心。

“当看到吴刚大汗淋漓、气喘吁吁的样子，桂树就想，吴刚正在以此释放他内心无法释然的东西，在与人分享自己的某种压抑和痛苦。吴刚似乎也真的这么想着呢。

“就这样，吴刚和桂树之间形成了某种默契，形成了一种奇怪的惯性和循环，这大大地出乎了太阳神的预料，当然也出乎我的意料。”

## 07

“最初，吴刚愤怒地驱赶着树冠之上的那几只怪叫的乌鸦，后来却不再这样了。吴刚会停下来和乌鸦们打个招呼，在乌鸦让他分神的时候，桂树又已完好如初，吴刚对桂树的自我修复已不复在意。

“他想的大概是：‘等着吧，我下一斧齐刷刷地劈下去的时候，桂树的树干就会迎着斧子的锋刃，突然开口，发出一声有力的号叫，这号叫与斧头相互砥砺，不仅震撼了广寒宫，连下面那遥远的故乡也看得分明。’

“在这震颤中，桂花酒就从天上，像细细的瀑布一样，神秘地落进了人间的酒坛之中。

“吴刚专注于巨大的桂树，我则不知从何时起开始专注于吴刚了。但是吴刚似乎并不在意，我觉得他从未走出自己的内心，他大概是一个一直被痛苦和思虑紧紧攫住的人，他的目光专注于斧头和桂树粗壮的树干，心中想着某一件不变的事情。乌鸦只会偶尔让他分神，我也只能让他偶尔分神，我想用浓香四溢的桂花酒和我的舞蹈环绕吴刚，给他另创一片温馨的世界，但是没有成功，我从未见他真正地从内心的沉迷中走出来。

“吴刚真的是一个奇男子，似乎什么都不能改变他，无论你用了多长时间，也无论你用了多少种方式。”

## 08

说起吴刚的时候，嫦娥是困惑而忧伤的。她说吴刚在不久前不辞而别，离开了广寒宫。嫦娥认为吴刚一定是来了人间，他内心的答案不是悬在月亮的高处，而是藏在下面——他早已离开无数个年头的故地，那答案或许从未淡薄，从未失去过新鲜的气息。“所以我就到谷口这边来找找看。上一次，我记得吴刚也是来过这里的。不知你是否遇到过吴刚？他的样子那么特别，那么与众不同，很容易认出来的。”

我问：“他是拎着斧子下来的吗？要是不提着斧子，我就认不出来了。虽然我见过许多砍柴的男子，但是我实在分辨不出哪一个才是吴刚。”

## 09

嫦娥幽幽地说：“你回家吧。”我便回头去找我的那捆柴草，却不见了。嫦娥说：“我已经用仙术把柴草送回你家了，以后你家里也不会缺烧柴了，你母亲的日子会过得很好。”可是嫦娥忘了一件事儿，假如不再砍柴，那我今后该做点什么呢？我似乎只会砍柴。

我这样发问的时候，发觉自己并未处于谷口，周围也不是草木繁盛的样子了。四周不知为何竟然布满了大块嶙峋的石头，我正置身于一大片干枯的石滩之中，无边无际。而嫦娥已经不见了。

## 10

这时候，我才惊恐地意识到，事情发生了反转。

原来我已经不在人间，而是身处广寒宫中了。周围除了我，除了空旷和虚无，什么也没有。嫦娥和吴刚已离开，去了藏着无数奥秘的、枝繁叶茂的人间……

## 门前的一棵树

总觉得会有什么事情发生，罗西早晨从床上一爬起来，就有这种预感。踱到东窗前，向外一望，禁不住惊呆了：门前的大树不见了！

那是一棵七叶树，老父亲亲手栽植的，已经在窗前茂盛了好多年了。但是不知为什么，随着老父亲被家住南方的姐姐接走，这棵树便出现了干枯的迹象，树的根部甚至开始腐烂，大树出现了颓势，树叶也明显变得稀少，只是在树冠顶端，零星而缓慢地生长出来一些，像一撮头发似的，大树呈现奄奄一息的状态。

父亲和罗西视频通话多次，叮嘱他抽空过来给树浇水、施肥，把他折腾够呛。

这一次，罗西就是按照父亲的要求，从自己的小家连夜赶过来，在父亲的老宅里暂住一宿，为的就是照看一下这棵树。昨夜他到得很晚，星光黯淡，但是记得很清楚，他就是从树下经过的，那团树影虽然模模糊糊，但还稳稳地站在那儿呢。

罗西赶紧去物业问了一下情况，物业工作人员说，这棵七叶树的确不行了，病因他们也搞不清楚，他们也不知道怎么救护，所以今天大清早就安排人连同其他的枯树、死树一并伐掉了，此前他们已给园林部门打过报告，后者同意伐掉，随后物业将补植新的树种，新树苗已经备好了。

物业认为，小区每年都有一些病树被淘汰，也会补植新的树木，这是没有办法的事儿，是物业的一项常规工作，他们并不觉得有何意外。

物业说："您就回家等着吧，过两天您家门前就会有新树了。"

物业所言不虚，新树苗很快就站在了七叶树曾经的位置，但新树苗十分单薄纤细，被人字形枯树杆支撑着，似乎不堪风折。

物业说："你尽管放心，我们会照顾好这些小树苗的，这是我们的职责所在。"

罗西不打算马上把这个消息告诉父亲，先拖一拖再说吧。

父亲对这棵门前树怀着那么深沉的感情，罗西是不久前才意识到的。

说起来，罗西和父亲在平日里，交流并不多，倒没有什么特别的原因，只是父亲向来话少，他也是。退休前，老人家将全部的心思都投入工作中了，仿佛一个工作狂，对别的事情，包括家事，都很少过问，全部交给了老伴儿，也不干涉子女的事情，如果你主动问起，他便说上几句，听不听由你，绝不絮叨。

退休后老人转变得也很快，绝口不提工作了，而是认认真真地扎起围裙，走进厨房，给家人买菜、洗菜、做饭。所以，父亲的前半生是工作，后半生是下厨房，此外也一直没看出他有什么个人嗜好，平时照旧没有多余的话，仿佛他就是一个安安静静的长者而已。

直到有一次，关于是否卖掉老宅的事儿，他和家人的意见不太一致，他不同意把老宅卖掉。无论家人怎么劝，他就是不吭声。问急了，就只简简单单的一句，他熟悉那儿，在那住了很多年，不想卖。

那时，老宅所在的区域将面临动迁开发，政府有了比较好的招商项目在此落地，老宅正好在动迁之列，房价因此大涨，那时如肯出手，一定会卖个好价钱，但是老头儿竟不为所动，他说："卖什么卖？"

家人只好顺从了他的意思。实际上，儿女也都有房子，老人在新区也有自己的房子，那房子很新，更宽敞，还装修好了，周边的环境也非常好。如果卖掉老宅，除了大赚一笔，还让家人更省心，何乐而不为呢？

但他就是不同意。

罗西和姐姐一样，对父亲很不理解，姐弟俩互相吐槽，都说老宅这地方，过去就是职工宿舍改造出来的，房子旧，户型已过时了，位置也不好，随着附近几个大厂的转型和停业，这里再不复当年，人气早已不旺，小区里人去楼空，只剩些老人和小孩儿冷冷清清地出入，年轻人都已不再回来了，真不知道老爷子还恋个什么旧。

然而知根知底的，莫过于罗西的母亲。

父亲因病入院后，姐姐告诉罗西，老太太知道老爷子不肯卖老宅的真正谜底，说那棵七叶树是爸爸的命根子，退休后，事情不多，自从把七叶树种上之后，他就有了营生，也有了精神寄托，侍弄树、观察树成了他的日常和大事儿。老太太说：“我也是后来一点点地发现的，因为他跟我也不怎么说树的事儿。”

“房子其实他也不是一点儿不想卖，但是卖掉了房子，就再也看不到树了，我猜这是他的小心思。担心说出来你们笑话，理解不了，所以他一直也不好意思直接说。”

老太太说：“我看就是这么回事。”

姐姐传递的这个信息挺重要，令罗西一下子想起了苗圃的事儿。

老宅小区的附近，有一个面积不算很大的苗圃，当年就是父亲牵头，东奔西走地四处游说，得到了上面的支持，花了好几年才建起来的。当时建一个这样小有规模的苗圃谈何容易，本来这里是一片盐碱地，除了碱蓬草之外，什么都不长，如果大量种树的话，需要从外地运土，需要掘井，后来还需要引渠，同时，这事又不属于生产和工作范畴，只能利用业余时间，组织同事和家属们来自愿干活。

据说当时并没有什么报酬，全凭着一个绿色的梦想，一股子美化环境的劲头，大概用了五六年的工夫，花费了不少人力、物力，才把这座苗圃建起来。

那时，姐姐和罗西都很小，只是知道有这件事，但是具体细节却不甚了了。然而在父亲的心中，这座苗圃是他生命中的大事。

罗西记得，姐夫作为女婿刚刚来家里的时候，这位初来乍到的外地人对这里一点儿也不熟悉，父亲便对他说："出小区不远，有一个苗圃，那里面绿树成荫，很不错，你可以去转转。"

姐夫出去转了一圈，回来说："去过了，真是个好地方！"之后，姐夫每每回家来，总是一个人去苗圃兜几圈儿，感觉很是惬意，估计老爷子心里也很高兴。

因为老宅所在的这片区域，总是光秃秃的，草木无多，小区也是千篇一律的，满眼钢筋水泥，只有这不可多得的小小的苗圃，创造出一个小小的清幽，可以暂时慰藉一下渴望绿色的内心。

但是父亲从未对人渲染过苗圃的重要性，也从不谈论他为苗圃的那些付出，好像苗圃是他个人心中的一个秘密似的。所以，罗西对父亲喜欢树的那种情结，也就懵懵懂懂，不明所以。

罗西因为七叶树的事儿，难得地去了一趟苗圃。实话实说，他长大后真的就没想起去苗圃这边看看。这么多年过去了，苗圃一直被维护得很好，他走进成排成列的树木中间，居然也有遮天蔽日的感觉，躲在里面，只要不抬头向远处的林带边缘细细地观察，会误以为自己步入了不知名的森林了呢。

而且，林子里还修了木栈道，曲曲折折的，俨然是一个微型园林。

父亲和他的同事们的巨大付出，看来没有白费，它至今还在默默地、坚韧地散发着对于周边环境而言极为珍稀的绿意，悄无声息地浸润着身边的小世界。这苗圃太小，的确很难引起外人的注意，它如此低低地隐身于灰色的高楼大厦的间隙里，只要离得稍稍远一点，就会被忽略掉。

但这隐秘的所在，储藏着父亲的梦啊！

罗西现在觉得自己真是不了解老父亲，更不懂他。由于他这般粗枝大叶，父亲让他把七叶树照顾好，他却没能很好地完成任务，不然，这棵树大概也不会死去。如果父亲一直在家，这棵树可能还是会长势喜人，茂盛如昨。

父亲为什么喜欢七叶树呢？或许，这个树种本来大多生长在黄河流域，而父亲作为山东人，从小在黄河边儿上长大，小时候就熟悉这种树，远走他乡后，依旧念念不忘，于是在自家门前栽植了一棵。但寡言少语的父亲，似乎并未和家人特别提起过，而是放在自己的心里。

想到这一层，罗西觉得十分愧疚，对父亲，对树。

罗西回到老宅的院子里，给姐姐打了电话，问她：“七叶树没了，该咋和爸说？”姐姐在电话那头沉吟了半晌，说：“父亲病得很重，还是先不和他说了吧，反正最近他也没有问起。”姐姐说：“你倒是可以把房子抓紧挂网上，或者找中介。”罗西说：“现在这边的房价掉得厉害，原来的招商项目也很久没了下文，我看是错过最佳时机，卖不动了。”姐姐说：“那就放着吧，或者租出去。”

罗西又问："一会儿爸爸醒了，问起树怎么办呢？"姐姐说："你手机里不是储存着老树的视频吗？给我发过来。爸爸要问起，我就给他看那个，就说七叶树还在那儿好好地长着呢，让他放宽心。"

罗西想想，说："嗯，只好这样了。"

# 大剧院

为节日期间作精神漫游的朋友提供阅读选项。

郊外的空旷是另一种声音，仔细倾听，发觉且不论其他，至少有风声隐含其中。风声何尝不是起伏变幻的音乐呢？甚至，那风声有时也是激越的，尤其当季节转换的当口，风成为季节代言的时候。

然而，对于渴望洪钟大吕或者笙歌管弦的耳朵来说，仅有大自然的风声，是远远不够的。

于是，大剧院应运而生。

## 01

大剧院一落成，即成为哈尔滨的新地标。

在大剧院诞生之前，这座城市的地标建筑可谓不一而足，最出名的，相继有霁虹桥、尼古拉大教堂、防洪纪念塔、松花江公路大桥、索菲亚教堂，等等，这些地标性建筑，出现在媒体无以计数的报道中，出现在影视和网剧的镜头里，出现在摄影家和画家的作品中，出现在新年和旅游的明信片上，它们声名远播，令人耳熟能详。

一部城市地标史，就是对一个城市发展史的有力勾勒，大剧院的出场，标志着城市品味又跃升到了一个新高度，哈尔滨的现代性增加了一个可被强烈感知的新维度。文化建筑特色风格鲜明，一流的剧院专业技术标准，形式感与专业内涵的完美融合，让大剧院迅速成为后来居上的都市新地标。

虽然松花江一如既往地宽阔，江水一如从前那样由西向东，时时刻刻地响应着远方蓝色的召唤，但大剧院的出现，似乎第一次从视觉上拉近了两岸的距离，直觉中，两岸彼此间不再是以往的遥遥相望，仿似近在咫尺。

平地崛起雪山一样熠熠生辉的银色和流畅的造型，极为醒目地扑入人们的视野。

当驾车从桥上驶过，或者步行于滨洲铁路桥人行道上，那银色的矫健的身影会映入眼帘。

与海对江水的召唤不同，那银色分明是另一种调性的召唤，是冰清玉洁、晶莹剔透在召唤，那是对着站在南岸驻足的人，或者对江上眺望的人发出的。

是召唤，也是诱惑。

## 02

夏季的一个午后，我从太阳岛绿道一直北行，直至登上北岸。

引导我一直向前的是大剧院。

起初沿着中东铁路公园的核心景区滨洲桥步道，从南岸一路漫步到太阳岛，我的本意是想走走太阳岛上的长长的绿道，因为这条绿道已经铺设了很长时间，却一直不曾走过。

从滨洲桥走到太阳岛，是一条不可多得的陆路直线，虽然距离最短，却很少有人这样子徒步过来，这是一条还不太广为人知的、崭新的捷径。

果然，我很快就顺风顺水地抵达了太阳岛。

走完绿道之后，本来想折返江南，但是无意间抬头北望，大剧院一下子跳入了我的视野。

太阳岛和大剧院原来相邻，从这个点位上看，两者距离这么近，可是个意外发现。

那就继续前行，顺便去大剧院那儿看看吧。当时心中也有几分踌躇，老话说望山跑死马，大剧院会不会像那座山似的，看着很近，实际却挺远呢？可它很真切、很分明地就在眼前嘛，但愿我没产生错觉。

下了决心，走！

我又沿着滨洲线继续前行，甚至无需拐弯，很快，这座艺术宫殿逐渐在视野里全面、真实地裸露出来。

坐北朝南，临水而居，大剧院像一个王者般居高临下，太阳岛和松花江尽收眼底。

纳入大剧院视野里的，自是松花江沿岸又一处绝好的景致。

大剧院所处的滨水湿地，本来就是松花江的有机组成部分，而太阳岛不过是松花江主道与江岔子之间形成的一片面积较大的沙洲，假如没有江北大堤的阻断，太阳岛与北岸滨江湿地实际上是可以一体化的。

所以，太阳岛和坐落于湿地之中的大剧院，原本就同处一个水域，不过是一南一北，方位不同而已。

近些年来，滨江湿地纳入了城市的认知范围，这大大拓展了松花江北岸的宽度，北岸景观与往昔不可同日而语，松花江连同它的湿地资源，一体两景，相互映衬，展开了哈尔滨的新地理画卷，北岸从此不再是一条线，而是一个扇面了。

因此也带动了太阳岛的新生，随着哈尔滨沿江湿地的蓬勃扩展，太阳岛本身也随之更新了内涵，原来老哈尔滨人心目中的太阳岛，事实上已经变“小”了。

在此意义上，大剧院正是处在太阳岛延展了的外围，成了一对彼此呼应的伙伴。

只不过，目前湿地、太阳岛，加上大剧院这些崭新的故事，尚未经过时光的足够沉淀，但人们对此种格局的普遍认知，正在加速形成。

大剧院靠近松花江岸边，且不论其周边整体环境，仅仅感受其南侧的水面，就已足够迷人。

那与浅浅的沙滩相接的水面上，点缀着若干袖珍岛屿，也就是小小的沙洲。沙洲上面生长着一簇簇榆树、杨树、柳树，以及灌木丛，树丛中有木船和钓鱼者的身影不时闪现。

由于水量的变化和年份、季节的不同，这些沙洲也是动态地改变着，时大时小，时隐时现，但是那上面的草木，却一直未曾被真正地淹没，乔木伸展着身姿，灌木和蒿草们抱团儿，生生不息，成为人们流连的好风光。

在这些星星点点的沙洲的南侧，也就是这水面的最南端，正好就是太阳岛北端，一片茂密的沙洲森林，以浓淡不一的各种绿色——墨绿、黄绿、浅绿，向着太阳岛的纵深之处绵延不已。

正是因为有了大剧院的兴建和落成，太阳岛北侧的这一脉从前无缘得见的风景，其画轴般的另类风情，才得以徐徐展开，得以进入更多人的视野。

对于大剧院本身来说，这自然只是一个副产品，但是对于渴望野外休闲、露营和垂钓的本地人来说，对于热爱着太阳岛的市民和游客来说，这副产品反倒是他们心目中的主产品呢，他们在大剧院欣赏音乐会和演出节目之余，在江堤上小坐，或款步而行，太阳岛北侧的独异风景，和太阳岛老区那些经年习惯了的熟悉景象，有着不同的新奇之处。

## 03

大剧院当然属于都市，是大都市强有力的音符，是都市的奏鸣，但它所处的位置却是一片旷野。

这似乎完全符合建造者心目中的定位，音乐这只自由自在的、看不见翅膀的精灵，从来都渴求着无拘无束的可翱翔的空间，而江北恰好如此天高地阔，没有什么地方，比这里更适合安放一个音乐时而敛翅，时而振翅起飞的栖息地了。

大剧院自身并不是高层建筑，湿地的自然地势趋于低缓，也使得建筑并未获得天然的制高点，然而，大剧院却极具雄伟宏大的气度。这气度，大概得益于它所处地理空间的开放性吧？

大剧院是松花江的儿子，是松花江畔的水、冰和雪的化身与象征。只要来到江边，即使在南岸，你也能够以目光和它相遇。等到你跨江而行，无论是在船上，在江中游泳，在无数个点位，只要你抬头，你就可以看到它，在大桥上，你会更加无比清晰地看到它，并强烈地感受到它发出的光芒。

无需刻意地寻找，你会很轻易地发现！

大剧院，你无法忽略它的存在，它会自动闯入你的视野，它似乎有着艺术家式的顽强的表现力和表达欲，未闻音乐之声，先见音乐之形貌！从诞生的那一刻起，似乎注定了它将摄人魂魄。

然而，它并非以昂首挺胸、高调宣示的方式，也并未铺陈和渲染，它仅仅坦荡地敞开着自己。可是，它到底以怎样匪夷所思的魔术，如此强烈地占据了你的视野呢？

只要你北望松花江，只要你接近了松花江北岸，似乎无论从哪一个角度，大剧院都会进入你的视野。

这不由得让我想起罗兰·巴特笔下的埃菲尔铁塔，人们在巴黎的任何一个角落，都能看到这一尊竖起来的钢铁，它是巴黎人和巴黎游客无法回避的存在，除非你躲进铁塔内部，你才会很短暂地看不见它，否则铁塔始终无处不在，并且是高耸着的，针刺一般尖锐地，不容分说地。

大剧院之于哈尔滨，似乎与此类似，只要你在松花江附近出现，你总会在不经意间看到那团银色的光辉，闪耀在天空下。

但是在气质上，大剧院与埃菲尔铁塔迥然不同，它不像埃菲尔铁塔那样呆板，那样死硬，那样灰黑，那铁塔是冰冷孤立地站在那里，含义不明，给人以拒绝感。

大剧院则不同，作为音乐艺术的载体，作为文化建筑，它的银白色，它的三维曲面，它的流线型，都洋溢着都市生活流畅的气韵，它虽然饱含着超越的冲动，却不是要摆脱人间。

## 04

大剧院坐落在湿地之中，而湿地不过是原野的一种形态，浅浅的流水或静水穿插其间，但草木葳蕤。

这是一座原野上的剧院。

从西往东是看大剧院的一个很别致的角度。

徒步中，需要时时透过大地上纷繁树木的参差和掩映，才看得见大剧院的上半部分，它构成了旷野画框的远景，在这一片微微起伏的大地景观的远处，大剧院亮出了它的银色。

随着对它的趋近，大剧院很快占领了视距中心，于是成就了乡野和人文的一种不间断的对比，这是蓬勃的自然和冷冽的钢铁的一种对比，随着远近距离的动态变化，大剧院和周边环境的比例也在变动中，就有了移步即换景，步步景不同的惊奇不断的效果。

那从地面上冒出来的奇异模块，像天外抛入的一块陨石，起初给人以突兀之感，似乎有一份硬生生的意外，打破郊外大地原初的环境氛围，以异质侵入的方式发生了。

然而我们的内心知道，正是因为大剧院的诞生，松北这片被自然野性主宰的粗糙肌体，从此被注入了现代和时尚的血液，新的基因得以植入，这片区域将因此而变得激情澎湃，一个生态与人文共生的全新时代到来了，两者融合起来的新景观正在全新地生成。

还记得诗人斯蒂文斯吧？他把想象中的坛子，置于田纳西的山顶，坛子使凌乱的荒野围着山峰排列，于是荒野向坛子涌起，匍匐在四周，再不荒莽，坛子在地上矗立，君临四面八方，仿佛成了田纳西的桂冠。

谁能想到，在遥远的东方，在数十年后的哈尔滨的大地，比诗人想象中的坛子大出数万倍的大剧院，横空出世了！

这座大剧院吸纳了荒野和大地的精华，草木与溪流和羊肠小道，纷纷向着它奔涌、汇聚，这大体量的现代容器，成功酿就了艺术与生活、与自然完美融合的玉液琼浆，从此让人饮之不竭。

大剧院的建筑师说过，他的团队是取松花江的风和水的形态气韵，来用心雕琢这座艺术宫殿的造型和每一个细节，从都市的梦幻和内心里孵化出一座雪峰。

这雪峰，这银色的殿堂，聚集起松北无边旷野和两岸人们漫游飘荡的神思，凝成强劲超拔的灵魂，以旋律、歌声和戏剧的方式，让音乐的神奇力量，从一大一小拥有最高艺术标准的两个剧场中间，从多岛式看台的观众席上，一场接一场地不断地生发，浸润人心并冉冉升腾，向着剧场和它的公共广场扩散，向着观光廊道和可供露天演出的观景露台扩散。

向着松花江两岸水天一色的辽阔空间扩散。

## 遍地葵花

长达两千米的葵花带在深秋的松花江边绵延，那一大片耀眼的金色光辉，不止照亮了缓缓流淌的灰蓝色的松花江水，照亮了长长堤岸，自然也普照着涌向这里的人群的心情。

这一刻，彼此的心情打通，仿若知音一般，每个人都在这金色阵仗的盛宴里，扑愣愣地放飞了心底那欢快地翱翔的鸟儿，仿佛它们从各自树冠上的隐秘鸟巢里，从四面八方颤悠悠的树梢上飞出来，甚至有的用小小的翅膀碰掉了弱不禁风欲落未落的若干黄叶，它们在空中喜悦地汇合，翔集在深远的蓝天里。

对于城市人来说，能够看到这样大面积的葵花田，实在是不容易的事情。

同样，葵花似乎也从未见过这么多蜂拥而来的观赏者大军，假如它也像人一样有感知的话，一定会匪夷所思的，或许它会想，我本兀自生长，何以令他们如此喜乐？

从来远离都市的葵花，原野才是它真正的故土，实际上，此刻的它，称得上是远方来客，它是被城里人主动热情地邀来的。假如没有钢筋水泥里的这些鲜活的灵长类从心底释放出热切的呼唤，它将一如从前那样籍籍无名地散落在乡下，在质朴的农人不经意的一瞥中，波澜不惊地度过自己的旷野生涯。

葵花绝对想不到有一天自己会成为璀璨的风景。

对于农人来说，它只是经济作物，它意味着粮食、蔬菜之外的收成，是前两者的补充性进项。

秋天到来的时候，葵花籽就成了早市和夜市摊床上的商品，即使现在，承载它的典型容器依旧是灰色的簸箕、黄灰相间的箩筐，葵花籽的主人大多素衣打扮，或者早早地穿上了羽绒服，站在摊床后面，和它组合在一起，共同构成一个朴素的场景，溢出大地深秋的浓郁气息。

葵花籽和承载它的容器，至今还是农副产品市场格局中最具乡野特色的部分，令人产生由衷的亲切感。

似乎每一个走到摊床前的葵花籽的消费者，都怀有一个乡村情结，都能在潜意识中，带出童年、少年时代有着乡村经历的那个小小的自己，或好多个亲人与邻居的身影。

葵花籽唤醒了尘封的早年记忆，他或她，有时买的远不只是葵花籽本身，而是以其为中介和象征物，让自己嗑瓜子时的味蕾，让带着瓜子香气的思绪，在多年以后的今天，同时飘回昔日的田园岁月。

记得小时候，葵花一般不是被大人们种在大田间，而是种植在自家房前屋后的菜园里，且一般都是靠边，留出一个规整的、不是很大的区域。那时的瓜子更多的是自留自用，或者作为秋收的特产礼物，送给城里的亲戚，所以葵花更多的是菜园里的点缀，虽然它们的身形高大而特别，摇曳在夏日和秋日的风中，却不是菜园里的主角，当然也不是农人心目中的主角。

农人们喜爱葵花，却不给它至高无上的地位，它让位于粮食、蔬菜和瓜果梨桃，似乎它是前述那些作物间隙中的一个点缀，一个配角。

然而，当深秋到来的时候，在经过长时间的等待之后，它终于能够被主人季节性地重视起来了。当然，重视的不是站立着的葵花，而是它的花盘里结出来的果实。尤其，随着北方漫长的冬季的到来，葵花籽在农人心目中变得越来越不可或缺了。

瓜子被倒入厨房的铁锅里炒熟了。炒瓜子时的热气是干热的，掺杂着盐和沙土的气息，打开厨房的窗子，让室外的冷空气进来，与之对冲，瓜子慢慢变凉，不再烫手，这时才能端上来招待客人。

当然，到了春节的时候，瓜子变得异乎寻常地重要了，它跻身于水果盘系列之一族，成了就餐前聊天的“作料”，成为聊天助兴一个不可替代的“抓手”，它的作用是苹果、桔子所无法取代的，或者换句话说，它和后者一起构成了北方客厅茶几小景中的要件，它意味着温馨、亲近，没有隔阂，没有生疏，不设防，它隐隐地暗示着拉近，暗示着促膝交谈，包含着放松的隐喻。一旦开始嗑瓜子，就意味着交谈的各方放松下来，相互间可以无拘无束了。

想一想，人们能够对彼此嗑瓜子的声音报以善意的忽略，为你打开味蕾和交往空间创造宽松条件，这是对所谓文明礼仪那种客套的一个小小的反驳，是乡间烟火气的回归，是对熟稔感的悄悄地允诺和期许。

这里有一个故事。

我记得我还是个初中生的时候，我的表姐夫第一次到我舅舅家里作客，也就是他的岳父家。舅舅的家人热情地招待了这位新姑爷。

晚饭后，家人坐在一起陪新姑爷聊天。那时正是冬天，葵花籽刚好下来，晚饭后，水果和瓜子都端上来了，但我的这位表姐夫坐在炕沿边上，半坐半立，很斯文、很认真地谈话，大概两三个小时的"现场考核"，我觉得时间很长，他竟然瓜子儿一点没动，当然水果也没动，只是简单地喝了点茶水。他离去后，我的舅舅舅母对他的印象真是好极了，夸赞不已，其中一个最重要的印象就是，他一个瓜子都没嗑，真是个讲文明、懂礼貌的年轻人。

这桩婚事儿就成了。

许多年后，他早已不是新姑爷了。有一次我好奇地问他，我说："当时我在场，对你不嗑瓜子的行为印象特深，因为瓜子盘就放在那儿，我舅母一个劲儿地劝你嗑瓜子，你总是答应的很好，但就是不嗑，你是不喜欢瓜子吗？"他哈哈大笑："我当时是装给你们看的，回到家里好一顿恶补。”

可见葵花籽的作用有多大。

葵花作为经济作物，这些年来似乎在不断地扩大种植面积，一些地方和区域，甚至以此发展出了专属的特色产业，我的表姐夫就是这样，他虽然年事渐高，却已经带着他们村的父老乡亲创办了一家企业，依托葵花籽油等延伸产品，走出了一条创富路子。我对表姐夫说：“你已不再满足嗑瓜子了，你是要把葵花吃干榨净啊。”他说：“你有所不知，这小小的葵花籽，价值可大了去了。”

不止表姐夫步入葵花产业，如今在广大的北方地区，在辽阔的平原，在起伏的丘陵地带，种植葵花确实在成为一种选择，一片又一片的葵花田，正在成为夏秋两季的乡野新风景，尤其到了秋天，金色的葵花波涛，在大地上汹涌。

依托葵花，有的地方甚至形成了葵花籽市场集散地，葵花籽的经济价值、市场潜力和药用价值正在各地不断地被释放出来，成为造福一方，也有益于社会的产业链和价值链。随之而来的一个突出的现象是，人们不只对葵花的实用功能认知越来越深，在此基础上，葵花作为一种看似平常实则不凡的植物，它的审美价值也终于让越来越多的人们开始在意并且珍惜起来。

这真是个好兆头。

我曾经在秋日驱车抵达过有葵花田的地方，因为小时候的记忆中的农家菜园里零星散见的向日葵，已经不能令人满足，所以常常留意一些相关信息，然后走很远的路，邀上朋友一起去看成片的葵花所在，去感受规模种植那种一眼望不到边的壮观气势。

现在好像不再需要走很远了，向日葵已经开始向大大小小的城市靠拢，在城市周边，如果你格外留意，会发现葵花田正在一片一片地兴起，它正在成为观光农业的一个新颖的组成部分。有行家说："葵花是一种生命力和适应性强的植物，它是蓬勃生长，茁壮向上的植物，对气候和土壤的要求并不苛刻，它本来就该得到我们人类的普遍喜爱和推崇。"

对于葵花的赞美，独具慧眼的艺术家们从来未曾吝啬过他们的才华，梵高笔下的热烈的向日葵大概是最有名的了，他似乎是向日葵最早的朋友和知音。但是散落人间的向日葵，远不止一种气质，不止一种格调，各种葵花题材的作品，愈加美不胜收。光是葵花花语就多达数种，它自身隐含的诸多特性难以尽数，其可供发掘的内涵极为丰富，远非一般花种可比。

徜徉于江边的这片向日葵花海，是观赏类的，株高一米多，这是为了方便城市人观赏而特别选定的一个品类。实际上，向日葵最初还有一个别名，叫作丈菊，命名者极言其大其高，其株高通常在一到三点五米，分明是特大号的菊花！这样一种超大规格，突破了人们对普通菊花的认知，呈现着菊花家族的另一种崇高之美。

然而，葵花这一份崇高的美，并非世所罕见，更不高高在上，它就朴实地站在田野上，站在我们的日常生活中，身形虽然高大，却一直谦逊地低垂着头。它逐日而转，缓慢而执着，而其自身的花盘，也是太阳的形状，其花瓣也和太阳一样，是金灿灿的，它拥有着这般多重属性的明媚璀璨，却永远温和而沉静。

这万千花卉群落中的伟丈夫，这默立于玉米、高粱和大豆身边不事喧嚣的花魁。

所以，眼下江边这片向日葵的高度虽不是葵花族类中之最，但对于城里人来说，已足够他们欣喜若狂了，因为这是大自然母亲从田野的怀抱深处一路风尘奔赴至此，给望眼欲穿的都市送来的一份赠礼。

这盛大的赠礼，仿佛阳光的浓缩和展开，以其足额的金色，再度定义了金秋大地。

# 善 意

十字路口处，左转向的交通灯变绿了，蒙娜将方向盘左打，车速没有超过二三十迈。

她首先瞥见的，是迎面老旧书店的暗黄色墙体和凹进去的古铜色大门，车窗外下面排列整齐的灰色面包石，它们在正午的雨云的笼罩下，落入眼角的余光之中，显得格外光洁，然而从红绿灯杆下走出来的李阿姨，快速踏上人行道，蒙娜却刚刚惊觉。

她赶紧踩刹车，车是停住了，李阿姨那仿佛突然冒出来的身影，还是倒在了车前。

把车停稳，蒙娜走下车去，刚要蹲下身，李阿姨却从地上霍地站了起来，开始大声地指责她不好好开车。说着说着，开始有了哭腔，蒙娜连声道歉。

但是这时，李阿姨忽然想起了什么似的，又坐到地上，呼天抢地起来。

几位过往的行人见此情景，围拢上来。

蒙娜说："阿姨咱们去医院吧，在这儿躺着也不是办法。"但是李阿姨说什么都不肯动，她说："我动不了，你也不能碰我，我的腰坏了。"

这时人群中的一位老先生说："还是让这女孩儿陪你去趟医院吧，再说这个女孩子也没逃逸，也没说不管你，一直表示要领你去看病，还是起来去医院吧。"

这番话总算起了作用，李阿姨在蒙娜的搀扶下起身，坐进了车里。

去医院看病，程序上和诊断结果都无复杂之处，简单说来，李阿姨身上甚至连擦伤也没有，如果说有什么症状的话，就是血压高。但是李阿姨并不认同医院的检查诊断，她说："我这个样子，回不了家了。"

蒙娜态度恳切，想要解决问题，但是正常的交流始终无法进行。无论她说什么，李阿姨都不买账，除非满足她的诉求，但她又不肯说出她的诉求到底是什么，似乎在逼着蒙娜主动开价。

蒙娜一周前刚刚经历了类似的事情，只不过，那一次是她和她的车被别人追尾了。

当时，经历了突如其来的剧烈的颠簸之后，她从车里走出来，看到的是一辆红色出租车，出租车司机是个小伙子，也已从车上下来，并一直在对她说着对不起。蒙娜虽然惊魂未定，但是看他态度这样好，也就没多说什么。

司机说他确实有些着急，车距太近了，前面的车稍稍减速，它就撞上来了。出租车副驾驶上坐着一个年轻女子，表情痛苦，手摁腹部。司机说这位女乘客是孕妇，急着去医院，所以他把车开快了。

蒙娜说："那你赶紧走吧，我的车只是后保险杠刮蹭了一下，没什么大碍。"

司机要了蒙娜的手机号，加了微信，说："太感谢了，我负全责，回头一定给你修车。"然后开车匆匆地走了。

蒙娜回到家中，和母亲说起这事儿，母亲说："是不是你刹车也太急了点儿啊？"蒙娜说："是的。"到了晚上，出租车司机打来电话，约她次日去修车。

第二天，车就修好了，事情的过程处理得很是简单，没有什么波折。

这也是让蒙娜感到欣慰的一点。

但是一周后的今天，刮蹭事件重演，只是情况变成了比较难缠的模样。

李阿姨开始求援，给家人打电话。

很快，她的儿子匆匆地赶了过来，蒙娜一看，竟有这么巧的事情，来人是上周刚刚打过交道的出租车司机。

世界真是太小了。

然后，事情变得出奇的顺利。李阿姨的儿子听完情况后，认为没啥大事，也不需要蒙娜赔偿什么。李阿姨起初坚决不同意，但是见儿子的态度如此坚决，没有余地，便不再吭声。

蒙娜觉得老人受了惊吓，她是很过意不去的，至少还是要慰问和补偿老人一下的。于是，蒙娜说出了一个数字，马上就用微信给李桦转账，但是李桦，也就是李阿姨的儿子，摆摆手拒绝了，态度很坚决。

李阿姨表现得十分无奈，但还是没能拗过儿子，一步三回头地跟着儿子走了。

蒙娜呆在了原地，久久未动。让她意外甚至不解的是，母子两人，做事的差别怎么这样大呢？蒙娜明显感受到了这位母亲有点不讲理，儿子却通情达理，温文尔雅。简直不像一家人啊！是亲妈和亲儿子吗？

过去了一整天，蒙娜的手机响起了提示音，李桦未接收她的钱，二十四小时后被自动退还了。

蒙娜觉得该认认真真地找一次李桦了。

这样，他俩有了比较正式的交流。

一开始通话的时候，李桦说：“不用客气啊，没事的，不要往心里去，我妈身体挺好的，一点事也没有。”蒙娜说：“不行，那是两回事，不表达一下心意怎么行？我自己这心里也过不去。”李桦说：“问题是我一直在忙着开车，总在运营中。”蒙娜说：“等你倒班的时候见一下吧，我总要面谢的。”

这样，他俩就见面了。

李桦慢慢讲起了他本人及他妈妈的一些故事。

李桦是一位心理学硕士毕业生，当年报考这个专业的时候，是因为小时候的家庭记忆太深了，父亲是个蹬三轮的，常年帮人家送货，母亲原来在国营饭店当过服务员，后来下岗了，日子过得艰难。

贫贱夫妻百事哀，父母吵架几乎是家常便饭，家庭气氛一直令他深感压抑，好在他是一个喜欢读书的孩子，读书成了他的避风港，学习成绩在班里名列前茅。

本科毕业以后，他报考了心理学，他觉得这和从小萦绕在他的脑海里的家庭争执的那些景象很有关系，因为他发现父母争吵时，两人经常不在一个频道里说话，你说你的，我喊我的，从不考虑对方在说什么，没有真正的倾听意识，更不要说体谅担待了。

父母吵架从未解决过任何问题，家庭矛盾始终像一团乱麻那样，扭结成一团团的死结，在家里堆积着，堆成一座座大山，压在他那幼小的心头，喘不过气来。

至今李桦还能感受到那死结的存在。

他小时候的学业，父母无暇顾及，也帮不上忙，只是觉得儿子的性格过于文弱，和他俩的那种好斗的性格不怎么相像。母亲担心他，常说的话是，你这么老实巴交的，不受欺负才怪，长大了也是个受气包。

李桦在中小学时代的境况真的被说中了，但父母无力改变什么，只是不断地对他训斥和抱怨。所以，李桦下定决心，独自寻求这些困惑背后的答案。

三年的心理学专业，让他明白了许多从前不甚懂得的事情，他再也不想像父母那样生活，他们的那些行事惯性，虽然他懂他们，也惦念着他们，但是他决心不再去重复他们的故事。

蒙娜点头，说："那我终于明白你了，也很钦佩你。"

李桦说："本该如此，真的没什么。"

"那你为什么不发挥专业所学，却开出租车呢？"蒙娜问。

李桦说："和几个朋友合开了一家公司，赔了，散伙了。我眼下暂时开一段网约车，同时也在找新项目，已经有些眉目了。"

蒙娜说："我开车水平不高，你看我总是惹事，上次你追尾，也是因为我刹车太急，不都是你的事儿。"

李桦笑了，说："我给你的建议就一条，你开车可能有点分心，以后多注意观察就好了。不过，上次是我开车有问题，车距太近了，来不及反应。"

蒙娜说："可能我天生不适合开车。"

李桦说："当然不是，你其实开得很好，但是大家好抢道，不肯谦让，这个习惯不好，也容易让你们女孩子着慌。再一个就是遇到轻微的刮蹭，并不严重的话，别难为人，但好多当事人的第一个反应就是指责对方，即使对方有错，得理也要让人才好。我坚持从我做起。"

蒙娜说："你的确是这么做的，我有体会，所以觉得你这个人真的很好。"

李桦说："只是心怀一份善意而已，别人心中大概也有这份善意吧？但是需要彼此激发，需要个契机，你看，我的善意就把你给激发了。”

蒙娜说：“还真是。”

李桦说：“我老妈知道我现在有点难，又要开公司，所以……老太太实际上是个好人，就是爱子心切了。”

蒙娜说：“我知道，我对老人家还一直抱着歉意呢。”

从此，蒙娜和李桦成了一对要好的朋友，在这个车水马龙的城市，即使常常独自驾车前行，这两个年轻人也感觉到不再像以前那么孤独了，偶尔想到茫茫人海中有对方的存在，嘴角便会浮现出一丝笑意。

## 平原上的森林

在大平原行走时，如果呈现于视野的，不再是熟悉的大片农田，不再是漫无边际的荒野，而是整座森林突如其来，是否会感到一种强烈的意外和惊喜呢？

不管你怎么想，我本人对平原地带浮现出来的森林，内心里是欢呼雀跃的，仿佛小时候的渴念终于撞进了现实。

这样一个现实，其实于我而言已是姗姗来迟，即便如此，这个仿佛千载一遇的相逢，依然包含了太多的幸运元素，对此我心存感激。

我是偶然发现这片森林的，或者只有我将其视为森林吧。

去太阳岛公园本来是平平常常的事情，对于一个哈尔滨人来说，很久不光顾一次太阳岛公园，就好像生活中缺少了点灵动和安慰，因为那个岛上的一草一木早已成了本地市民生活的一部分。

出于一种代偿心理，假日期间，我会抽空驱车在太阳岛公园的外围兜来转去，偶然发现一处幽深僻静的所在，那就是人迹罕至的太阳岛外滩湿地。

将这个区域称为湿地，或许是不大确切的，这一小片区域并非典型的湿地。湿地通常以水草、灌木为主体，风吹草低，而这里完全是乔木组成的一片森林，是拥有至少几十个年轮的、无比高大的乔木的集中地，杨树、榆树、柳树、松树，等等，是这里当仁不让的主角。

所以，称这里为小型森林显然更切合实际。当然，这只是我这个非湿地行家的、很外在的观感。

踏进林间，遮天蔽日的繁茂树木，便把那条车水马龙的松北大道，和充满人间烟火气的世界，完全挡在了外面。

这里俨然自成一体，分明是一座天外飞来的森林。

纵然是袖珍版的，但对我来说，已是大喜过望。对这片森林本身似乎不必予以过多的细节描述，这片区域，不在于它和一般森林特征有多么普遍的吻合度，而在于它竟然出现在你原本认为它不可能出现的地方，这才是重点。

在我们一贯的认知中，平原与森林无关，森林只可能去深山里显现。平原自然也有树木，有带状的防护林，甚至也不乏林荫大道，但是它们并非平原大地的主角，无论它多么重要，在占有田野的比例上，它总是无法与成片的庄稼相提并论的，例如美妙的青纱帐，指的是夏季农田的状貌，与树木绝对无关。

整片的森林似乎与平原无涉。

然而平原并非真的与森林无关，恰恰相反，在人类足迹未曾踏入之前或其涉足之初，在农业成为大地主角之前的漫长岁月，森林实际上遍布于平原，除了湿地、荒野，就是大片的森林王国了。

只是，我们无缘见到平原森林那漫无际涯的壮美的植被景象罢了。

我是在一个号称草原的地方长大的，那片草原上的树木，也是稀少的。在我的童年的体验中，我所体验到的真切的草原，与草原的经典含义存在着差距。

我心目中的草原，青草甘美，绿毯如茵，白色的羊群像云朵落在绿海的波涛中，但故乡的草原并不是这样的，地方志里的部分章节多多少少将我的故乡刻意美化了，这份心情和愿望是可以理解的。

现在我已明白，故乡其实是农牧结合的区域，农业、畜牧业并重，并非是充满童话色彩的单纯的草原。

在离村庄近的周边，往往是大片的庄稼地，在庄稼外围稍远一点的地方，则是风沙茫茫的所谓的草原。因为过度放牧，牲畜群经年累月地反复地“碾压”，草原早已贫瘠不堪，盐碱化极为严重，风沙也越来越大，白色盐碱滩和稀疏的草地始终在进行着拉锯战，而前者往往获胜。

保护草原，保护植被变得极为必要和迫切，植树造林本应是其重要选项，但实际上，树木一直付之阙如。

直到近些年，地方才开始切实地重视起生态，树木终于出现在裸露的原野，出现在村落四周，但是大幅改善环境仍需坚持不懈的努力。

面对满目疮痍的故乡土地，看不见一棵树，或者只看到稀疏的树木，那是怎样的寂寞啊！所以我一直向往着树木成林的地方，向往着有大森林的地方。

某种意义上，小时候想要离开故乡的原因之一，就是想去有森林的地方，成为森林里的一个居民，去那里长久地生活。然而森林却在遥不可及的深山里，在地平线以外无法抵达的真正的远方。

命运似乎只愿意给我一个始终无法离开平原的生涯，似乎此生注定与大山无缘，与真正的森林无缘，虽然心中从未忘却森林，但我的大半生一直行走在平原地带。

所以，在平原上能够见到森林，是件多么令人快慰不已的事情。

在我的有限的游历中，平原森林是很不多见的，也正因其不多见，它们才能够在我的记忆中刻下深深的印痕。

我去过黄海海滨森林公园，它的面积很大，大片水杉呈整齐队列伫立，其间有砂石小道，有木制栈桥，有凉亭，有木屋。步入林间，可谓林深不知处，它虽然坐落在海边，海风却无法吹进来，林间的风仿佛是大森林独自生发出来的，我猜想海风已经被水杉林仔仔细细地过滤了个遍，所以林间空气并未有咸涩湿重的味道。

然而这片森林并非天然生长的，它们是人工种植的产物，所以，这也称得上是一个无中生有的奇迹。

二十世纪六十年代，一批来自上海、南京等大城市的知识青年创造了它们。远离城市的这群年轻人，内心是怀着怎样的寂寞和憧憬？他们不顾千辛万苦，拼命挥洒着青春的激情和汗水，在海边酣畅淋漓地创造出这三千多公顷的绿色王国。

这绿色王国与蓝色大海形成了一种奇妙的呼应，蓝与绿两种颜色，从未有过这样近距离碰撞的交响，水平面以下的海与水平线之上的树，因奇特的相遇而发出奏鸣。

当我穿行于海滨的这座绿色的公园的时候，仿佛走在深山老林里，就像大森林把自己的家，整体搬迁到了海边。

离开黄海之滨，一路北上，便可抵达长春的净月潭。

其实，位于长春南郊的净月潭，虽以水命名，但它所包含的远不止水自身的故事，也不止一个省会城市水源地的故事，它是在大都市郊野铺展开来的人工森林，拔地而起，一眼望不到边儿，这才是最具震撼力的。

这是又一片我所看到过的更大的平原森林，一百平方千米的景区，森林覆盖率高达 96% 以上，是拥有三十个树种的完整生态体系。

净月潭被称为“净月神秀”，它的神秀不仅来源于那一泓弯月般的碧水，和那个优美的名字，更是来自遍布四周的树木，来自将它环抱起来的无际的绿海。

这些森林里的树木，枝杈相牵，树冠相碰，相互致意，同气相生，它们不但呵护了水源地，也有意无意间成就了自己在这片辽阔的大地上的巍峨壮观，和对市民、对游人持久的吸引力。

作为一个在长春读过书的人，净月潭和它那广袤的森林时常出现在我的梦境中，在梦里，净月潭森林和个体的我双向奔赴。

毕业后，只要有机会去长春，我总要尽可能地抽时间去看一眼净月潭，哪怕是短暂的逗留，我也努力让自己在那水畔，在那片林海中做一次深呼吸，小小地沉浸片刻。

所以，当我怀揣着平原森林的长幅画卷，在一个深秋停留于太阳岛外滩湿地的时候，看见这些可爱的、高大挺拔的乔木比肩而立，队列般延伸开去，心里是极快慰的。

前年哈尔滨的冬天经历了一场世所罕见的大冻雨天气，那时，这片树林的大量树木被折断，横七竖八地躺倒在林子里，那可怕的景象令人忧心忡忡。好在灾害过后，这片森林并未伤掉元气，依旧生机勃勃，仅用了一段时间便彻底地恢复了以往的茂盛和葳蕤。

据园林行家说，这得益于森林因树木众多而形成的良性生态，其自身发挥了作用，这片森林具备了强大的抗压力，已经拥有自我恢复、自我生存的实力。

在这片森林的庇护下，弱小的树木慢慢变得坚强和强大，粗壮挺拔的树木也更为枝繁叶茂，这就是森林不可估量的生态价值之一。

这些树木成林直至成为森林的种种妙处和好处，住在平原上的人们了解的很少。

一条无名的河流，把这片太阳岛外滩湿地的森林与太阳岛公园分隔在了两岸，如果不是走向森林的边缘，是很难发现这条小河的，也想不到太阳岛公园，竟然与森林只是隔水相望。河边时常散落着若干垂钓者，悄无声息地坐在那儿，向河里抛出鱼饵，也不知他们在这河边钓了多少个时辰。

林木密密实实的掩映，屏风般遮挡了人们的视线，小河为界，形成两个小世界，互不相扰，森林得以遗世独立。

这条小河是松花江的一个小小的支汊。顺着河岸往上走，就可抵达太阳岛上的那座著名的白色斜拉桥。

所以，尽管这片小型平原森林就在我们的身边，但是如果无缘走近，你是看不到它的，它是神秘的，并不轻易向你展露它的姿容和其中的奥妙。

你得有意识地去寻找才行。

在生态向好的光阴里，平原上的森林，这从高山走向世间大地的绿色屏障，会渐渐地多起来的吧？

# 夜里的红日

夜幕下的哈尔滨，江畔出现了大异于以往的新格调。

大大小小绵延不绝的楼群铺展开来，形同布满礁石的海岸，它们挤压着线型的街道，使后者变得急促而细弱。楼群无不棱角分明，粗壮有力，如高低错落、体量不同的数不清的断崖，占领了灯光照顾不到的大面积区域。表面上看起来，楼群是模模糊糊的大背景，处于半显半露之间，其实它们才是城市的真正的主体。在黄昏降临之际，令视线无可回避的楼群，相互合谋似的，慢慢地罩上无边的迷蒙和夜之神秘，藏匿起城市中的悲欢离合的谜底。

然而江边夜色则是另一番景象，进入秋冬季的城区内的松花江段，因为一处刚刚加入的地标式景观工程开始大放异彩，它刷新了视野，激活了心神，令行走于江岸的人们为之一振。

夕阳刚刚西沉，走在位于友谊西路的音乐公园的塑胶跑道上，无意间抬头北望，瞬间如被电击，一个巨大的红色光轮跃入眼帘。很快，那光轮依次不断地演化为不同的色彩，绿色、橙色、蓝色，等等，五彩缤纷，大约几秒钟就换一种色彩，每一种色彩都如梦如幻，美妙绝伦，令行人不禁驻足惊呼。

第一眼看到酷炫的鲜红，令人不由得产生了与腾跃而出的“旭日”撞了个满怀的幻觉，仿佛太阳从冬日的雪山升起！

很巧，白色的月牙此刻正好印在正东方的夜幕上，然而那月色极淡，几近于无，而其下方那硕大的红轮，却浓烈如火，似乎在燃烧着夜空，令月牙窘迫不已。两相对比，一个极小，一个极大；一个白如无色，一个红如朝日；一个淡泊似若有若无的云丝，一个浓烈似熊熊燃烧着的圣火。

地上奇迹般的红轮，就这样突如其来地冒出地平线，将天上的月牙活生生地比了下去，一束束激动的目光被硬生生地夺走，牢牢地钉在了那刚刚冒出来的红轮之上。

那红轮不是别的，正是刚刚亮相的哈尔滨四季冰雪项目——雪花摩天轮。

六瓣雪花造型拼出的“哈尔滨之眼”支撑起的巨型雪花摩天轮，高达一百二十米，相当于四十二层住宅楼，撼人心魄。

摩天轮采用全辐条结构，配置了四十八个十人轿厢，其中分设亲子、爱情和 KTV 等不同主题，还设有六个打造了透明底部的吊舱，让游客在绝佳的视野当中，领略天高地阔的北国风情和浪漫情致。与传统的摩天轮不同的是，雪花摩天轮的辐条和转轮的外圈上，都安装了 LED 彩灯可控制系统，可以在夜色中充分地凸显极具冰雪特色的雪花造型。摩天轮的设备结构及电气元器件，均采用了耐低温材料，确保在冬季严寒的天气下正常运行。

大气而震撼的视觉盛宴，是艺术想象力和高科技的有机融合，摩天轮的内里有着高含金量的现代科技作为支撑。

颇为壮观的雪花“集成”和放大，构成了摩天轮之魂，雪花既是冰雪大世界的一个最简洁直观的象征，自然也是哈尔滨这座冰雪之城不言而喻的标志物。摩天轮正在成为冰雪大世界这一冰雪皇冠上的一颗硕大的珍珠，熠熠发光。

我看到它的时候，尚不能对摩天轮本身轿厢的乘坐率作出一个明确的判断。但是摩天轮在江畔的亮相，至少成了哈尔滨城区一道最新的地标式景观，是本地市民刚刚得以乐享的一份不可多得的文化福利。

也许，雪花摩天轮最大的意义，并不在于其自身的玩乐功能，不在于有多少人登坐，去体验江天一色中上下惊呼和欢叫的空中旋转之旅，而在于它彻底终结了外地人不能确知冰雪大世界具体位置的历史。因为它，冰雪大世界的位置变得极为确定了，是的，它不在别的地方，它就在这里！

从今以后，雪花摩天轮，将成为冰雪大世界的定位器和四季常在的地标，在冰雪大世界矗立起来之前，它是人们奔向冰雪大世界的超级指南针，是冰雪大世界光芒四射的灯塔，在摩天轮的麾下，就是冰雪大世界的停车场。自然，建造者的雄心，其实不止是为了冬季冰雪，还要发力打造这座城市的四季冰雪产业。

此前，尤其冬季尚未到来时，哈尔滨人不得不向外地人费尽心力地指出和描述冰雪大世界的方位和位置，有时这种描述是有些困难的，因为并不是每个外地人在经过江畔的时候，凑巧都会有本地人指着那片空地，有些没头没脑地说："喂，那就是每年冬季我们建造冰雪大世界的地方，你可知道？"

这回好了，我们有了雪花摩天轮。

然而有时我会想，是哈尔滨的冰雪之梦、冰雪之美终于走到了这样的一个阶段——到了该有雪花摩天轮的时候了。它的孕育和诞生，是经历了一段漫长的历程的。

我们知道，哈尔滨冰雪文化是源于平民百姓当年在家门口放置的简易冰灯，是小水桶里晶莹透明的冰块与烛光的组合，沿着冬日的街巷里，一字排开，低低地照亮家门、左邻右舍和附近的一方天地，然后演化延伸，慢慢地有了街面上的冰灯，有了集市上的冰灯，再后来有了冰灯游园会，兆麟公园成为冬季冰灯艺术、冰灯文化的荟萃之地，一度名满天下。

家家户户有冰灯，大街小巷有冰灯，公园和各个大大小小的单位、部门等公共空间皆有冰灯。然而哈尔滨人从不感到满足，他们继续前行，直至创造出惊天动地的冰雪大世界，创造出世所未见的、大体量的、人间难寻的仙境奇观，创造出雄踞世界之巅的冰雪建筑群落！

从此，冰雪建筑成为一种特殊的建筑类别，哈尔滨因此成为起草和拿出冰雪建筑技术标准的伟大城市，这是何等的荣耀！

冰雪大世界是早期冰灯艺术的积累与核裂变，是星星之火成了燎原之势，是民间艺术演变为专业艺术，由自发而自觉，由零打碎敲变成专业流水线，最后成了大众文化与专业艺术创作完美结合的景观艺术典范。其势头，其气势在当今时代无可阻挡，虽然来自四面八方的挑战同样层出不穷，并且愈加严峻，但是作为冰雪文化发源地的哈尔滨，依旧底气十足，创新动力不竭。

这是为什么呢?

我想，这是哈尔滨人与冰雪息息相关的内在性情和气质所致吧?

有着冰雪般晶莹剔透的精神基因，有着与冬天童话与生俱来的单纯宁静的灵魂，这是哈尔滨人自己都未能完全觉悟到的一点，这是他们骨子里的东西，是终其一生也割舍不掉和挥之不去的。

当冰雪大世界这样伟岸雄奇的冬天城堡群，开始慢慢地取代位于闹市区里的冰灯游园会，转战到江畔更大的无遮拦的空间的时候，这一重大步骤，意味着哈尔滨人的冰雪之梦，从未止步于最初，而是在不断地自我超越，任何画地为牢的做法，似乎都是暂时的，都终将被他们那新的更大的梦想所置换，冰雪梦在这座城市一直在持续叠代，在不停歇地升级，这似乎是永无止境的进化过程，并无终点可言。

就像眼下，冰雪大世界的规模和气势不但越来越宏大奇崛，其每一处细部的精雕细刻，苦心孤诣的雕琢，也愈来愈精益求精，愈来愈巧夺天工，整个创作和建造过程中的美学理念、建筑、工艺等技艺，都在默默地齐头并进，不断臻于化境，对冰雪内涵的理解也越来越显出开放性和更多的可能性。

已经走过二十三年旅程的冰雪大世界，每一年的年度主题都在刷新，每一年的冰雪建筑都因主题的不同而创造出不同的样态，不同的风格，冰雪大世界年年有，但是年年都不同。就是说，每一年都得从头再来，这有点类似行为艺术，而不只是建造一个有型的冰雪建筑群那样一个结果，因为建筑物实体的不能留存，导致建造的过程本身要不断地重新来过，一个个不能再被完全重复的艺术动作，每一年都要有独一无二的创新。

到了下一年度，新的设计理念、新的图纸出来，又必须得有新的创造过程，这是一个不间断的循环，是不断的螺旋式上升，这是在从一个巅峰向另一个巅峰的攀援，这是冰雪艺术创造的特殊命运，岁岁相似，岁岁不同，随着春天原有的冰雪城堡的消融，一切归零，下一轮从构思到建造的全新版工作，又重新启动了。

参与建设冰雪大世界的组织者、运营者、设计者、建设者，每年都在发生变化，参与的人员、人数也都不相同，参与者所涉行业，从政府、部门到文化、艺术和建设、生产行业，难以尽述，参与的团队和人数也极为众多，何止万千。所以，冰雪大世界不止是事业，不止是产业，也不止是一道冬天的冰雪景观，而是牵一发而动全身的复杂、繁复的城市工程、文化创作工程、管理运营工程、社会工程和全民工程。

但凡哈尔滨人，或其所在的家庭，总会以这样或那样的方式，程度不同地参与到冰雪大世界这长长的创造链条中来。

远的不说，即将开始的松花江里的取冰工程，就十分浩大，涉及大量的各色创作者、劳动者，他们当中有官员，有企业家，有艺术家，有工程师、技术员和数不清的工匠，当然，其中也远不止哈尔滨人。

参与建造冰雪大世界的人大多是无名者，落到具体的个人的身上的新闻曝光率并不高，可他们当中的佼佼者不计其数，有不少人已经走出哈尔滨，输出到全国各地乃至世界的冰雪文化产业的打造队列当中，个人和团队成就斐然的，层出不穷，不在少数。但是，我们能强烈地感觉到，他们都不以此为意，他们早就习惯于长期地把自己隐身于冰雪大世界的整体创造之中，隐在这伟大奇观的身后，默默无声。

在哈尔滨人看来，置身于冰雪王国里的每一份劳作，每一个付出，原本是极其自然的事情，就像走路、喝水、吃饭一样自然，取冰、砌筑和建造、打磨，那就是哈尔滨人在冬天这个季节里必不可少的正常所为。这其中包含的质朴、诚实和坦荡，如果有人能够拉开时空距离予以审视，会惊讶地发现这是何等珍稀的高贵品质。

而这就是这一方水土、这一方人的内在性情和个性，是哈尔滨人血液里的东西。

冰雪大世界是他们的性情和才华的立体写照，雪花摩天轮在夜晚里那红彤彤的光耀，是哈尔滨人奔腾的热血的汇聚和鲜活的象征。对哈尔滨人来说，冬天来了，堆雪人、打雪仗和雪冰爬犁、雪橇、雪地摩托，都是不可能缺少的冬季的生活方式，冰灯、冰雕、雪雕，直至冰雪大世界，是他们在漫长的冬天里不可或缺的、必须“置办”给自己的礼物。

无论有没有外人来观光，都阻挡不了哈尔滨人这冬天童话的必然降临，就如悬于某个高处的晨钟，它为自己而鸣。那是他们内心无可阻遏的需要，他们无法想象，没有这些，那还是他们与生俱来的生活吗？

雪花摩天轮成了他们的宣言，这冰雪大世界四季常在的醒目符号，崛起于松花江江心沙滩，尤其在冬季尚未到来之前，在冰雪大世界年度亮相之前的那些漫长的日子，它穿越季节，成了一个抬头即可望见的有力提示。

其南面是松花江主干道，北面是这沙滩隔开的支流，与北岸近在咫尺。它既在江畔，也在江中，近处被沙洲上的树木掩映，而从远处望过来，摩天轮仿佛置身于松花江奔流的大水中，成为一面造型别致的时尚巨帆，或者，也像一只超级贝壳，演绎着松花江的浓浓水意。

然而夜幕垂落之时，它又变身为一轮巨大的太阳，不止放射红色的光芒，也还兼具赤橙黄绿青蓝紫，为了呼唤冬天那白色精灵的最终升腾，为了迎接冬天欢乐梦幻城堡的诞生，它率先以七彩舞服当空舞蹈，夜夜不期而至。

雪花摩天轮，这悬于松花江的深远的夜空已然定格的光轮，如同它所身处的太阳岛一样，变成了一轮非凡的人工太阳，它正以另一种奇异的热烈，夺走了月亮寂寥的清辉，照彻着夜晚。因为这片区域本身，正是太阳岛向西延伸的一部分，所以在此意义上，冰雪大世界和雪花摩天轮，是大太阳岛传奇续写的新篇章，是冬天的太阳岛，当然更是身处北国冰天雪地里的哈尔滨，始终不倦地讲述和展开的一个不断增加新情节的冬天的童话，是别处难以真正仿效的银色王国对大千世界的一个赤诚的邀约。

## 出走与返回

离开故乡整整二十年之后，于维回来了，而且是彻底回来了。

但回来的方式是特别的。

年轻时对老家感到厌烦，向往蓝色的大海，渴望走出去，这样的事情并不罕见。更何况南下是不可遏止的时代潮流，于维裹挟其中，随潮而动。

当时，他离开原单位，就像离婚净身出户一般，什么都不要了，单位不肯放人，档案也拿不出来，他只能硬生生地走，他走得决绝，从姿态到行动，毫无回旋之余地。

他当然可以不走，在同事和外人眼中，他在原单位干得极为出色，前途一片光明，刚刚到手的新房子也不差，而且他妻子在一家外贸公司做得风生水起，压根儿也不同意他走。

然而他还是义无反顾地走了。

妻子后来说："十头大象也拉不回他了，真没办法。"在女人那里，爱情能战胜一切，他妻子不得不忍痛辞职，一年后也追随他去了南方。他妻子辞职前不止一次对我忧心忡忡地说："他什么家务活都不会干，也不会照顾自己，一个人连饭都吃不上。"

这样，他们就一同在那座得了风气之先的沿海城市，和许多来自四面八方的新移民一样，开始了从头再来的奋斗之旅。

一次我借出差的机会，顺便去看望于维夫妇。

那时，他们住在一个破破烂烂的大杂院里，于维进入一家事业单位工作，收入并不算高。他妻子也放弃了原单位的身份，但找来找去，不知道能干什么，最后决定踏入美容美发这一行试试。他妻子此前从未涉足这一行，自然是磕磕绊绊地从头学起。

我记得，当时在他家楼下的那个小小的号称美容院的房间，生意清淡，其实那就是一个空间有限、略显简陋的理发室。

他妻子说："自从开了美容院，我有了一个新习惯，只要有人出现在我的面前，无论他是谁，也无论是男女老少，我都会不由自主地先看看他或她的头发长不长，是否有必要马上理个发，或者，是否需要重新弄一弄。尤其是熟人朋友，我会快速提出建议，但有一条，朋友理发，全部免费。"

于维说："她满脑子都是理发、美容，理发、美容！我的朋友们现在都知道我夫人成痴了。比方说，你刚才一进门，我夫人就立马发现你的头发太长了。"

我哈哈大笑地说："我留到现在，就是为了这一天，而且是不远万里来理发。"

天道酬勤，因他妻子沉迷其中并且痴心不改，始终执着，她的美容美发生意日渐兴隆，时间不长，就开始在全市连锁化了，竟后来居上，慢慢地成为当地的知名品牌和行业引领者，随后在全市和周边区域扩张开来，如今，他妻子本人早已声名显赫，成为远近闻名的行业翘楚。

当然这是后话。

于维在那座南方城市活得风生水起，实际上他和他妻子是和城市一起成长起来的，他们那一批最初的拓荒者，在不太长的时间内，共同创造了一座青春之城，让它矗立成了一座大地和人们心中永恒的现代丰碑。

于维参与创造城市的方式是文化性的，他和一群志同道合拥有人文情怀的同龄人，以纸和笔、鼠标和电脑，通过杂志、报纸专栏和纪录片、电视节目，通过不间断的读书沙龙等各种文化活动，为这座并无文脉传承的荒芜的处女地，营造出了水草丰茂的精神绿洲，为那些日夜穿梭在速度、金钱和财富梦之中的人们，带去抚慰紧张神经的一剂剂妙药和来自内心明月般的缕缕清风，他们为这座城市打造软件部分，为其坚硬无比的钢铁水泥的躯壳，慢慢地植入一颗饱含汁液的柔韧的心。

所以，人们至今还在怀念着于维的名字。

但是忽然有一天，他的身体出现了状况，胸痛，咳嗽不止，整夜睡不着觉。

这种状况断断续续地持续，起初他并不怎么在意，洒脱依旧，我行我素。

于维是一个极有个性的人，有一点陶渊明式的淡泊，有一点金圣叹式的浓烈，还有那么一点张岱式的云淡风轻，这从他的散文的笔调中就可以看得出来，他对古风的偏好，形成了自己亦庄亦谐的风格。所以，朋友们都十分喜欢他的那些短札式的文章。

在这些古典士大夫性格的混搭之外，他同时还是一个呼朋引伴，不断在家里和酒吧里打各种场子的爱热闹的当代人，一个社交家，他那东北人的直爽慷慨气，后街男孩式的仗义劲儿，在南腔北调扎堆的人群中，一下子跳脱出来，自成一派。

他这份独特的行事风格，浑然天成一般，为他赢得了无数的喝彩和朋友。

那时，他因某种机缘迷上了收藏，尤其是民国时期的藏品，他淘了不少，在他家的那间辉煌的、大场景式的书房里，除了书籍和光碟，这些藏品占了最大比例。

“为什么只淘民国的东西呢？”我问于维。

他说：“这个倒没什么复杂的原因，一是民国的藏品还不够‘古’，没有那么稀缺，所以价格不是那么高不可攀；二是手头资金少，夫人每年只给我一笔小小的费用，固定的，突破了没有追加的可能，所以嘿嘿，只能在民国范围内兜圈子，向上延展到晚清时期便到了天花板了。即使这样，这么多年下来，我还是淘到了不少好东西的。”

除了社交活动之外，大部分时间他都是一个人安安静静地待在自己的书房里，越到后来，越是如此，他沉浸在自己的藏书和对藏品的品鉴之中。他的大部分写作以民国物事、民国人物为题材。他把一些淘宝的过程用文字娓娓道来，如此每一件藏品后面的故事，便更加值得玩味和珍视。翻开他的书，我们所熟悉的或不熟悉的民国钩沉故事及其余韵，纷至沓来。

但是患病以后，疾病的折磨令他的精力迅速不济，于维的心态似乎改变了许多，之前的一些想法似乎也有了改变，变化最大的，就是他回老家的次数明显增多了，跟我的联系也频繁了起来。

四十多岁，正值英年。

“身体扛不住，我把工作辞了。”有一次，他回到哈尔滨，接他往市区走的路上，他语气平淡地告诉我他的又一个惊人的决定。

“你的一生就是不断地辞职，不断地换工作。”以我对他的熟悉和了解，不按套路出牌才是他的风格。我说，“你又来了这么一下子。”他说：“特区是讲效率的，我不能占着位置不做事儿，单位也同意了，以后有需要我的活儿，我能做的，还是会去做，他们将按绩效给我发薪酬，这不也挺好嘛，我心里就没负担了。我这可不是瞎折腾，是经过深思熟虑的，我夫人也表示同意，并聘我做她那个美容店的顾问了。”

“我这顾问可不是挂名的。”他呲牙笑着对我说。

于维回来后，流连最多的地方是香坊区，他在那片街区长大，熟悉那里的一草一木，和我走在街头，他指点着一些我不明所以的点位，并逐一告诉我，哪里是他上学的必经之路，哪里是他惹祸打架之所在。他拉着我，专门去找藏在背街巷子深处的苍蝇馆子，那些小馆有不少都是世世代代经营的，甚至还有挂着已经破旧得看不出颜色的店牌的。即使像我这样在这座城市生活了大半辈子的人，也不了解这些老巷子里的精妙之处。老城市真的是一本让人一辈子都读不完的大厚书。

有一次，我们坐下来品尝一家小店里的炕土豆，那是于维心目中一直念念不忘的少年美食之一。已经七十多岁的店主老太太颤巍巍地从后灶里走出来，居然还认得他，说："这不是于老师家的小维吗？这么多年了，样子没怎么变啊！笑起来还是那么嘎嘎响脆。"

于维很是激动，我赶紧拉过一把椅子请老人坐下，两个老大不小的故旧在我面前热火朝天地聊了起来。店里的客人并不多，给了他们足够的时间畅聊，他们也并未辜负，把陈年往事仔仔细细地回忆了一遍，互相打听起共同认识的左邻右舍，一直唠到大半夜，我们才撤出来。我待在一边儿，始终未插上话。

后来，我们又去了那家小馆好几次，其实每次都是差不多的话题，于维把他的南方的新家的情况和他夫人的生意向老太太介绍了一番。

因为他们的这次重逢，老太太的几个侄子侄女，随后便陆陆续续地投奔于维而来，于维和他的夫人帮着他们在南方找到了工作。于维说："我这些年像个小搬运似的，香坊这边的亲友邻居我安排了七八十人，个人需求和那边的工作机会一碰面，事儿就成了。”他轻描淡写地说。实际上，我知道有很多他的家乡人因他和他的夫人的热心帮助而彻底地改变了生活和命运，这中间他的付出并不似他自己所说的那般容易，有许多说不出道不完的辛苦和故事。

于维咳嗽不止，已是肺癌中晚期，但是他依旧烟不离手，对酒的嗜好也依旧如故。晚上咳嗽得极为剧烈，整夜睡不了觉，就那样靠在床头，围着被子，身体像被风吹透了的树叶一样抖。我曾经陪伴过他一些时日，看着揪心，我劝他将烟戒了，他告诉我那些无眠的夜晚，不抽烟更加令他难熬。很快，他被家人送进了医院。

我在医院里和他见最后一面的时候，他的神志还是清醒的，但说话已很费力了，他坚持着断断续续地告诉我，他已经和夫人说好了，虽然他的后半生是在南方度过的，但是他无时无刻不想念北方的老家，想念哈尔滨，这种深入骨髓的想法令他很是诧异。他说他的爷爷奶奶和父亲，都在香坊郊外的大地上长眠，他希望自己也能回到他们的身边去。

他此前就和我说过多次，南方的好处很多，但是有一条不好，就是看不出季节，没有秋天，更没有冬天，没有大雪纷飞的日子，他特别想念家乡的大雪，一到冬天，就想得坐不住。“当初离开老家的时候，没想到有一天竟会生出这样的一种心情。”他低下头小声地说，似喃喃自语。

这个当年拼命也要离开老家的人，打拼了大半生之后，在生命的最后时刻，渴望的却是回归他曾经厌倦的地方，这是怎么一回事呢？这恐怕不是一句叶落归根所能解释的。

他妻子一直是顺着他的心意的，虽然并不能完全彻底地理解，但这也够了，在这世上，谁又能完全彻底地理解他人呢？有时，我们甚至都不大真正地懂得自己。于维去世后，按照他的生前的意愿，在一个良辰吉日，他在南国的近二十年的光阴，被浓缩成几个小时的空中之旅，飞机掠过把南方与北方连成一体的蔚蓝天空，转瞬间，英年早逝的于维被送回了故土，似乎当初他走得有多坚决，归来时就有多么彻底。看起来，他只是去外地做了一次匆匆的、短暂的旅行。

那鲜衣怒马，那些喧哗，那些繁花，一场热闹非凡的戏剧悄然落幕，最终，是故乡的大地收留了于维那虽然张扬却已略显疲累的灵魂。

他将在这里休息很久。

## 落日酒馆

飘落在这个百米长的小街上的落叶，黄色的、绿色的、黑色的和灰色的，像树上各种鸟儿的杂色羽毛，纷纷坠落之后聚拢一处，也好像过去的时间碎成了一堆脱落的叶子，几个季节叠加在一起，在初冬时节袒露着萧瑟。

酒馆前面的几棵老榆树，站成稀疏的一排，瘦硬的黑色枝条在风中颤动，透过这些枝杈的间隙，夜色墨汁似的一点点地渗透上来，浸上了酒馆的窗棂。

酒馆本来就不是很大，临窗的小桌坐着三个男人，一边轻声说着话，一边啜饮。他们几位是老板娘金淑的回头客，而且是好多个年头的回头客了。

其他的四张桌则是空着的，虽然显得冷清，但也有着缕缕温馨的气氛荡漾其间，尤其对于回头客而言。

但金淑今天并不是多么快乐，或者说心情有点小复杂，因为再过几天，这个小酒馆就不再受她掌控的了。

三位男士已经喝了半天，其中的一位眼镜先生抬起头来说："金淑，再上几瓶。也请你也坐下来和我们喝一点儿。"

金淑说："我什么时候和你们一起喝过酒啊？"那位说："今天不同啊，我这是最后一次来你这儿喝酒了，明天我就要离开这个城市了，再来就不知道是什么时候了。"

金淑说："是吗？那我就敬你一杯吧，但是不坐下喝了。"

"不坐不行，反正你这儿也不太忙。"眼镜先生说。

金淑就从柜台后面走出来，坐下。她笑着说："我可喝不了太多。"

"不会让你喝多的，只喝一点点。"

眼镜先生和他的两位朋友，其实是同事，他们在附近的一家公司上班，是她的多年常客，与金淑并不陌生，但是此前并未怎么交谈过。

今晚情况有点不大一样，金淑就说："你们以后大概也不能常来了，我的小酒馆也要转型了。"

"我要把它交给下一代了，我的女儿女婿将过来接班，他们小两口要改造这里，重新装修，把它变成一个咖啡酒吧，改为网上销售和外卖为主，孩子们已经规划好了，下个月就停业装修。"

"落日酒馆的名字多好，这个名字也要没有了？"

"年轻人有自己的想法，估计也要改，他们起了一大堆新的名字，都挺时尚的，但还没最后敲定呢。"

眼镜先生说："那我下次再来这里，酒馆就不见了。"

“是啊，这里是里里外外都要变个样子了。”

他们就这样说着，好像一时间忘了双方是店主与顾客的关系，像老友一样聊了起来。金淑的酒，不知不觉间也喝了不少，超出了最初客客气气的想法。

眼镜先生虽是酒馆常客，但作为一名顾客，此前从未与金淑有过过多交谈，当然也无从了解金淑的故事，但是这个傍晚的金淑，似乎和他有了相似的命运——他们都将面临生活的转折。

金淑说当初这个酒馆的名字还是她老爸在世时给起的，老人家是一家企业的工程师，喜欢唐诗、宋词，就起了这么一个很诗意的名字。那时金淑高考落榜待在家里，而这处临街住宅也适合开个店，就这样，老爸帮她把小店开了起来。

这一开就是二十多年，金淑说这个小酒馆在她的心目中，从来就不只是酒馆，而一直是自己的安身立命之所，她后来结婚生女，日子过得也不错，早就在这之外的不止一处地方购置了房产。但是每每从外面旅行回来，金淑的第一件事儿，还是往酒馆这儿奔，不回到这里，就好像没回到哈尔滨老家似的。

落日酒馆，这哈尔滨市区里一个极为普通的苍蝇馆儿，像汪洋大海里的一朵小小的浪花一样，隐没在同样普普通通的小街的一道波涛里，名字虽不乏美妙，却不见经传，它只是邻家女子一家小本经营的店面而已。

这么多年过去了，金淑在经营上的确没有让人看出太多的创新，无论是菜品，还是销售手段，长年靠的只是附近的回头客，周边坐落着几个大单位，似乎在支撑着这家小馆。

虽然生意一直不温不火，金淑却能随遇而安。她说，她是个要求不高的女人，算是没有出息那伙的，这些年只是把那几样东北老口味的拿手菜做好，但小酒馆的啤酒的种类一直比较全，新老品牌在这里和睦相处。墙面以各种啤酒的海报作为基本装饰，营造出一种老式啤酒馆的浓浓氛围，在市井的烟火气中又掺杂着对消费前沿的笨拙的追赶，有点踉踉跄跄不甘人后的前倾姿态。来客大多是爱喝啤酒的本地人，坐下来，会看到经常更新的各种啤酒海报，夸张的啤酒杯、沸腾的啤酒泡沫和街头小青年劲舞的恣肆，那生龙活虎、活色生香的啤酒画面，能迅速勾出顾客的啤酒馋虫来。她的女儿小时候就接触这些啤酒海报，还因此爱上了画画。

酒馆所在的小街，说起来并不偏僻，且是个闹中取静之所在。

火车站就在它的正前方，但是中间隔着一条宽阔的主干道，车水马龙日夜不停地奔涌着，从无停歇，虽然与火车站这么近，但是上下火车的人流就地消化，从来也分流不到这条小街上，酒馆与外地游客接不上任何关系。有了高铁之后，更是雪上加霜，旅客在车站发达的立体交通的分流格局中，绝不逗留片刻，看站前周边街景的机会微乎其微。小街及其拥有的小小酒馆，愈发被高速时代远远地抛进了忘川深处。

同时，把小街夹在中间的另外两条与之形成垂直关系的主干道，虽然也是声名显赫，川流不息的车流同样长河般日夜呼啸，但是因为这里的地势较高，从陡坡的端点下来的车流、人流，只能顺势而下，即使会稍稍减速，却无法在此停住，这里只是一闪而过的地方，很难让目不转睛地目视正前方的司机分神，自然也无法特别注意到身侧经过的小街的具体模样，甚至连街牌都看不清楚，何况街牌本来就不那么醒目。

所以，处于小街中段的落日酒馆，更是无法获得这些游走族的注意，青睐自然就更谈不上了。

剩下的无多矣，酒馆所能够吸引的，只是小街周围的左邻右舍，这些工作或生活在附近的人们，会步行到这里。对于他们来说，小酒馆是小街的一个很自然的组成部分，是构成小街街景的一个组件，他们熟悉这张小小的门脸，一如熟悉单位和公司的入口一般。老板娘金淑也令他们中的一些人感到亲切，如同看着邻家小妹慢慢长大，直至成为一个少妇和母亲，尽管他们大多并未与金淑有过什么真正的交流。

金淑说："好多回头客我都认识，但只是熟悉面孔，有的至多知道是哪家公司、哪个单位的，但也仅止于此，不可能了解更多，他们只是我的顾客嘛。"眼镜先生说："点头之交，也是朋友。"金淑说："我倒是格外记得你，因为你来这儿的频率最高，每次都喝多，不怎么吃菜，酒却喝得比别人快，嗓门大，总是很高兴，脸喝得红红的，好像每一次都是被同来的人扶着离开的，且每一次你都不愿意走。"

眼镜先生连说惭愧。"那有什么惭愧的呢？开心就好。""那倒是，每次喝酒都开心。”眼镜说，“我在这小酒馆里一坐下来就感到安心，最喜欢临窗的这张桌子，抬眼可以看到窗外。”金淑说：“记得好多次你都是预约这张桌，其实不大好留呢。那你喜欢看窗外的什么呢？”

“不知道，就是感觉好，你窗外的这几棵老榆树，树干一直都这么粗壮有力，很有沧桑感，我喜欢。”

金淑说：“我其实也喜欢着呢，这些树也不用照料，它们就那么自己长着，多少年也看不出大的变化，就是稳稳当当地长着，看着舒心。”

说到这儿，他们几个就为老榆树共同喝了一杯。

眼镜先生一参加工作就在这条街上，和落日酒馆有着不解之缘。他告诉金淑，他参加工作的第一次朋友聚会，就是在这个酒馆，从单身到娶妻生子，不曾离开过。后来，公司总加班，自己的家离这儿很远，所以午餐和晚餐，经常在这里解决，有时是他自己来，有时和同事们一起。眼镜说：“说来你可能不信，我从单位一出来，就习惯于往你这边拐，即使不进来，路过时也会习惯性地往里看一眼。”

金淑说：“你没有一次是不喝酒的，一个人来至少也要喝两瓶，啤酒就是你的饮料吧？”“差不多吧，”眼镜笑着回答，“哈尔滨人不都这习惯嘛。”金淑说：“别人是夏天喝啤酒多，或者换着样喝，你是四季不改样，我看别人喝白酒时，你端的还是啤酒。”

“我自己就是个老啤酒桶，都这岁数了，不改了。”眼镜先生摇晃着啤酒杯说，他的脸色此时又红起来，晚霞一般。

其实夕阳早已沉落到城市的外面去了，街面上亮起了温馨的柔光，或浓或淡，或明或暗，并非路灯，而是从超市和酒馆的门口、窗口投射出来的，也包括落日酒馆里的光亮。

金淑和这几个顾客的影子此刻映在窗子上，这是他们依依惜别的夜晚，他们都觉得自己没怎么变，小酒馆也没变，但实际上，什么都变了。金淑的女儿和女婿两个年轻人，已悄悄地出现在酒馆门口，他们什么也没说，只是安静地待在一边，有时望向他们的母亲，和那几个顾客。

小街的时间似乎停在冬夜那扇被老榆树掩映的窗子上了。

# 飞 翔

白雪茫茫的旷野，冬天无尽头。

小镇横陈在雪野之上，似乎在寒风中瑟瑟发抖。

雪的威力纵使广大无边，终究也有遮盖不住的地方，黑色的旧屋瓦，狭窄的街道，坑坑洼洼的路面，成了大雪盖不住的破损之处，也像冬日嶙峋的残肢断臂。

这些不经意般裸露出来的边角，其实有着自身的意志，意在披露人间现实的固执和顽强，似乎说明多大的雪，都不能彻底地掩饰住生活的全部底色，那底色总是要挣脱出来的。

就像医生江宇从外地驱车回到镇上的老家，穿过弯弯曲曲的背街，走进这个普普通通的小区，沿着有些残破的、晦暗的楼梯过道快步而上，终于坐在老父的病床边。

而进门一眼望见老人的刹那，周边的一切景象便迅速退后，成了模模糊糊的背景。

父亲枯萎的身体，像冬日寒风中一根榆树的枝条，然而，这枝条依旧独自凛冽。

这凛冽来自他那专注某物的神情，来自他那灼灼的眼神。

五年前父亲病倒的时候，家里人并没有精神准备，他的身体一直很棒，这位飞行员出身的、强健的运动爱好者，洗冷水澡、跑步和放风筝是他坚持了一生的几种锻炼方式，病前这些锻炼风雨无阻，从未间断过，并且以此带动了子女们投身运动和体育。但令人想不到的是，他的身体器官和脏器都没出问题，出问题的反而是小脑，是出乎家人意料之外的脑部，相信这也是他自己从没有料到过的。

他的发病有一个缓慢的过程，起初家人都没有意识到出了问题。

他变成了一个爱发脾气的人，一个经常说了上句忘了下句的人。母亲对儿女们抱怨，说他当年谈恋爱时脾气是急了点，但是后来飞行员的职业训练，早就把他训练好了，他后来成了一个稳健的人，即使退役到地方工作，包括回到家庭，他后半生也一直是个从容不迫、喜怒不形于色的人。

但现在是怎么回事呢？

作为医生的江宇终于意识到了老人的问题根源，带着老人在医院做了认真检查和会诊后，他才知道父亲的病情已严重到难以逆转的地步，除了继续用药和加大看护力度，没有更好的办法。

母亲似乎无法适应父亲的这种剧烈的变化，这是一个让她越来越感到陌生的男人了，即使知道他是个病人，她依旧忍不住悲伤和痛苦，也包括莫名的愤怒。江宇从中劝解，但是效果时好时坏，母亲反反复复地说：“得什么病不好，偏偏得了这种病！”江宇说：“要是人能选择自己得什么病，那倒是好了。”

父亲则变得越来越沉默了，他似乎在慢慢地关闭自己的感官，视而不见，充耳不闻，无知无感，和妻子儿女，和身外世界的联系，开始处于若即若离的状态，直至最后关闭。

但是他始终不愿意待在房间里，他总是要到户外去，他没有因为疾病而改变户外活动的习惯。但是家人并不理解，却拗不过他，只好出来陪他一起走。老人走路依旧奇快，不像个孱弱的病人，妻子和女儿反而都跟不上他，累得气喘吁吁，但是他自己似乎从未觉得疲倦，即使明明走累了，到了晚上会睡得比平时要沉一些，他自己却并不觉得怎样，次日还是要出去走，家人想拦也拦不住。

母亲对江宇说：“你爸爸每次都往镇子外面走，镇外都是大野甸子，荒凉得很，有什么好走的？你是大夫，你说可怎么办？”江宇说：“尽量陪他走，不然他会心里很烦的，病也会加重。”母亲说：“这可苦了你姐姐了，我这把年纪已经陪不起了，主要是你姐姐，可她也跟不上啊。”

“你不知道你爸走得有多快！”

江宇心中说，我是知道的，老爸过去是跑步前进，现在已经慢了很多，但是母亲和姐姐确实吃不消。因此给老人请了一位男护工，主要任务就是陪老人在户外活动。

奇怪的是，江父和护工反而相处得不错，或许，两个男人之间，多了些共同点？护工对江宇说："老人走路是急匆匆的，总要小跑起来，其实是比较累的，但是他自己好像一点也不觉得，我也拦不住，我看他有些走不动了，就说陪他坐一会，他很听话，就停一停，有时也坐下来休息一小会儿，之后再陪他慢慢往回走。"

护工在顺其自然，因势利导，尽量不拂逆老人的意志。

从护工的口中，江宇得知父亲虽然话不多，但是常常自言自语，其内容似乎和他当飞行员时的经历相关，他似乎重返自己的峥嵘岁月，只言片语都是与飞机、战友、执行任务有关，和蓝天有关。

他猜测，父亲一生中最重要的经历可能都和那个特殊时段相关，是他最为热爱、最为看重的。至于特殊在哪里，父亲从前并没怎么说过，只知道那是他本人最为珍惜的一段时光。离开飞行岗位后，他的工作和生活，或许并不令他称心如意，但是他又能够和谁交流这些呢？和妻子？和儿女？都不大可能，因为那简直无从说起，和当年的战友或者可以有交流，但是后来他的战友大多凋零，他只能把自己的这份无法与人分享的旧事，沉淀在心底，尘封起来，不再触碰，就像不曾存在过一样。

江宇想起小时候父亲和他一起练长跑，不断给他鼓劲的情景，父亲说过："你必须要有飞行员一样的体魄，就像你老爸我这样，要坚持。"教他放风筝的时候，他说："让风筝飞得高高的，你没坐过飞机，就先放放风筝，体验一下开飞机的感觉。让风筝飞得越高越好，越远越好。”他记得自己曾经喊到：“不能再高了，要看不见了。”父亲说：“没问题，只要能看见那个黑点就行，你手里一直掌控着呢，手眼一致，风筝一直都在。”

现在，把这些过往都从回忆里打捞出来，江宇似乎多多少少有些能够理解父亲的心之所念了，老人家正在重返青春时代，他是在重返蓝天，以他自己的方式，以疾病的方式。我们局外人觉得他是病人，可他自己并不这样感觉，他或许是愉快的、幸福的。

江宇把这样的想法和母亲、姐姐都说了，母亲却无语，难以释怀，她悠长的叹息和怨言萦绕在父亲的病床四周，嗡嗡作响。而父亲却无所留意，完全无感，他似乎并不怎么认识他的妻子了，他的目光总是透过窗子，向外面张望。

窗外是一个繁杂的老旧小区，甚至连一棵树都没有，但是江宇想，父亲并不是在看窗外的小区，而是小区之上的那一抹蓝天，他曾经飞翔过的，他沉浸过的，他迷恋着的那一抹蓝天，或者不只是蓝天，还有云朵，白色的、灰色的，或者红色的云，都是他驾驭着那钢铁大鸟所曾目睹和深深体验过的。

“窗帘要经常拉开，尽量不要在窗台上放置过多的杂物，那面窗子就是父亲的专属，是他的舷窗，是他的目光与魂系所在。”江宇这样嘱咐姐姐，“一定要把窗子、窗棂擦得干净明亮，始终这样保持住。”

姐姐和护工一直在这么做。

江宇自己则开始搜寻与飞机和蓝天有关的图片，例如机场、跑道、停机坪、飞行员工作场景和肖像、机身外的苍茫云海，把父亲的房间尽量布置成一个飞行员的宿舍。

父亲的认知似乎是单一的，他可能只是把自己变回了一个飞行员，飞行生活复活了，并且占据了他的全部头脑，其他的种种角色都被他任性地卸载了。父亲的这种自顾自的状态，把母亲完全隔在了外面，父亲的这个世界，是一个她几乎从未有过兴趣，也无从了解的陌生世界，她不得不活在自己的愁苦之中，她也曾试图理解他，尝试着走进他的那个世界，但是父亲从未向她开启过那扇大门，哪怕是一道边门也好。

这期间，父亲曾经意外地有过几次单独的外出，然而每一次都迷路，找不着家。母亲心急如焚，发动亲友四处寻找，最后总算把他找了回来。所以，她更不愿意丈夫去外面四处游走，她和这位前飞行员不断地理论、争执，试图说服，当然不会有任何结果。她终于病倒了，且一病不起，最后她早于丈夫而离世，连姐姐对父亲也有了一些怨言。

江宇心绪复杂，拿不出万全之策。

父亲越来越沉潜于那个高远的世界，模拟的飞行员宿舍大概给了他不少安慰，发挥了一点作用，他每天急着外出的劲头终于有所减弱。他一个人坐在床上，凝视着停机坪，或者机身外的云海，喃喃自语，外人听得不是很清楚，也不很明白，但是他的灼灼的目光似乎暴露了他那隐秘的心神，也许他想着执行某次任务时的场景，也许想念着某个比肩翱翔的战友，还有更多的也许，是局外人江宇也猜测不出来的。

急着回去上班的江宇试图同父亲告别，作为回应，父亲也冲他点点头，但是那鲜活生动的目光却没有停在儿子的身上半刻，而是掠过他的头顶，望向了另一个高处。

从模拟的飞行员宿舍里退出来，他和姐姐、护工告别，重新走到了小镇的街上。

小镇的确无名而渺小，它埋首于冬天的无边雪野，像一只敛起灰色翅膀的鸟儿在蛰伏，静静地期待着起飞的时机。江宇觉得自己的父亲如同这鸟儿活生生的精魂，藏身于小镇的内部。一旦坚冰化为潺潺的流水发出春天的召唤，父亲和他的小镇将会一飞冲天。

## 咳　嗽

过去两周了，所有应该发生的，都已经毫无悬念地依次发生过了，嗓子痛、发烧、浑身痛，当然还有剧烈的咳嗽，似按照脚本演出一般，上演完毕。

但咳嗽却没有要停下的迹象。

这有些奇怪。

不是没喝姜汤，不是没喝热水，不是没用过口服药，每一道程序都得到了严格的执行，无一省略，但是咳嗽依旧。

甚至去了医院的呼吸科，拍了片子，肺部有结节，有瘢痕，但他知道，这是陈旧性的，并未进一步恶化，医生也如是说。辗转多家医院，但医生的建议始终简洁：回家去，多喝热水，别累着，注意休息，无他良方。

问题是他一直在休息。

他明白，他拼的是免疫力。这个答案，始终存在于他的意识之中，但是偶尔会有各种声音干扰着答案的清晰性，如今，它又重新浮出水面，像一截被水浸泡过的木头。

免疫力，这是一个很复杂的存在，像道路一样曲折繁复，像历史一样纠缠不清，像梦幻一样不可捉摸。

他觉得这是把自己交还原有的基础指标，交给生命中既有的数据库，就像把墙体交给看不见的地基，把鸟儿交给无遮无拦的天空，把种子交给望不到尽头的大地。

家人先后步入这一时段的特定“程序”，虽然戴着 N95 口罩，待在各自的房间里，开窗通风的程序也从未被忽略，但是咳嗽声依旧此起彼伏。

一切手段似乎都于事无补，唯有交给时间，等待。

忽略咳嗽，在客厅追网剧，比以往更加执着地抱着手机，或者捧本书慵懒地歪在床上，这是精神生活得到重视的时段。

此前从未有过这种状态。

手从书页上挪开，有些疲倦地躺着，窗外的天气晴了又阴，阴了又晴。

无法避开的严冬，依旧漫长。

把积攒了好多年不曾翻过的书籍，一一浏览或细读了一遍，内心陷入平静，本不该失去的好奇正在消失。

书橱被户外的天光所笼罩，透明的玻璃上隐约有光斑在跳跃、闪烁，藏身于内，比肩而立的书籍却有些晦暗不明。书脊上的字迹，有的似某种神秘的暗示，有的似某种模糊的指引，试图拨响你心中的某一根琴弦，令其铮然有声。

吃饭、睡觉和家务之外，几乎再无俗事。

也不尽然，需要去超市。

超市里，购物者并不多，三三两两，非必要，不对话。大家都很冷漠，专注于中意的面粉、面包、点心、蔬菜和水果。

药店也是如此，即使需要的药付之阙如，也无抱怨，冷漠地离开。陌生人之间，彼此保持着这种冷漠，大家的脸上取消了喜怒哀乐，取消了表情。这与在医院的感觉很不同，医院始终是一个无法让人淡定的地方。

所以，还是不要去医院了。

然而手机却从未让人消停，热闹依旧，语音通话和视频通话接连不断，各种资讯，不断地灌溉着视觉、听觉，甚至全部知觉。有人说人类已进入元宇宙时代，看来是的，现实助力元宇宙全面攻陷实体世界，它已提前占领了人类生命空间的制高点，实体世界仅仅提供着维持生命基本存活状态的吃喝拉撒，余下的全部交给了元宇宙。

虚拟变成了现实。

但是突如其来的咳嗽会中断元宇宙，把你短暂地拉回到物理空间，提醒你已染疴，且不轻。

咳嗽让人猝不及防地俯下身，弯曲出一个很大的弧度。一条抛物线剧烈地震荡，胸腔像要做一次彻底的自我清理，五脏六腑不再安于现状，争相离开固有的位置，如狂风横扫的森林，急欲摆脱某种桎梏，一棵树，或者，远不止一棵树，都要逃离自己的根须，和根须下的那片沃土；也很像不安分的、怀着怒意的少年，想快速摆脱一成不变、陈旧不堪的故乡。

咳嗽之后是喘息和沉默，语言和言语都无法占领口腔，即使必要，也无可能，因为下一场咳嗽并无征兆，它会突袭，像天边暴怒的惊雷，迅速中止一切妨碍咳嗽得以顺畅的存在。不知它从何处发起进攻，也不知它何时休战。

咳嗽完全掌控了局面，打乱了元宇宙处心积虑安排好的秩序，毁坏了元宇宙的太极八卦图，令它陷入懵懂，无所适从，因为那个咳嗽不止的人，正涕泪交流，不得不摘下口罩，四处寻找纸巾，无暇顾及手机或者其他或大或小的屏幕，他彻底陷入被他忽略的、弥漫着烟火气的尘世，强烈地意识到自己不堪的当下，并且手忙脚乱。

然而，这一刻总是短暂的，之后，他又恢复为手机控，仿佛他是被预先设置的手机厂商和通讯商的一道不可省略的程序，虽偶有脱离终会自动弹回到既定的窠臼之中。

微信里，他又收到最好的朋友的问候，每天都不曾间断的问候。

朋友是独居，妻儿都在外地，或许他因此至今未中招，像一条漏网的大鱼。他把自己牢牢地锁定在宅子里，不与任何人接触，就算接收外卖，也是让快递小哥放到门口，等到人家离开后，他才极为庄重地戴好口罩，消好毒，小心翼翼地把门打开一条缝隙，迅速取回。

朋友说："我的自我隔离是绝对的，每天都是捧着手机，在抖音里沉迷，然后稀里糊涂地睡去，再稀里糊涂地醒来，日复一日，循环不已。"

每次他与朋友通话，朋友的语速总是忽快忽慢，或突然莫名的沉吟，似乎内心有某种隐衷。他想，朋友或许陷入了另一种焦躁，但他不确定，因为朋友的语言是正常的。

他做不到像朋友那样绝对的隔离，他总得出去买东西，包括去药店寻药。

走在街上，头上的太阳昏黄而明亮，温和而遥远，它以肉眼看不见的速度，向昼夜平衡点慢慢地移动。寒风把街道吹得干干净净，无枯草落叶，只有零星、轻微的雪痕，成为冬天还在的证明。而这些咳嗽不止的日子，显得大而无当，人在这种空洞中，只得充满等待。

那莫名的、无法命名的等待，尽管不够清晰，但是一直都在人的心中生长着，从未消逝。就像等一个久违的人，不知男女老少，只知有一个人正从远方往这边走来；尽管相拥的姿势都已经准备好了，但不知道他或者她究竟何时能够抵达，何时可以惊喜地重逢、握手或者拥抱。

但是那个让人焦灼地等待的人，没有出现在街角。

而此刻出现在街角的却是一位推着婴儿车的女子。他不明白，这样的时节，怎么会有这样的情景突然出现。寒风像赶不走的老狗，围着婴儿车低低地吠叫，并且扑咬，然而那女子始终是温柔的，似乎已摆脱了那貌似不可一世的、凛冽的寒风。街道愈发显得空旷辽远，她推着她的婴儿车，像行进在缓慢流动的长河里，而她似乘着一叶轻舟，仪态从容。轻舟上，洁净如雪的丝绒被高高堆叠，犹如注入了清新空气的薄纱层层叠叠，搭建起严严实实的微型城堡，内里深藏着一个在梦乡中抿着鲜嫩的小嘴，含着甜蜜笑意的小天使。

他望着婴儿车渐渐走远，孩子们的生命力是强健的，他们如同星星，悄然化身为初升的旭日，这不可阻挡的希望，带着红色的光芒，正是成人的世界一直瞩目着的。

那是一个并不遥远的未来，那个推着婴儿车的母亲对此一定是有信心的吧？

他在又一次突如其来的咳嗽中，看见街边的榆树还在伸展瘦硬的枝条，周边呈现着暗灰色，这个冬天就这样吧。希望孩子们不会有没完没了的咳嗽，他也祈祷自己的咳嗽能尽快终止，把一切不美好留在这个季节，让街头的那些树，在春日，把蓬勃的绿意重新输入枝头；让新生的婆娑的树木遗忘从前，如婴儿一样，葆有甜蜜天真的无知；让被咳嗽所污染的、缭绕的云烟快些散去，忘掉这个沉痛的冬季，开始一个崭新的春天。

回到家里，还没来得及坐下，朋友的语音电话就来了。

朋友的嗓子忽然疼痛起来，问题是他没有出门，仍旧独居，为何也开始感觉不舒服了呢？他说："这个谁能回答得了呢？当下要做的事，是把备好的发烧药和止咳药放置于案头、床头，准备迎战。”朋友说：“看来还是没能逃掉，只好步你的后尘了。”他说：“未必，明天才会见分晓，如果你没发烧，就不一定是中招了。”朋友说：“但愿。”

朋友的话音刚落，他又剧烈地咳嗽起来，腰不自觉地弯下去了。他想起刚刚走过的楼梯扶手，有着不间断的屈曲盘旋，在不同的楼层之间游走延伸，但在每一个楼层，楼梯急急地把自己收住，形成一个短促的平角，像鞠了一下躬，然后，继续扶摇向上。

他觉得自己也是这样，在这个冬日里，他无数次止步，收住自己，向着大地深深地鞠躬，然后才缓缓地挺直腰身，轻轻地、小心翼翼地舒一口气。

# 一团雪

雪兔只知道自己是一只兔子，别的事情她就不大清楚了，包括成了生肖这件事儿。

十二年一个轮回，今年她又成了明星。人们开始以各种方式高频率地谈论她、描绘她、刻画她，无论什么方式，说起她时，人们一律是喜洋洋的。

新年伊始，她开始成为年度标志、年度吉祥物，出现在春联里、门楣上，出现在朋友圈和视频网站里，她被刷屏了，就像老虎去年的待遇，老牛前年的待遇。然而，雪兔知道，她的真实境遇并没什么改变，人们只是在口头上反复地说起她，从未有人主动来找她，对她说："走啊兔子朋友，我们一起去玩。"

也难怪她总是蛰伏在自己的洞里，躲避着一切可疑之物，包括人类。可如此，让人类这个对她念念不忘的大朋友，去哪里寻觅她的踪影，与她玩耍呢？

也无法责备人类。

雪兔自然也没想责备谁，她依旧习惯性地收拢着柔韧的身体，怕冷似的，把自己团起来，像冬日里的一团雪，过着不值得描述的寻觅树皮、草叶的日子，只要不被打扰就好，没有危险的气息就好。

傍晚，雪兔从洞口望出去，同时伸长了耳朵，确认没有危险，她才从洞里蹦了出去，夜幕徐徐落下，给她的安全带来了掩护，她要开始觅食了。

但是没走出多远，她遇见了老虎。

老虎这样的庞然大物，居然有着如此轻盈的脚步，没有一点响动，他应该是怕吓着兔子小朋友。

他对雪兔说："没什么，我正打道回府，该你来接我的班了。"

雪兔说："人类超爱你，你那么引人注目。"老虎说："但是我从未滥用这份爱，我始终低调，总是离他们很远，他们都看不到我。"雪兔说："你要嘱咐我什么吗？"老虎说："什么都不用做，只安心做你自己就好了，以前怎样，现在还怎样，你本来也是个低调的兔子。"雪兔说："我有点紧张。"

老虎说："不必。"然后就消失在森林深处了。

月亮把它的皎洁、清辉洒在森林里，但是黑幽幽的森林投下的阴影是浓重的，月光显得零碎斑驳，它在树木的缝隙间闪跳不已，像捉迷藏似的。

雪兔静悄悄地穿行其中，它总是有着惊喜的发现，那么多吃不完的草叶……

一个小男孩出现在她的视野里，她从未见过他，却对他有着似曾相识的感觉。他是谁呢？

小男孩蹲下身，说：“我一直在找你，总算找到你了。”雪兔说：“找我干吗？”

“我要和你成为好朋友。”男孩说。

男孩身上披着朵朵雪花和森林里的落叶，口中和黑黑的头发里扑出白色的热气。

“那你一定走了很久。”雪兔说。

男孩说：“不知道走了多久，但我找到你了。”

男孩说森林外面有一座城，城里有很多工厂，高大的烟囱林立，吐着浓烟，它们都在生产着五颜六色、各种各样的产品，打好包装后，单单绕过这片森林运往其他的地方。那些工厂里的人，都有着严肃的表情，很少露出他们的牙齿微笑，或者大笑；他们大都穿着蓝色或者灰色的制服，在各自的厂区里匆匆地走来走去；他们不说话，只不停地、有序地忙碌着，天天如此，没功夫和小孩子说话，更不会俯下身来和他们一起做游戏。

“所以，我就自己来这里了。”男孩说，“在动画片里、网上都能看到兔子，很多很多，比如眼镜兔子，但我从未见过真正的兔子长什么样。只要关闭手机、电脑，就再也找不到兔子的踪影了。爸妈找不到，小朋友也找不到。这回，我可找到你了。”

小男孩冲雪兔开心地笑着，还伸出手来，小心翼翼地摸了一下她的大耳朵。

雪兔说："那我带你看看森林吧。"

可是她抬起头却看到一双闪着磷火的、幽蓝的眼睛，和一片伸出了很长的血色舌头。定睛一看，是狼！

狼审视着他们，说："我看你们半天了，你俩谈得太投入，不忍打扰。"

"但你还是打扰了我们，"雪兔说，"你要干什么呢？"

狼说："猜猜看，猜对了，就放你们走，不然……嘿嘿。"

小男孩的脸上无丝毫惧色，雪兔似乎也受到了鼓舞，但她毕竟只是一只兔子，小男孩发现，雪兔把自己收拢得更紧了，似一团颤动的雪。

小男孩说："你不是在找我们，你是在找另一匹狼，一匹小狼。"

狼的目光盯在了男孩儿的身上，它在等着小男孩说下去，略显焦躁。

小男孩说这些天，在他的城市，为拯救一匹偶然被发现的小狼，全城都行动起来了，那匹小狼被安顿在城市动物园内，受到了很好的照顾。但没人知道它的妈妈在哪里。

"现在我知道了。"小男孩说。

狼的目光由凌厉变得温和起来，狼说："你说对了，我就是狼妈妈，我想找到我的孩子，我要你把小狼还给我。"小男孩说："这不难，我可以和你一起去动物园，或者我去把小狼带过来。"

狼陷入沉吟，一时不知如何选择。

第一次见到狼的犹豫。

雪兔说："要是把我们吃了，你可见不到你的孩子了。"一团雪，稍稍舒展了一些。

雪兔、小男孩和狼在森林的月色下，投出了不同的影子，就像各有各的心事。

不知过了几个时辰，好像不足一个时辰，他们开始向森林的边缘移动。

男孩儿厉害，把雪兔和狼都说服了，男孩说森林的外面是另一个世界。但在城市和森林之间，有一条河流，还有一片湿地，河水与湿地既是连接森林与城市的纽带，同时又把两者隔开很远很远。无论对于哪一方，涉过河水，趟过湿地，就是历险，当然也会探索出另一个意想不到的世界。

现在是隆冬时节，河流被冻住了，湿地也在结冰。

冰封的河面曲折而辽阔，可以看见对岸的湿地，成片的芦苇荡随风摇曳，多次倒伏，当然也望得见城市，和城市身后连绵起伏的蓝蒙蒙的远山。

男孩儿对雪兔说："我抱着你过去吧，虽然你能一蹦三尺高，但冰面太滑，你站不稳。"雪兔乖乖地跳入男孩儿的怀抱。狼在小男孩的后面，与他保持着不远不近的距离，无声地走着，时刻警觉着。远远看去，狼会被误认作男孩儿的大宠物——一只机敏的狗，谁能想到它居然是一匹货真价实的狼，一匹北方的狼。

在即将登岸进入湿地的时候，狼停下了脚步，对男孩儿说：

“我在这里等你把我的小狼送过来。”

男孩儿说：“一言为定！”

他下意识地抱紧雪兔，向狼行了一个注目礼，狼翘首望着他，幽蓝而坚定的目光令人难忘。

终于走到了城边，大雪覆盖着一大片空地。

“你可以在雪地上撒撒野。”男孩儿对雪兔说。但是雪兔怯生生的，一动也不敢动，她才从对狼的恐惧中缓过神来，又要面对陌生的人群。

小男孩的手机响了，他对着手机大声地说：“过来接我吧，爸爸，我给你们带来了我的最好的朋友。”电话那端问：“是哪位啊？”

“是雪兔！雪兔！”

城市真的准备好迎接这一团神奇的雪色了吗？

# 极寒里的暖

剎车，熄火，从车上一下来，便跌入大冰窖般酷寒的包围圈里。

在大街和旷野上裸奔的严冬，虽翻越了西伯利亚那遥远辽阔的脊背，但并未减弱它狂飙突进的势头，毋宁说，风头正劲。

天气预报和新闻不厌其烦地提醒着每一个置身于冬天的人，尽量做足御寒的准备。

可毕竟太超常了，几十年不遇的极寒弄得人手忙脚乱。各种极寒下的狼狈的小视频霸占了手机屏。

自驾赶回故乡小镇，上下车一路小跑，甚至疾速冲刺，户外不能久留，与严寒零距离的时间，仅以秒计。

驾驶室是运动着的温室，人是温室中的弱苗，暖风一直吹着，弱苗并未觉出与日常有何差异，自以为依旧鲜嫩。

深想一下才明白，这是文明达到了一定的程度才会有的安全感和惬意。

高速公路上的车并不少，超低温的极端天气，阻挡不了滚滚向前的车轮，从五湖四海赶回来的归乡人，归乡心切。

从风挡和后视镜望出去，白雪皑皑的大地一片寂静，偶有风吹草动，看似并无危险，实际上车门之外，险象环生。不过只要车子不出问题，你就有了最安全的保障。这份现代机器带来的安全感，和无所畏惧的底气早已渗入心中，沉淀为一种坚固的潜意识。而这份潜意识在暗中调度，不为你所察觉，却正是所谓的幸福感得以滋生的一个源头。

车窗既薄又厚，薄得你可以将外面的世界尽收眼底，甚至让你生出自己正置身其中的错觉。摇下车窗，外面的世界触手可及，和瞬间扑进来的空气热烈地握手，才真的与世界融为一体。同时，车窗又“厚”得将你与车外的世界隔断，完全分属不同的空间。人可以将自己固定在车内自以为安全地思考，心游八极。但是这种安全性也极为脆弱，可以在下一秒就被打破，只需一个意外，人便可能被抛入无底深渊。

就像眼下极寒的天气，既可怕，又不那么可怕。

全看每个人的具体境遇。

生于斯长于斯，我对故乡的冬天始终充满热爱，对寒冷情有独钟，在我看来没有冬天，没有冰雪，没有爽爽的冷，那简直是不值得过的日子。并非我一人如此想，我的邻居小哥与我是一样的想法。在我出发的前一天，我们在楼道里碰上了。我说：“你没去三亚吗？”他说：“我昨晚连夜飞回的，在那儿住了些日子，待不住，你嫂子也陪我回来了。在三亚的小家里，我俩一闲下来就翻看哈尔滨的视频，一商量，与其这样，还不如痛痛快快地回来。”“不知道今年极寒吗？”“极寒也没啥怕的，咱这儿供热没问题。回来过年，心里踏实。”我说：“你可真能折腾。”

他哈哈大笑，拍拍我的肩膀，去大超市买菜去了。

我自然也是要在这极寒的天气里购置年货的。

极寒对哈尔滨人并未造成太多的影响，超市外面，摊位依旧早早地排开，卖冻货的，卖花生、栗子和松籽的，卖肉食的，都在坚守着。卖主们全副武装地包裹着自己，只露出眼睛。他们的睫毛无一例外地披霜挂雪，像圣诞老人。

卖冻货的女人穿着一件红色羽绒服，口罩和手套也是红色的，像一团热情的火焰。她面前的橙红色的树柿子和黑色的大冻梨，被她摆成小垛，整整齐齐，个个饱满鲜亮，个大浑圆，令人生出购买欲，而她挂着霜花的长睫毛，眼眸闪出的笑意，都加大了销售力，让平常的冻货摊聚集了很多人。

最抢眼的，还数卖冰糖葫芦的年轻人，他戴着眼镜，身着白色羽绒服，清瘦、高挑而安静。

从前的冰糖葫芦，只是以山楂果为食材，而在年轻人的糖葫芦摊位，食材和口味之丰富，令人目不暇接，品尝不尽，葡萄、香蕉、菇娘，等等，夏秋之际的各色水果，在冬日里摇身一变，成了冰糖葫芦一族。

远远望去，冰糖葫芦的摊位成了银色雪国里的一道五彩缤纷的风景，令冬天变得热烈异常。尤其在这么冷的天儿里，冰糖葫芦矩阵般列于街头，让人生出正于冬日里遨游的万丈豪情。

我问卖糖葫芦的小伙子，是不是以此为业，他告诉我，他只是在寒假替老妈出摊的。“有你妈妈卖的好吗？”他笑着说：“差不多。”我说：“你文质彬彬的，并不怎么吆喝，为什么卖得好呢？”小伙子说：“我也不知道，大概是年轻人出床子不大常见吧。”

我说：“你是糖葫芦王子。”于是也凑热闹，买了明晃晃的三大串，喜滋滋地转战他处。

然而寒冷毕竟是无法忽略的，所以街上几乎没有年长者的身影，年轻人居多，也有中年夫妇带着小孩子东游西逛。我想，人们对生活的渴望像热腾腾奔涌的激流，奋力地向岸边和大堤冲撞，数十年不遇的低温天也无法阻挡。

走进超市的时候，场景更加热烈。

超市是一个现代化的集市，井然有序且温暖如春，陈列着来自世界各个角落的、千奇百怪的诱惑，以色彩、造型、推广语、价格标签，等等，一遍遍地唤醒你的潜在的欲望，和雾一般缥缈的遐思。杂粮、瓜果、蔬菜和水产依旧普普通通，与往日并无不同，却也不厌其烦地刺激着人们，滋润着世道。琳琅满目的商品，构成了生活本身的日常，人们片刻离不得，如空气和普照大地的阳光。天气虽肃杀，而市场和人心却不，仿佛自带哗哗的流量。

我在隆冬大街的橱窗里，偶然瞥见一个清癯的影子，欲望的水分似被季节甩干。他的宁静、平和是一种看不见的气息，却与这罕见的极寒天气，有着一种内在的和谐，似一种卸下种种负担的干爽和舒展感，如胡杨树与大漠风沙之间，互通款曲，一种特异的内在体验，如暗流在两者之间隐隐流动。或许，这是极寒天气下的另一类万物有灵。

置完年货，驱车向城外走，在出城前的松花江北岸公路一段，车流突然变为蜗行，导航地图上火红一片，只因路的两边，分别是著名的冰雪大世界奇观和岛上雪雕群，前来旅游的人太多，车流移动缓慢，阻塞了道路。

为了建成这两处景观当地人付出了很多，松花江取冰的繁忙场景历历在目，当时我的心情是矛盾而焦虑的，不知道冰雪城市这么拼，能否感动上苍。现在看来苍天不负，外地游客纷至沓来。我赶紧用手机搜了一下相关新闻，有关机构已经有了初步的统计数据，证明奔来赏冰乐雪的外地游客与前两年相比，人数激增，且势头不减。这是一则让人喜出望外的消息，即使我被堵在路上的时间再长一点，我也十分乐意。

要知道，这可是极寒天地里出现的热烈！

感谢每一个在严寒中奔跑着的、活泼的生灵，对生命空间的大无畏拓展，这种内驱力，无法遏止。

在我也是如此，从城市出来，长驱数百千米奔向故乡小镇，在极寒的巨大的框架里，像鸟或鱼一样漂移游弋。

极寒终将成为被翻过去的银色的一页，但是此刻足下的这一条极寒之路，却成了我通向春天，通往愉悦的意外捷径。

# 礼　花

服务生把一壶普洱茶轻轻地放好，悄无声息地退了出去。

江边的这家茶馆门面不是很大，颇为古雅温馨，此时只有两个客人——梁波和我。

梁波说他这个年没怎么过好，主要是惦记着一个外地的好朋友，不知为什么，就是联系不上，打电话不接，微信也不回，彼此也没有拜上年。所以他叫上我，出来散散心，顺便在华灯初放时，逛逛商业街上的元宵灯会。那灯会是那条著名街道每年的保留节目，一直吸睛无数。

白昼准备撤离，夜幕似落未落，看得见茶馆前的暮光小径，穿过已然枯黄的一片草坪和黑色灌木枯枝的暗影，悄然向下，投入辽阔的冰封镜面，折射着对岸的夕阳的一抹玫瑰色的余晖，一如梁波此刻半明半暗的心绪。

梁波说起的这位朋友，我也不甚陌生，一是我曾在多年前见过，作为梁波的朋友，我们有两次同在一张酒桌上过，他给我留下了很好的印象，一位谦谦君子，不失幽默和通透；再一个就是梁波有时会和我谈起他，和一些两人交往的旧事。

但近年来彼此都忙，我和梁波见得也少了，他的朋友更未再相见，所以不知他们之间出了什么状况。

梁波说并没觉得他俩之间有什么问题发生，什么事都没有发生，就是忽然不联系了，简直莫名其妙。

我说："也许他个人有棘手的事情急着处理吧，没什么心情和朋友聊天，也许他和整个世界都失联了呢。"

"不是的，"梁波说，"我的同事出差见过他，就在年前，还和他一起聊了几句，但他就是不和我联系。""你的同事说得准吗？""当然准，是我托他去看看他的，等于是专门找他一样。""他没有捎什么话给你？""没有，他似乎不想说什么。"

梁波轻轻地摇了一下头。

我理解梁波，友情在他心目中的份量很重。

但为什么那位朋友要这样回避他呢？

梁波和他的那位朋友，曾经是同事。大学毕业，两人分在同一个机关里的同一个处室。梁波在本地读书，又在本地就业，大半生从未离开过故地。而他的朋友则是在南方的沿海城市长大，毕业于名校。两人的成长经历、成长环境大不相同，但是这并不妨碍两人成为要好的朋友。

那时，大家都是单身，周末或没事的时候，总聚在一起。朋友的家在遥远的外地，所以梁波十分照顾他，梁母恰巧也出身南方，做得一手好菜，很是合乎这位朋友的口味。梁波经常把母亲做的好吃的带给他，或者周末请他去家里做客。说起来，梁波现在的妻子，还是这位朋友引荐介绍的，在两个人谈恋爱的过程中，朋友悉心指导，出了不少妙招，虽然当时朋友自身并无恋爱经验。

最重要的是，两个人都是乒乓球痴迷者，很长的一段时间里，他们成了形影不离的球友，经常汗津津地并肩走出球室。他们仅打球的地方先后就选了好几处，因为两人对球台和打球的环境标准要求很高。球友关系一直维持到朋友自费出国留学离开这座城市。

梁波说自朋友离开以后，他也基本不再摸球拍了。

海归之后，朋友落脚在他当年读大学的南方城市从事贸易工作，有时会飞回来和梁波聚会。但是每次聚会，朋友都不让他买单，朋友总说："你在机关工作，是挣工资的，我是自己的生意自己做主，情况不一样。"梁波同时是个业余摄影家，他的相机和手机定格了两人及与朋友们在一起的不少场景，有时分享在我们共同的群里。

但是长时间以来，他的朋友在群里并不发声，一直潜水，甚至都潜到水底深处了。实际上，这个群人数不超过十位，彼此大都是熟悉的，里面起初很热闹，后来主要靠群主梁波发力，每天往里面灌水，扔各种资讯、图片、视频和心灵鸡汤。群也是需要热心维护的，梁波就是这样的一位维护者，一个称职的群主。我虽然不是最活跃的，但也常常发声呼应呼应梁波。

梁波自然也注意到朋友长期潜水的状态，线下和我解释朋友太忙了，没那么多时间闲聊，可以理解的。我顺应他说：“是的，这也不是什么问题。”

记得有一次在梁波张罗的聚会上，即将结束时，梁波和几个当年他们共同的同事再度相约于两个月后，大家都情绪高涨，反应热烈，唯有他的那位朋友没有接话，其实他此次是专程从南方赶回来参加聚会的，足见其诚意。我注意到，大家拼酒的时候，不胜酒力的他并未怎么吭声。梁波就冲着他说：“你务必得回来，就差你了，你要表态啊！”

他的朋友含笑望着他，说：“这个要表态，事情可有点严重了呢，那我回来耽误的工资，谁肯给我补上？”当然，他是玩笑话，但我感觉其中也包含着一些认真的成分。那时他在给别人打工，不再是自己做公司了，我想会有许多不便之处吧。尤其是两个月后非要再聚不可，他或许并不赞成这样的一种方式。梁波一愣，没有回话，似乎不是很理解，我感觉那一瞬间他也是不怎么开心的。

那次酒局散了以后，再不曾聚会。

梁波说他借出差的机会去过南方，和朋友见了一面。因为梁波要赶飞机，所以不曾深谈，便匆匆别过。但是梁波了解到朋友这些年经商并不容易，一路打拼，结婚也比较晚，而且有一对双胞胎，当时还在努力还房贷，生存压力不小。坐在一起，他的话也少了许多，本来朋友就不是一个多话的人。

但梁波并未觉得这会对两人的友情造成什么影响，他对朋友的感觉一如昨日。

梁波说："你不要见笑，我昨晚还梦见他了。"

我于是悄悄地走出去，试着和他的朋友通一个电话。

电话竟真的通了，但是我该怎么和梁波说呢？

他的朋友的联系方式我一直有，可从未单独联系过。但是今晚，我觉得很有必要，梁波也是我的好兄弟，那位朋友同样也是梁波的兄弟，他俩本该握手如初。

对方马上接起了电话。

我们聊了一小会儿，我说："虽然有点冒昧，但还是觉得通个电话比较好，比打字和语音来得痛快。"他说："是啊，你可能有比较重要的事情！"我说："倒也不完全是，你的电话号码一直没变过吧？一打就通了。"他说："这个号码我自己和亲戚、朋友都习惯了，从来没换过，何况我又不需要逃债。"我说："梁波很惦念你，我有个建议，你方便时和他联系一下？"

除此之外，我觉得不能再多说什么了。

他略略沉吟了一下，说："其实也没什么不能和你说的，我就是觉得分开了这么多年，和忙不忙的没有关系，只是大家各自经历了一些不同的事情，我越来越不知道能和老友说些什么。"他说他前些年有几次建议梁波出去做点事，以梁波的为人和能力是能做成一些事的，但是梁波似乎对自己的现状很满意，不想改变，不像他这辈子就爱天南地北地折腾。好朋友之间处境不一样，想法不一样，这当然很正常，他说他明白，但是他有遗憾。“我也回去过几次，和梁波，和一些其他的老友聚会，有时你也在场，也都知道的。在酒桌上除了重复陈年旧事，我们是不是可以再聊点别的呢？可是我不知从何说起，时间一久，我也就慢慢无语了。其实我在南方，时常也感到孤独，也会想起梁波和你们，但我很是犹豫，不知道还能做点什么，可我不想敷衍谁，那不好。”

我大概听懂了，我的确能够理解了一些。他显然是诚实的，也是真诚的，一如梁波的实在和真诚。或许，他们两个都不曾有什么真正的改变，只是随着岁月的展开，各自的人生选择和方向逐渐显出了差异，就像一条大河冲出了山谷，在平缓的大地上分出了若干支流，支流奔向了不同的方向，渐行渐远，而当事人却当局者迷了。这种落差能否弥补，该如何弥补，我也找不到答案。

从电话里退出来，我和梁波的朋友各自退回到各自的世界，他所在的南方城市此刻绿意正浓，海水正蓝，一如梁波和我这边的冰天雪地，只是宽大的夜幕从我们中间无可阻挡地垂落下来，遮挡了各自的路途，唯有依稀的星光，在天边闪闪烁烁。

梁波坐在我的对面，望着窗外被灯火照亮的江畔，他又频频地举起了手机。鞭炮声传来，冲天的礼花在夜空怒放，对于元宵夜来说，夜色浓得正是时候，不需要再续茶了。梁波的妻子和女儿打来电话，催促一起去看元宵灯会，她们已经快快乐乐地提前抵达商业街了。

我俩从茶馆里走了出来，我悄悄地希望着把我们刚才关于他的朋友的话题，暂时搁置在茶馆里，让服务生把它连同疏淡渐凉的茶水一并收走。那不合时宜的伤感，似已化作氤氲分散开，附着于茶具内部看不见的陶壁上，就让它们先储存在小小的茶馆里吧。

绕过街角，那溢满了商业街的灯会海洋，在我俩眼前豁然抖开。人潮的欢声笑语犹如排浪般汹涌，彩色花灯绵延不绝，璀璨无比。

梁波这时碰碰我的肩膀，催我快看礼花，同时又举起了他的手机。那束酷炫的礼花正从灯海中间升起，与地面迅速分离，超越了摩天大楼的整体高度，冲向自己的顶点并绽放，然后，那纷然的花瓣如细雨微尘一般，凋谢于散发着熏香的夜幕之中。

# 缠　绕

隆冬里的加油站矗立在城市草木荒芜的边缘，来加油的私家车并不太多，周边参差的灰白色建筑物和它保持着适度的距离，愈发衬托着带有橙黄色醒目标志的加油站高大威猛，当然还有几分落寞空旷。

加了满满一箱油，和穿着黄色制服的加油师傅挥挥手，请了年假的李可驾车驶上高速公路。

他将一路向北，奔向另一座城市，那个长期居住着他的年迈的父母和兄弟姐妹的城市。

大约一个半小时的车程，袒露着的旷野没有丝毫起伏，只是一味地平铺直叙，似乎无法储存任何心事和秘密。一个寂寥的小镇、两座同样默不作声的县城，以及七八个点缀着稀疏树木的不知名的村庄，一路上，被他一一穿过，剩下的是无边的旷野。

这些李可都熟视无睹，最近一个月来，他不得不多次往返于这条纵贯南北的高速公路上。清雪的力度很大，随下随清，所以路面顺畅，护栏外的两侧则是连绵不断的白色雪线，紧紧地伴随着高速公路，与其一道匍匐着飞窜。

无声地驾驭着“坐骑”，甚至听不见车的响动和寒风撕扯车体的声音。是连绵不断的车载音乐，盖过了那些与音乐无关的噪音，甚至，也把他内心的各种杂音一一过滤掉了。

一条高速公路，连接着两座城市，连接着小家和老家。此前，两者的联系似乎是松弛的，似有还无，当偶尔有事情需要面对的时候，就去正常面对，无事的时候，便各自安好。所以，在他的心中，正如在任何成年人的心中一样，这从未成为问题，也不是问题，这种状态持续了好多年。

直到最近，年迈的父母状况迭出，他终于意识到，人生的另一个阶段开启了。从前并未想太多的事，眼下需要点燃一支烟，叼着它，静下心来好好地想一想了。李可正好是个手不离烟的家伙。

事情是从姐姐打过来的电话开始的，她说两位老人差不多同时病倒，一个已经去了医院。除了原有的护工之外，还需要再找一个年轻一点的护工，可眼下还没有找到。姐姐一边断断续续地说着，一边不停地抽泣。

他是在大清早接到的电话，连早饭都没吃，便匆匆地踏上了归途。

这是另一种全新的生活，虽然这种全新并无新意，只是对似曾相识的场景的重复，似乎是早已模糊的少年时代的往昔，被意外地全面唤醒，让你不得不怀疑正在进行的生活，反而具有一种脆弱性，不堪风折。

但是李可并不需要思考这个，他需要的是必须对实实在在的、琐碎的事情尽快入门，以最快的速度缩短笨手笨脚的时间，没有任何功夫可以浪费或者虚度，必须迅速成为一个会照顾病人又能够照顾好病人的行家里手。

李可重新陷入了少年时代的懵懂之中，好像这些年来他并未离开过这个家。他开始重新理解父母，并在很短的时间内对他们形成新的认知，过去持续了好多年的、对父母的某些理念如今松动了，甚至颠覆了。随着对父母近期行为的不断了解和把握，心态不得不做出意想不到的调整。这调整起初是被动的，后来变得愈来愈自觉。

病魔似乎有一种奇异的力量，它能使逐渐年迈的人恢复性格的本真，让每个人的天性回归到年轻时的样子，就像手机重启，便会恢复到出厂设定状态。

刚刚做完腿部手术的母亲，恢复得很好，但是住院期间或许是麻醉药引发的精神副作用，她的神经不知为何变得空前地紧张起来，对包括安眠药在内的任何药物都采取抗拒的态度，无论什么药，她一概拒绝。家人为此费尽心思，例如把药物碾碎，放入她爱吃的小米粥中，可她依然能够细细地、出人意料地分辨出来，然后想方设法地把它们吐掉。一天二十四小时，她的脑部神经始终处于兴奋的状态，很少有合眼的时候，至多打一个盹，便又重新“精神”起来，坚决不肯再睡去。

家人轮流陪护，刚刚回到家里的李可责无旁贷，陪着母亲聊天。

他发现母亲依然对聊天上瘾，和他的交流无穷无尽，但是话题却十分有限，要么是他小时候的那点事情，放电视剧镜头一般，母亲反复地“回放”与他有关而他自己早已忘却的事情和细节；要么就是吐槽父亲，她口中的老李，或者说她现在心目中的老李，简直十恶不赦，核心问题是老李对她极为淡漠，不和她说话。母亲对儿子高度依赖，他须臾不能脱离她的视野，甚至一秒钟都不行，稍稍离开，母亲就会大声呼喊他的乳名，声音之响亮，完全不像是她这样的病人能够发出来的。

到了深夜，母亲依然毫无倦意，和他继续重复着白天的故事，无论他说什么，如何解劝母亲休息、睡觉，老人家一边心不在焉地答应着：“好啊好啊，”一边继续着她自己的思维惯性，说着她原来的话。令人惊奇的是，母亲的话语有其自身封闭的逻辑体系，完全不受外界干扰，李可发觉自己其实一直待在母亲的精神世界的外面，并没有真正地走进去。他此刻的存在，只是唤起母亲回忆的一个契机和由头。

母亲时时刻刻地、关心地看着他，视线从不离开他，眼前的儿子的形象，应该同时就是她心目中记忆的样子，但是对于儿子此刻的任何话语，她却是充耳不闻的。母子俩一直在各自的频道里说话，彼此在两条平行的轨道上，频繁地擦肩而过，也许某一个瞬间打过照面，但会一闪而过，最终并未发生真正的碰撞和交流，是的，一星半点的火花也没有，而李可一直就坐在母亲的对面。

李可想要逃到走廊里去吸支烟，但是每每这时，他又不得不努力地克制住自己。

被母亲指责的老李则一直待在自己的房间里，这位老采油工退休前，一直工作在野外的最前线，很少回到家中，他似乎从未真正地适应过按部就班的家庭生活。李可不知道他对母亲的感情如何，但从母亲的抱怨声中，他知道他们凑合着过了一辈子。老李是个无话的人，不止对妻子，对儿女和同事，他都是如此。退休后，这个不与人交流的问题变得十分尖锐，他的存在像横在家中的一座高山峻岭，谁都无法攀越过去。

李可走进父亲的房间，说：“您和我妈说说话吧，说一点就行，不然她一直在生气，也不睡觉，求您了爸爸。”父亲说：“我这一天不也是昏沉沉的吗？血压这么高，随时都会爬不起来。”他说的是实情，但是李可说：“就算您帮我们做儿女的一个忙吧。”

老李就从自己的床上颤巍巍地起来，走到母亲的房间里，然后很生硬地挤出一句话：“你要和我说什么？”母亲抬眼看看他，转向李可，说：“你看到了吧？你爸就是这副德行，从来都是，一辈子都是。我一看见他气就不打一处来。”

然后，老采油工与妻子再度不欢而散。

李可再也无计可施。

母亲继续彻夜无眠，父亲也在这段时间突发急病，咳嗽得厉害，不得不去了两次医院，全家人都跟着提心吊胆，疲惫不堪，好在有惊无险。

走出家门，李可去超市买菜，这是他从封闭的家中出来点一支烟的时刻，他借此机会再度打量了一下这个已经让他越来越认不出来的故乡。

正是傍晚时分，一排排林立的抽油机以一种不变的节奏缓缓地转动，在夕阳的映衬下一点一点地变成剪影，像超体量的巨鸟刚刚找到了栖息之地，它们钢铁般的躯体在冬日的黄昏里，仿佛也有窃窃私语的时刻。

但是抽油机组并不都是处于人迹罕至的旷野之中，有的就在市区之中，靠近市井。眼下，拔地而起的住宅区，就与抽油机为邻，作业区和生活区近在咫尺，两者互为映衬，互为背景，就像工作与生产嵌入了日常生活，生活作为配件，不得不依附着庞大的生产作业的主体。寒风掠过抽油机组的同时，也在住宅区高大挺拔的水泥森林的间隙中啸叫。这些在旷野上崛起的建筑，其足下和四周，都有一蓬蓬或枯黄或白色的蒿草摇曳生姿，好像在反季节疯长，矿区的气质和野外大地的风情，从这座城市的每一个“毛孔”中释放出来。

这时，回到故地的李可觉得自己其实并没有走出多远，骨子里，父母和城市都不曾有更多的改变，改变的是年轮，是随着年轮不断地冒出来的新的设施、新的小区，但越过这些表层的景观，往其内部走，进入细部，会发现底色依然浓郁如昨，像一只反复装满热水的老式暖瓶，内里的胆瓶虽有剥蚀之处，但总体上依旧银光闪闪。

母亲终究没能熬过这个冬天。

父亲更为沉默无语，他的眼中似有泪光闪烁，但是他并不想让子女看见。李可坐在父亲的床边，并没多说，语言的安慰是很无力的，何况也不知从何说起。

过了些日子，假期将满，李可要回去上班了，他告诉父亲下周末还会回来。父亲点点头，说了一句："来，坐下来，我和你说几句话。"父亲说："我想让你知道，我没有对你的母亲不好，但是她这辈子太要强，什么事情都要争个先，活得累啊。我和她的想法不一样，我觉得事情顺其自然就好，尽本分就好。所以总是谈不拢，我又说不过她。夫妻间有些矛盾，也是难免的事儿。"

这番话，从老父亲的嘴里说出来很不容易，李可终于感受到了父亲那并不平静的内心。父亲的质朴，母亲的要强，不存在对与错，其实各有各的好，但是人与人的沟通、交流却很难，即使同在一个屋檐下，即使耗尽一生。

返程的路上，与身后的城市渐行渐远，直至城市从后视镜中隐去，但荒原城市里储藏的家事种种如丝如缕，与李可的思绪缠绕在一起，他背负着它们，无法卸载。漫漫长路依旧在车轮下起伏着向前延伸，看不到尽头。

他唯有在惯性中，继续狂奔。

# 亨　利

晚饭后在附近的公园里散步，又碰见了住在同一个小区的老友杨刚，但这次他是一个人踽踽独行，少了他的爱犬。

我问："你的亨利呢？"杨刚的爱犬是一只英国斗牛犬，所以杨刚给它起的名字叫亨利。

杨刚叹了口气，他说亨利已经离他而去，现在他又形单影只了。

我注意到，杨刚面容憔悴，心绪不佳。

杨刚和我同住一个小区，我们相识多年。最初他并不养狗，他本来热衷于远足和台球，和我有着共同的喜好，所以我们在一起的时候比较多。然而自从养上狗以后，他这两大爱好都大打折扣了，只要不是工作或出差，他整天都和他的亨利在一起，远足和台球也荒废了。他对我说："哥们，我每天得遛狗啊，没时间干别的了。"

有时候，我俩会在小区碰到，但只要他牵着他的亨利，每次我们打招呼都是匆匆忙忙的，纵使与我这个朋友有一肚子的话要交流，也不及他的亨利往前一纵的动作更重要。亨利能够把他带出很远，他紧紧地追随着亨利，一路小跑，仿佛是亨利牵着他呢。

大约六年前的一个夏天，杨刚驾车带着儿子去数百千米以外的一家牧场，牧场主是他多年的好友，往来频繁。牧场坐落在空旷的原野上，那是一片自由驰骋的天地，所以牧场里养了好几条狗，有的在牛栏外转悠，有的满院子活蹦乱跳，有的静卧不语，其中就有一只是英国斗牛犬。杨刚去的那次，正赶上这只斗牛犬产崽儿，刚刚诞生的小狗崽儿们憨憨的，煞是迷人可爱，亨利是其中的一只。

杨刚正在上小学的儿子迷上了这一窝小狗崽儿，怎么都不肯离开。牧场主说："你儿子这么喜欢，就送你们一只吧。"他儿子兴高采烈，激动得直翻跟头。就这样，亨利与杨刚一家结下了不解之缘。返回的路上，儿子又是唱又是笑，亨利成了儿子最好的小伙伴。后来杨刚发现，岂止儿子，他们一家人统统成了亨利的伙伴和粉丝，亨利这个新的家庭成员，其地位有时是至高无上的。

小小的亨利，改变的不只是家庭的气氛，它带来的也不只是惊喜，还有一些其他的变化，对此杨刚有点始料不及，比如他的妻子原来身体很不好，更缺乏锻炼，但是有了亨利之后，妻子明显地改变了，小区里开始出现他或者妻子单独遛狗的场景。有很长的一段时间里，杨刚把遛狗的任务交给了妻子，医生也一再说这个办法好，不但能很好地锻炼身体，心情也会大不一样。遛狗一段时间后，妻子的身心状况有了明显的改观，好像大片的阳光重新照进了他们一度黯淡的生活，这令杨刚大喜过望。他的妻子是个爱琢磨事儿的人，有一天她对杨刚说："你看亨利本来是斗牛犬，天生好动，肯定不适合在城市圈养，天天关闭在高楼大厦里，能不憋出病来？"

因此，杨刚开始把目光投向郊区农村，终于找到了一个小小的乡下院落，价格正好，就租了下来。

那是个小村子，人口不多，离城区还很近，他和妻子简单地修缮了一下房子，把院落稍事整理，到了春暖花开的时节，或者是孩子寒暑假的时候，他们一家人尽可能地去那边住。

有了一个独门独院之所在，亨利变得格外兴奋。一到了乡下，杨刚干脆把拴在亨利项上的链子解下来，让它自由地出入院子，在村里村外跑动。有时，他和家人会远远地跟在亨利的后面，有时，亨利自己溜出去，然后又自己悄悄地摸回来。

杨刚说："有了亨利，我和爱人都不愿出差了。并不只是我们在为亨利付出，亨利带给我们的似乎更多。"杨刚说以前他很少关注生活和环境里面的细节，但是自从有了亨利，对和它所经之处的一草一木都有了比以往更加细微的感受，但凡亨利认认真真地嗅过的地方，那些留下亨利爪痕的地方，他也变得格外地留意了，而这些是以前完全忽略的事情，生活变得更加细微、真切、可感，也品味出了不少新的乐趣，大概养花养草的人就是这样的感受吧？

而这些乐趣是杨刚长大成人后再也不曾回味过的，亨利把他重新带回了小的时候。

还有一个额外的好处，杨刚觉得自己和儿子的交流，因为有了亨利，变得顺畅了不少。有几次交流之后，儿子定定地看了他半天，像重新认识他似的说："谢谢爸爸，你真是个好爸爸。"杨刚在心里悄悄地说："你还不如谢谢亨利呢。"

无意中，亨利成了他通向儿子内心世界的一个小小的桥梁。

所以他心中最高兴的，其实是和儿子、亨利一起走出家门，在户外盘亘和奔跑的时光。"有了亨利，"杨刚说，"我自己才有机会像我儿子那样自在，有时甚至会匍匐在地上，和泥土、落叶贴得很近，和昆虫、蚂蚁厮混，我才有机会重新把手伸进泥土里，感受它的湿润，才有机会看蚂蚁忙忙碌碌、奔来跑去，看它们头上顶着的是什么东西，或者是否不停地搬家。"

"你想想，这样的景致我们疏远多久啦，我们早都忘了还有这样的一个世界呢。"

我说："是不是好比打台球的时候，要领是真心实意地俯下身子，让视线和桌面尽可能地在一个水平线上，这样，每一颗彩球都变大了，变得更突出了，球的位置和台面布局，由于俯身到位而变得清晰无比，之后再稳稳地出杆。不全心全意地俯下身姿，不可能精准击球。"杨刚大笑着说："正是正是，和亨利在一起的时候，比打台球的姿势还要低许多倍才行，不然你就不可能看到亨利带给你的世界不是？"

杨刚的那个小小的院落，我曾被他邀请去过一次。

出得城来，在泛着大片银光的雪季的田野，一条通往郊区的大道，两侧高大挺拔的杨树林，在树冠之上高挂着无法融化的霜花。更远处，一条封冻的小河静静地延伸在黄白相间的蒿草丛和一丛丛灌木芦苇当中，时隐时现，在潜伏中静待着春天。而杨刚所在的这个小村子，如同一个不怎么起眼的大地的点缀，临近公路的下方，有一段灰色的土墙，和一段短促的红色的砖墙似连非连，上面剥蚀着一些残存的巨大的白色标语字迹，断断续续。在低矮的围墙的间隙或后面，几幢农舍毛毛草草地站立着。杨刚的院落和他的亨利，就在这几幢房舍的后面，隐士一般，自得其乐。

“我带着亨利，把村子周边都跑熟了。”杨刚告诉我，“离城市越来越远以后，乡村生活在这里展开了，若步行，你会发现这里和城市的氛围大不一样，安静中有开阔。”

“和咱俩过去远足可不一样，远足很难来这种地方，咱们压根儿走不到这儿。”似乎要说服我什么，杨刚说，“心态不一样，我记得咱俩远足，每次都要预先设计好固定的目标，目的性强，所以总有一种做任务的压迫感，得靠意志坚持，路上还要克服打退堂鼓的冲动，压下歇一歇的念头。但是我和亨利在这边闲逛，全凭乐趣，用不着下什么决心，我只是跟着亨利的节奏，随走随停，不知不觉就走出了很远，常常超出了我预想的边界，虽然气喘吁吁，但是没有一点心理负担，意外的锻炼效果也出来了。”

杨刚沉浸在亨利的世界里不能自拔。

他说：“你不知道亨利这家伙有多能跑，我跟着亨利走，惊喜甚多，我看到这个村落外面有一条水渠，是从很远的江水里引过来的，延伸到田野的深处，望不到头。这里还有开垦后又被抛荒了的地块，周遭既没有树木，也没有野花，只能等着下一年开春有人来这里再开荒种菜。宽窄不一的各种道路，布满了这一小片土地，这些路应该都是过去没有的，和附近的厂房有关，走着走着，玻璃厂房群落，或者一组尚未竣工的建筑，就会突然出现在路的尽头。这些路总能和主干道连接起来，也能和我们回家的路连上。亨利聪明极了，走任何一条路，它都不会迷失，它喜欢在这些路上、路边兜来转去，我就纵犬游‘缰’，随着它逛。”

杨刚这时停住脚步，和我轻轻地摇头说：“俱往矣。”

我问：“亨利怎么了？”这时夜幕已经在不知不觉间罩住了公园。

杨刚说事情过去一个多月了。本来他和家人已经带着亨利回到城里，因为天寒地冻的，且城里这边事情也不少。但是亨利似乎习惯了户外，在家里待不住，正赶上他的儿子放寒假，便由他常常带着亨利出来溜圈。

有一天他儿子突发奇想，认为亨利一定也惦念着乡下呢，于是他们就带着亨利去了一趟乡下。到了乡下，已经习惯于不再牵着它，便给它松了项圈，让它自己跑出了院子。

但是没想到，亨利这一次再也没能回来。

这些天他们找遍了周边，四处打探，该想的办法都想了，还是不见亨利的踪影。杨刚说乡下的邻居过来劝慰他们，说这么长时间了，估计是找不回来了。现在他儿子和他妻子天天以泪洗面，没了亨利，日子简直不知道该怎么过了。

和杨刚一起走出了公园，四周已是华灯初上，但是杨刚心情晦暗，我想，他一时间很难走出亨利的世界了。他对亨利的这种半开放式养法，让亨利奔向旷野和自然，等于在逐渐恢复它的天性，这已不是把狗当宠物养的城里人的方式了，所以他们一家人和亨利，似乎都在冒着某种风险。亨利的失踪，是不是早已注定了呢?

唉，无处寻觅的亨利。

# 黄房子

色彩已经变得极为斑驳，不再柔和，不再协调。甚至也不再是房子，而只是房子的轮廓，是断壁残垣的前奏，是废墟的初始形态。然而，摄影家还是在它的身前身后徘徊，不时地举起相机，他还能拍到些什么呢?

他是慢慢地注意到黄房子的，那时他还年轻，刚刚来到这座城市。他在大街上闲逛时累了，走进街边的一家冷饮店，坐了下来。起初他并未觉得有何异样，但是在他的坐位面对着的木刻楞墙壁上，挂着一幅俄罗斯风格的老照片：一位异国女郎也像他这样坐着，端着一杯咖啡，目光望向窗外，一缕黄昏的余晖飘落在她姣好的面庞上。画面里的桌椅和他此时享用着的桌椅颇为相似，这一发现引起了他的注意。

他叫来女服务员，一位胖胖的阿姨，询问这幅老照片的来历。对方说照片拍的就是这里，是她的老父亲一直保存下来的，之后被放大挂到了那儿。岂止是照片里的桌椅，照片的里里外外，都是这座老黄房子的故事。他忽然悟到了。于是他从冷饮店出来，到外面打量这座建筑的外立面。这时他才发现，这是一栋俄式米黄色的小楼，精巧别致，但是窗棂和大屋顶，则是绿色的。这黄绿相间的楼体，与周围的那些高楼大厦的庞大的灰色和千篇一律构成了巨大的不和谐，这栋小楼显得形单影只，仿佛随时可能被抹掉。

后来的事实也越来越证明是这样，摄影师从他的拍摄经历中慢慢地懂得了这点。他便开始拼命地拍，不间断地拍，开始搞专场摄影展，开始四处奔走呼号。黄房子却越来越破败，越来越稀少。他和黄房子，和自己的老相机，老去的速度似乎有点快。正逢四月，谷雨已经过去了两天，不见雨下来，却下起了漫天大雪，仿佛正值隆冬一般。黄房子和整个城市一样，也陷在大雪里面，而且它比那些高楼大厦陷得更深。雪中的黄房子，甚至不如不远处的那些埋在雪中的汽车，人们一边哭笑不得地清雪，把汽车从雪堆里扒出来，一边堆着雪人，但是没有人向废弃多年的黄房子这边投来一瞥，不会有人来这边清雪的，只能任它在大雪中独自煎熬。

摄影师在停止拍摄的时候，会默默地想到许多。他想，这些住过人的房子，曾经那么美，如今只剩下孤零零的墙体，没有人、没有烟火和灯火，可是房子还站在这里，它就是一种提示：这里面曾经有过喜怒哀乐、悲欢离合，房子就是往事的纪念碑和遗物。一百多年前，这些黄房子，作为中东铁路的伴生物，星罗棋布般地出现，不是作为风景，而是生活的居所，是铁路高级职员的一栋栋家宅，是人们的日常。为什么随着时光的流动，它们变成了稀罕物呢？

稀缺。

壁炉还在，里面燃烧过的木炭已经熄灭，且无迹可寻。走到院子里，房前屋后各有一座花园，种植着果树，木桩子被削得尖尖的，排成高度在一米左右的篱笆，圈出一个整齐精致的小世界，一个独立自足、不受干扰的居家生活。可是这样的场景，只可能存在于遥远的旧日子里。摄影师想，像他这样怀念这些的人都在哪里呢？

他看到黄房子的院落里，杂草丛生，废弃物遍地都是，无人清理。也不可能看到完整的老房子，因为一直有灰铁皮围拢着，这块特殊材料制成的超级遮羞物，像一条勉为其难的短裤头，无法真正挡住墙面出现的一道道裂隙，那裂隙越来越大了。他觉得这灰铁皮，不仅遮挡不住老房子走向破败的颓势，也遮挡不住试图提供保护者的那份勉强、无奈和耻辱，虽然他们误以为自己似乎做了点什么。摄影师有些恨恨地想，他们不过在尽量地拖延罢了。

摄影师接待过一些从外地赶来的黄房子的爱好者，和喜欢画点什么、拍点什么的慕名者，他们在网上发图、发文、发视频，做一些微弱的呼吁和建议，像他做过的那样。他们因为黄房子的缘由聚在一起，成为朋友，但是或热烈、或忧心的谈论之后，只剩下唏嘘。他们发现本地的一些机构并非不作为，公道地说，他们在做，但是他们却把事情弄得更加复杂了，他们做事的思维变得越来越奇特，好像忘了为什么要干这件事。不是说要保护黄房子吗？他们给它命名:花园街区、老城 1898、历史建筑文化街区，等等。但是有那么些年间，仅此而已，迟迟没有下文。

黄房子是个不正规的名字，是一群少不更事的小青年给起的。也不能说不对，他们说出了这些为数不多的老房子的大致颜色，这米黄色甚至也是这座城市的色彩基调，但是这种说法遗漏了许多，譬如除了黄色，与其搭配的绿色，那也是相当醒目的，不可忽略的。甚至，房子本身的提法也过于简陋，那不是简单的房子，那是建筑，不但有着居住功能，而且是立体艺术品，是这块土地上很少能见到的一小段凝固的乐章；是一幅安静的画，类似水彩或者油画。甚至也不光是房子本身的事儿，那是个由房子、栅栏、花园和门组合到一起的院落，房子不过是中心点，院落才是它完整的格局。但是也不只是院落，这些房子不是一栋两栋，而是成行成排的，是一大片街区。

和机构相比，摄影师自愧弗如，他不过转转悠悠，拎着相机东拍西拍而已，机构的眼光当然是更高、更全面的，他们雄心勃勃，他们从黄房子构成的街区看见了机会，尤其其中隐藏的商业机会，他们更乐意将其称为城市的升级改造，更喜欢超级大手笔，于是有了宏阔的规划，搞出了招商引资的大项目。最重要的是，他们把黄房子周边的私建滥建、违章建筑清空了，动作非常快。这时，黄房子们得以从建材大市场的乌烟瘴气中挣脱、裸露出来，它们不是一个两个，而是一个群落。但是它们只能各自待在各自的老地方，彼此已经无法发出重又相见的欢喜声，一百多岁的它们，再没有那样的力气了。它们中的每一个，都身负沉疴，颤颤巍巍，时间的烟尘过于浓重，它们气喘吁吁，等着神医来施行手术，妙手回春。但是他们等得太久了，在无数次的落日余晖中，除了苦苦地等待之外，还是等待。

摄影师最初是喜出望外的，见到这些黄房子，仿佛见到了故人，他为它们拍照，他和它们合影。大地上一下子冒出来这么多令他心仪的黄房子，这应该是这座城市的一个节日，而不单单是他自己的。但是，这些从棚户区和违章建筑里解救出来的黄房子，蓬头垢面，不曾梳洗打扮一番，又变成孤立无援的了，挣脱了拥挤，却站在了四处透风的空旷之中，在一片暴露状态中承受着更大的风霜雨雪。其他的建筑群落和街区离它们远远的，与这边存在颇多隔膜。摄影师反复举起相机的一双手臂，疲惫不堪，成了枯枝。

不久，城市图书馆里多了一个读书人，那人在旧纸堆中翻拣，老旧报章杂志、画册、回忆录，等等，他想知道当年都有谁住在这些黄房子里，这座金色的宅子内部藏过些什么样的生活，这是他用相机所寻觅不到的。他发现，宅子最初的主人来自另一片土地，他们在这里复制了他们那儿的一切，而这些宅子，是一条著名铁路的附属品，镶嵌在铁轨和枕木、站房之外的不远处，当他们工作结束之后，这里就是安放他们的疲惫的身心之所在。等到他们被命运赶走之后，这里开始接纳又一代国籍和身份完全不同的人物，这些老房子，除了发挥住宅的功能，它们有的还曾是战时的指挥所，许多决胜千里之外的战事是在这里运筹的。

再后来，炮火沉寂，和平的日子来临，另一大批穿着蓝制服的职员和他们的家属，沿着于不同方向延伸过来的铁路线，从车厢里跳下来，涌向这里，这里的从前是他们从未深究过的，这里只是成了聚集平民狂欢的无数家庭的汇集地，与任何别的地方的聚集地并没有太大区别。但是这里的人口越来越多，原来的黄房子住不下了，于是紧贴着老墙体，后来是在院子里，大批的棚子、平房开始见缝插针，随后遍地开花，再随后废品收购站、食杂店、饭馆、小作坊出现在临街，挡住了后面或者侧面的黄房子，最后出现了一个超级体量的建材大市场。这个大市场不仅垄断了这里的空间，也彻底地遮蔽了这一带的老宅，将它们矮化直至令其沉入匿名之中，往昔的历史被遮断了，黄色不是被挤兑得愈发局促，而是彻底地面目全非。同时进行的是绿色的栅栏被拔掉，当柴烧了，果树们齐刷刷地死去，代之以酱缸和坛坛罐罐，以及黑黑的煤棚子。住在房子里的主人的一代代演变，不同的人群的不断更替，黄房子的命运随之注定。在它颓然地倒下之前，已经不再是原来的那个它了，它成了一个空洞的躯壳，但是它一直在顽强地呼吸，虽然那呼吸越来越急促。

摄影师在图书馆里东翻西找的同时，慢慢地看清了黄房子的命运的走向。黄房子不仅是个实体。即使今后修缮得再好，恐怕也不适合现代人居住了。事实确实如此，一些老房子已经变成了酒吧、咖啡吧和冷饮店，还有的变成了小型专题博物馆，无论变成了什么，都很难再还原为住宅了。他和它的初相识，不就是因为它已经变成了一个公共场所了吗？昔日的私人空间，其中的物事，慢慢地转化为后来者心目中的传说和故事，并且可以被讲述，讲得好的还能出售；进入公共空间，它最初是什么样子？有着怎样的谜底？反而无人关心。黄房子和它的物事，成了故事得以贩卖的背景。

当然，黄房子的价值不止这些，它还可以是影像、是照片、是画。而他作为一个拍摄者，已经身体力行地为老房子留下了那么多层层叠叠的“倩影”，似乎也尽了他的力量了。但是现在他又觉得远远不够，老房子的价值是淘不完的，它分明还是一种符号、一组密码，他常常抚摸着斑驳的墙体，然而如何发问？如何得到它的应答？他毫无头绪。对它的奥秘和基因的破译，要花更深的功夫，于他而言，这几乎是不可能的任务。这样想的时候，他感到有些疲倦。

如今，摄影师不怎么去黄房子街区那里走动了，他的老式相机和黄房子一样，变得不太合时宜，和手机比显得笨重了些。有时，他和老伴一起坐公共汽车路过那里，黄房子从车窗上快速闪过，像老朋友一样和他打招呼。那种米黄色像金子，闪闪发光的样子，令他有些睁不开眼。他就细细地眯起眼睛，不再往那个方向看了，但是他的眼睛是酸涩的。

## 哈尔滨郊外的晚上

傍晚驾车出城，一路向东，落日和晚霞连同拥堵不堪的市区、弥漫的汽车尾气和正在逐渐黯淡成巨大阴影的连绵的楼群，终于被远远地甩在了身后，就像扬起手臂，挥别了整个白天所有的困扰和莫名的忧烦。前方，谁将悄然张开怀抱迎候着浮生疲倦如你我的都市浪子？

那里，即便黄昏渐近，天空依然碧蓝如洗，流水青绿蜿蜒如歌；那里，绿树掩映，花草层叠，哥特式尖顶指向上苍的童话般的各色建筑点缀其间；那里，杂花生树，鸟飞草长，蛙鸣阵阵，以无边无际的静谧恭候着巨帆似的夜幕徐徐垂落和宝石般的月亮挂上树梢；那里，自有中东铁路以来的哈尔滨的建筑文化的经典符号在熠熠闪光，一个中国近代城市曾经破碎的精神记忆正在复活；那里，流淌在欧洲大地上的俄罗斯母亲河的韵律，在遥远的东方的阿什河畔找到了激越的回响和共鸣，久违的手风琴声，伴随着如缕的凉爽的晚风，在哈尔滨的东南方的郊外悠扬。

是的，那里就是不远的前方，就是因了一个人的梦想、情思和执着而成就的梦幻般的奇妙所在：伏尔加庄园。

这是一个怎样的庄园呢？如果你跳过精美的旅游导图和网上的无数实景照片、游客博文，在园中作一次真实的漫步，你会忍不住想，这个庄园仅仅因为它的俄式建筑、俄式风情才打动你的内心的吗？譬如你在巴普洛夫城堡流连，你知道这是俄罗斯历史上有名的、饱经沧桑的古堡，以清水砖为主材料的建筑外形气势磅礴，其内部尊贵典雅，但是你分明知道，打动你的不止这些；再譬如你在复建的俄罗斯下诺夫哥罗德织布厂展厅前伫立，你会联想到这座曾经以高尔基命名的城市，竟然有着如此令人惊叹的悠久、灿烂的历史文化，而建筑本身，其造型的灵动和鲜红的色彩如旭日初升，既有童话世界的清纯气息，又像极了一个妙龄女子，妩媚、活泼而圣洁。但是你再一次感到，它打动你的也不只是这些。

我想，除了建筑本身的美令人惊叹之外，一定还有别的东西，激发我们深长思之。

位于哈尔滨东郊的阿什河应该是我们所熟悉的吧？作为松花江流域的一条著名支流，它经历了太多的沧桑和苦难，作为哈尔滨“三沟一河”的自然之水，更为我们所熟知，然而它至今也未走出污染与治理相互撕扯的怪圈。此外，作为与金源文化息息相关的历史之河，它虽然同样为我们所熟知，但其定位色彩更多地是民族性的，就如它的名字。作为松花江的支流，它似乎一直是这个城市、这片区域的小小配角，当代的聚光灯，很少打在它的身上。

然而伏尔加庄园出现后，阿什河流经此处的这一小段的面貌和气质，一下子发生了戏剧性的变化。在庄园的外面，它是依然如故的，拖着长长的疲累的身子在流淌，滞涩、凝重、迟缓，像作家张承志笔下的黄河那样，如同“古朴的流质”，但是在庄园内，它尽显滩涂、湿地与生俱来的万种风情，澄澈、欢快、曼妙，像玉带环绕在起起伏伏的坡地之下，在青草与树木之间时隐时现，无忧无虑地穿行。

当我立于米尼阿久尔餐厅三层的露天平台上俯瞰庄园全景时，那尽收眼底的河流与景色，令人恍惚间生出如置身域外的某一名胜的错觉，但你知道，这是我们自己的家乡，这是我们自己的河流，这是我们自己的风景。可是看起来它是多么令人感到陌生啊！

然而，这片土地的状貌、植被，其实一直未曾有大的改变。有庄园之前，它被视为郊区荒地而在人们的关注之外，它的美一直在我们的身边，但是，与其说它是沉睡的，莫不如说我们的眼睛一直是视而不见的，直到想在此就势筑起庄园的明眼人的点拨，它才迎来了命运的转折。

是建筑改变了自然，是建筑造就了风景。这片曾经的荒地，这片固有的湿地，因为伏尔加庄园的俄式建筑和园林艺术，而拥有了完全不同于以往的全新的生命和全新的性格。不同的建筑样式，迥异于本土建筑的另一种不同的建筑风格，其实能够赋予自然景观以崭新的基因，从而创造出完全不同的环境，这是我们从前所思不多的吧？

在这样经年难得一遇的高品质的环境中，人文与自然是交融的，建筑融入了环境之中，而环境也衬托着建筑。也许我们不能在一般意义上否定自然对建筑的决定性作用，但是面对伏尔加庄园，我更愿意说，我的确看到了建筑对特定区域的自然气质的根本性影响。人们说建筑是环境的艺术，我想那不仅仅是说建筑与环境是彼此相生的关系，也更是在说，建筑以其能动和自觉的功力，以其足够的意志和大气，创造出一个令你惊异的、未见的、崭新的环境。

在这里，在哈尔滨主城区的人们所不了解的，其实一点也不遥远的地方，始终生生不息的湿地，以其浑厚质朴的、近乎沉默的母性和自然的力量，在某一个你所不知道的清晨，托起了一群争奇斗艳、美轮美奂的建筑，而这些不平凡的，甚至可以称得上伟大的建筑艺术，以其体内蕴藏的悲天悯人般的人文精神，为这条河流和这片土地注入了新的灵魂。

那些从城市万丈红尘里逃出来的客人们，像扔沙袋那样，将自己委顿的身心恨恨地摔在伏尔加庄园，摔放在一栋栋大大小小的纯木结构的房间里。他们在结实宽大的实木床上呼出长长的浩叹之余，便在歇息中默默无语，悉心体味。那厚重的木制门窗，木刻楞墙上的油画，正是来自大自然的巨大的安慰，正是对童年和少年时光的一次奢侈的温习。

这座立于阿什河畔的庄园，其意义当然远远超出了阿什河，覆盖整个松花江流域，直至更为广大的地理空间。事实亦如此，它在中外的影响力与日俱增。它出人意表，横空出世，它的独一无二，它的不可复制性，不是奇迹还能是什么呢？

在无边的月光和涓涓河水的交相辉映下，一栋栋俄式建筑愈发地静默无语，指向天空的尖顶显得肃穆庄严，仿佛有钟声即将悠长地响起。

多少年来，有识之士对哈尔滨历史文化的热爱、追寻、发掘和弘扬从未停止过，此间的传奇、故事不绝如缕。伏尔加庄园的出现，却像某种异数，以前所未有的独特的方式，以庞大的实体存在，呈现并进入你的感官视听和体验，给你带来最直接的震撼和惊奇。

这个庄园的创造者出生在上海，却在黑土地上长大，从小受哈尔滨和俄罗斯文化熏陶。高挑清瘦的他——黄祖祥先生，默默地集合了几十年间他的几乎全部的梦想、创意、情结、信念、热爱、专注、技艺、执拗以及其他所有的资源，一句话，他生命的全部历练，似乎都是为了还原他的一个少年梦，一个与哈尔滨有关的梦，一个与俄罗斯有关的梦。你可以想象那样的一个冰城少年：多少个晨昏，从散落于哈尔滨的大街小巷的各种各样的教堂旁往来穿梭；多少个寒暑，伴随着《三套车》的旋律和对列宾油画的强烈的记忆，在托尔斯泰、果戈理和屠格涅夫的作品中深深沉浸，这一切沉淀为一个人一生的精神财富和情怀。这种情怀总要通过某种方式，在某个时刻影响到人的选择，进而影响到这个世界。

我悄悄地猜测，在这个庄园建成之前他所做的一切，是不是都是为庄园这一宏大叙事所做的某种一个长长的、几乎没有尽头的准备和铺垫呢？尽管如此，黄先生非但从不事渲染，似乎还在有意地谢绝阐释，那个了无痕迹、悄无声息地发掘、寻找与重构的过程，那个始终自觉、从容和有序地推进的不间断的行为，如果不包含某种信仰的成分，至少其强大的精神力量是鲜有匹敌的，否则何以为继？有人说黄先生的庄园之举，本质上是文化人行为。我却以为，对文化的追求，并不以这个人是否有文化人的身份或是否整天谈论文化为标尺，而是要看他的精神世界和他的心灵。惟其如此，其间的种种甘苦堂奥不为外人道，是源于他内心有足够的自我支撑。他或许始于特立独行，但是渐渐地，在行进中同道者将不断地加入。外在的命名或许不无意义，但是庄园本身作为一个立体化的复调式的存在，以其物理特性和鲜明的建筑艺术个性，显示了精神内核的光芒其来有自，何须多言。

是的，我何须说，建筑已经在说；我何须一一道来，庄园以一个个精美绝伦的单体建筑已经在自我陈述。砖、木、石的奇妙组合构成了教堂、酒堡和雕塑园的交响，它们将绿树、蓝天和大地化为背景，用自己流畅自由的建筑语言和缤纷的色彩向你我传递着单纯、宁静与高贵的力量，用勒·柯布西耶的话来说："假如墙体穿入云霄的方式使我感动，我理解了你的意图。不论你的情绪是温和的、粗暴的、迷人或高贵的，你堆砌的石头都能告诉我。……这些形体在光线的照耀下能清晰地表露自己，它们之间的关系不一定涉及实用性或陈述性，……你确立了某些足以唤起我情感的关系，这就是建筑学。”伏尔加庄园或许有资格成为这位西方建筑大师此番心语的一个绝妙注解。

坐落在六十多万平方米的湿地和大片园林里的庄园，其实就是栅栏隐现其间的起伏的沃野，舒缓的平地和坡地彼此牵连，这中间星罗棋布着二十多座俄式建筑。远远近近的一栋栋酒庄和别墅，从它们那些高低错落或敞开、或虚掩的门窗里，有欢声笑语、歌声、音乐从里面时时渗透出来，或者倾泻出来，给这凉爽宜人的初秋之夜，带来画意，连静谧的月光笼罩着的一簇簇黑色的树林，竟似也有着会心的低语。

你知道这个秋夜是真实的，它就在你的城市的身边，而你的城市，你的主城区，却一直是夜以继日地工作着的，就在郊外的夜晚的此时此刻，在主城区的建工地上，作业吊车正起起落落，工地高悬的灯光亮如白昼，往来奔跑的运土车或许正从你的梦之边缘呼啸而过。

虽然你终究是这里的过客，但这是近在咫尺、伸手可以触摸的梦，这真实的瞬间并不脆弱，毋宁说它为主城区提供了一个对比式的参照，为焦虑的主城区做着精神按摩和抚慰。对于郊区这个正在讲述传奇之所在，主城区以浓厚的兴趣做着倾听和呼应，一条以伏尔加庄园命名的、宽阔的道路正从长江路出发向这里奔来，它承载着主城区关于这个城市的历史梦幻和记忆，它是一条连通了城市的今天和过往，连通了城市回归精神家园与走向再生希望的文化血脉。庄园复建的尼古拉教堂、米尼阿久尔餐厅，令主城区的市民在重返昔日时光的同时，也看到了城市精神的复活与勃兴。

夜深时，隐隐地听到火车驶过铁轨的咣当咣当声，令你意识到七千米之外的成高子车站，从未离得太远，那个混合着中东铁路初始期的残存的记忆和对农业文明固守惯性的传统小镇，像一个无可回避的过渡之桥和象征，提醒着新与旧、回望与前瞻、历史与现实的种种纠结。令人欣喜的是，随着伏尔加庄园的持续飘红，在其有意无意地影响下，成高子镇必将经历一轮新的历史蜕变，它将成为这个城市走向精神高地的一个参与者和见证者。

在露台上和黄先生望向广场中心，一座约五十米长的木桥飘逸地跨过小河，直达令无数哈尔滨人魂牵梦绕的尼古拉教堂。桥上灯光熠熠，桥下波光粼粼，岸上的建筑和游客皆有倒影现于水中。大约在游客中心和普希金沙龙门前，有烟花升空，璀璨绽放。他说从这个角度看庄园，这样美丽的景象他竟也是第一次看到。我心下感慨：忙于做事情的人大抵如此。闲谈中，他说他作为一个机械工程师，力求园中的这些建筑都是极为精细的大制作，无论整体构架，还是细部，全部力争使之臻于完美，这些作品很大程度上也是机械工程思维和机械工程技术的产物，在此意义上，它们和一般的土建工程是不一样的，这中间的分别很大。

不难想像，这些俄式建筑，每一栋的建造必定都会有一长串不平凡的故事，无论是对特定建筑的选择、布局创意的形成和演进、图纸和各种资料的发掘、建材的考量与对工程设计人员和建造人员的遴选，以及无数次的身体力行、工程进展与质量的掌控，定是几天几夜也难以尽述的，此文暂时也无力完成这一任务。但是，像黄先生这样为哈尔滨历史文化的发扬光大扎扎实实地做事的人，集他们对城市的赤子之心、见识、才学、智慧、实干与执着于一身，于此可见一斑。

不知道还有多少像黄先生这样的人，散落于我们的城市的各个角落，我们将努力地寻找他们的身影，因为他们正是城市精神传递的精灵和火炬手，他们做成的项目或曰事情，随着其运作模式的日趋完善，将逐渐成为向全社会敞开的新型文化事业的有机组成部分。

对建筑奇观的汇集、合成与整合，对阿什河湿地的巧妙依托，对主城区文化需求的有效供给，这一切成就了伏尔加庄园。它终于以其无可抗拒的个性情怀与魅力，成为哈尔滨的城市文化、城市美学的新的重要载体。我们可以这样说：它是都市喧嚣中的一抹宁静，庸常中的一份超拔和奇绝；它是加速度生活中的一种久违的慢生活，是抗拒一味前驱不肯思索的追赶时尚的达人们的一种伫立，一种回味和一份守望；它是立于长亭外、古道边，期待时代弄潮者扪心自问时抬眼即可望见的一道文化风景和有待重温的一部经典。

从主城区匆匆而来的、形同你我的人，在这片郊外秋意渐浓的大地寻寻觅觅，窸窸窣窣地翻检着梦想中的诸多元素，它们或许是城市文化源流，例如你知之甚少的早年哈尔滨的凡塔基亚俱乐部和敖连特会所；或许是俄罗斯风情的集萃之地，例如巴尼亚、阿廖娜农舍；或许是滩涂湿地的景象和园林风物，例如森林别墅；或许是从窗脚下淌过的一脉清流……

伏尔加庄园的晚上，无眠。

## 县 城

坐在高铁的二等车厢里，往北疾驰。此刻，高铁正在穿越一大片盐碱地。一大块一大块地连缀起来的白色的土，间或有浅浅的水洼，绿中泛黄的稀疏的草丛，这几种几无植被可言的贫瘠的要件，串连起一个单调的深秋大地。

从如今生活的所谓的大城市到北面的故乡县城，中间隔着的就是这样一片，令我少年时代深感绝望的不毛之地。

三十多年过去了，我很少回去，其中一个重要的原因就是那座被这片盐碱地包围起来的小小的县城，总是会触动我的最敏感的神经，那是一个离开了就再也不想回首的地方。要不是小彬病得厉害，我不知道自己能否下这个回来一趟的决心。

现在，高铁只需运行不足四十分钟就能抵达目的地。对我而言，这未免太快了，我甚至连打个盹都不敢，稍不留意就会错过站。更主要的是，我希望在旅行途中，能够有一小段思考的时间作为缓冲，我觉得自己需要定下心神想一想，或者在记忆中搜寻一下，虽然不太知道对于这座久违的县城，到底该搜寻些什么。

运行中的高铁悄然无声，这是一种沉默中的飞奔，似乎缺少了必要的响动，平静中有一种互不相关的冷淡和漠然。

车厢里安静极了，那个想兜售特色奶制品的列车服务员——一个斯文的小伙子，只是一声不吭地在车厢里走了一个来回，手里举着两袋精包装的奶酪制品，面带真诚的微笑。买不买由你，他决不出声吆喝。

我想，这一份优雅与早年绿皮火车里的乌烟瘴气、人声鼎沸，形成了巨大的反差，这个反差是历史性的。但是同时，我又觉得这车厢的情况和今天所处的时代一样，似乎缺少了一点什么。但缺的是什么呢？在这有序感十分强烈的、有条不紊的生活中，人间的烟火气又在哪里？记忆中的县城生活是和当年的绿皮车厢一模一样的，嘈杂、热闹，而又匮乏，区别似乎只在于一个在车里，一个在车外。

从高铁车站里出来，直奔医院，去探望小彬，小彬已是胃癌晚期。他躺在病床上，瘦得不成样子，看见我走进去，他的眼里一下子涌出了泪水。我在床边坐下，握住他那嶙峋的手。小彬是我中学时代的最要好的同学，最相知的朋友。小彬从小失去了父亲，是母亲把他们兄弟三人拉扯大。那时我从乡下考到县城读高中，因为我们都喜欢小说、诗歌，所以交谈甚欢，形影不离。

每到周末，小彬都邀请我去他家，他的母亲给我们改善伙食，为他做新衣服的时候，总是为我带出一套，他的母亲头发花白，坐在缝纫机前专注制衣的样子，仿佛就在昨天。我俩甚至穿着同样的衣服出现在校园里，同岁的我们像一对亲兄弟。

高中毕业后，小彬留在县城，早早地参加了工作。只是从那时起，小彬不再与我谈论文学，似乎也不再舞文弄墨，而是以一个小职员的身份，一干就是三十多年。毕业后，他未曾离开过县城半步，可谓老守田园。小彬是一个外表谦和而内心孤傲的汉子，与外人交往并不多，和同学的联系也甚少，我是和他保持长期联系的极少数的几个人之一。

提起其他的高中同学时，他总是笑笑，说没怎么联系，话题就过去了。我知道，他的内心世界如花团锦簇，但是在小小的县城，又有几个人能懂得他那与众不同的高雅趣味呢？

小彬家在铁西。一个县城是不分区的，铁西只是一个相对独立的区域，铁路职工的家属宿舍就在这个区域。所以，铁西区与铁东的主城区在铁路两侧形成了各自的生活圈子，氛围也不同。

小彬和他的小学同学常常跑到铁东去看电影，然后与铁东的孩子们打架。那时，就像电影里的后街男孩一样，他们也是一群铁西的淘小子。小彬当时也不是省油的灯，一个打架王。他常常强出头，打不过的时候，总是让小伙伴们先撤，自己则留下来单打独斗。被打得鼻青脸肿，不敢回家，就藏在同学的家里，害得他的母亲和两个哥哥到处寻他，被找到后再被母亲狠揍一顿。

我那时刚刚考到县城里，住在集体宿舍，小彬就问我，有谁欺负我吗？他帮我出气。我连说没有，怕他惹事。但是小彬了得，发现了我的窘况，并帮我解决了。但他事前事后都没告诉我，我只是发现那位对我十分嚣张的舍友忽然对我极为客气，甚至是友善起来，我有些莫名其妙。过了很长的一段时间，小彬才轻描淡写地告诉我，他们谈过了，我才恍然大悟。

小彬很重义气，也特别欣赏有才气的人。高中时代，我们班的一位来自铁东的同学，小时候和他打过架，当然那时小彬是赢家。高中入学当日，他们认出了彼此，但都没有说话。这位来自铁东的同学也是一个学霸，是一个真正的温文尔雅之人，举手投足间，差不多可以用孱弱来形容。他的作文写得极为漂亮，意象奇特，文辞优美，很有想象力，语文老师总是在课堂上表扬他，我和小彬都很佩服。

小彬私下对我说，他想和这位同学言归于好，问我如何？我说："那可太好了。"小彬闻我此言，也不含糊，下课时就拉上我一起，叫住那位来自铁东的同学，他尚有些懵懵懂懂，以为还要再干上一架呢。我们三个人在操场南端的小树林里，认认真真地交谈了几分钟，时间很短，但是小彬把话说开了，真诚地表示自己当年少不更事，还请担待之类。最后两人再加上我，彼此击掌，冰释前嫌，我们三个人从此成了好朋友。

病床上的小彬很是虚弱，但他还是努力地要和我说话。他说："你好多年没回来了，县城变化太大，你都认不出来了吧？"我说："还好，等你身体好些，我们俩一起回中学、回铁西那边转转，然后约几个同学喝啤酒。”小彬点头，但是我们心中都知道，这似乎已不大可能了。

当年，高考结束，我收到录取通知书，小彬真心诚意地为我高兴，就在他的家里吃饭庆祝。当时啤酒刚刚出现在市面上，是桶装的，大家都不太知道啤酒是什么。我们几个穷学生，也去不起饭店，便跑进饭店里买了一大桶啤酒回来喝，当时好像叫作扎啤。

那是我们第一次喝啤酒，并不觉得好喝，只觉酸苦不堪，称得上难以下咽，几欲喷出来。但是这些年，每当我喝啤酒的时候，总是想起在家乡喝的那第一大碗啤酒，想起我们在一起边喝边吵吵嚷嚷的样子。那时，他的母亲为了让我们几个高兴，在厨房里笑吟吟地做菜，并不进屋，任由我们这些孩子自己疯闹。

小彬问我是否注意到火车站的老站房已经换了位置，我说知道，当时媒体做了专题报道，因为是家乡发生的新闻，我也特别地留意了。当时修建高铁，老站房必须为其让出位置。不过老站房作为俄式经典建筑，承载着几代铁路人和县城的浓烈的记忆，保存得极为完好。

为了保护这座不可复制的老建筑，当时的铁路建设方和地方政府通力合作，想尽方法，最后采用现代前沿技术，将老站房丝毫无损地平移了上千米，移到原址的东北角方向，建起了一座老站房露天纪念馆，供人参观。那是一项了不起的工程，如今这里已成为缅怀昔日铁路沿线的一座县城小站的重要旧址。

作为铁路职工的后代，小彬对老站房有着特殊的感情，小时候，他的家邻近火车站，出家门即可见火车站。对他而言，老站房不仅是一座火车站房，也不仅仅是绿皮火车停靠的站点，更是他的童年、少年时代的生活乐园，是一个走出家门就可以直奔过去的快乐的天堂。何况，火车站前的冰棍三分钱、五分钱一支，那是相当有名的，也是母亲能经常给他买的极乐甜品了。正如三味书屋之于那位创造出闰土和祥林嫂的伟大作家一样，每个人都有自己的童年图腾之地，对于小彬来说，火车站和铁西就是他的图腾。

甚至不止如此，整个县城，这座小彬一生未曾离开的地方，乃是他的生命全过程的图腾。我曾经劝过小彬离开这里，凭着他的为人和能力，他本可以走出去，去一个有更多机会、更多可能性的地方，或大城市，或沿海和南方，开始一种全新的、所谓与时俱进的新潮生活。

但是小彬并不同意，他觉得县城很好，在他的心目中，县城虽然也被时代裹挟着往前走，就像绿皮火车升级为高铁，从前需要几个小时才可以抵达的省会城市，现在仅需要半个小时多一点；就像整个铁东的主城区，早已面目全非。

但是，小彬说："县城的变化是很大，中国有不变的地方吗？虽然并不习惯，或者说一辈子也不会习惯，但是我熟悉这个地方，这里有我的亲人，有我小学时代的小伙伴，淘小子们还是可以经常在一起，就像从不曾毕业一样。

“我总觉得这里是我能把握住的地方，换个地方，那种陌生，那种去重新适应的打拚的过程，令我彷徨。”小彬笑笑说，“我替你守着故土，等你回来，做你在此地的一个牵挂，就算我这辈子没有出息吧。”

这个在我看来被盐碱地和庄稼地所包围的小小的县城，可能与小彬的认知有着很多不同。我看到，满街满城布满了牛的各种雕塑，群牛似乎在街面横冲直撞，仿佛真的成了牛的乐园，而行人正在努力地绕牛而走，到处都避不开牛。

这里成了一个全力演绎着牛经济和牛财富的巨型舞台，甚至大商场门前，也是牛群扎堆地展示着几欲奔跑的雄姿。我在想，真实的牛是多么安详和沉默啊，可这些牛的雕塑却是千篇一律的拓荒牛的形象，仿佛牛只一味地暴怒不止。

这些，恐怕都是小彬所不乐见的。小彬对县城的认知，仍然是一个铁路职工后代的认知，他的目光似乎常常从铁东那边收回来，转向铁西和老火车站一带。而铁东的热闹集镇，更像另一个他从未真正打算进入的圈子，他只是在那里短暂地停留过，读了两年的高中而已。

铁东区域演出的分明是一个农牧业时代的集镇戏剧，它吸纳着周边乡镇的烟火气息，把其中的农副产品纷纷摆上货架，创造出一种与铁西完全不同的氛围，淳朴的面孔和眼神中，包含着固守与进取的相互拉扯，最后在农贸市场的交易摊位上达成某种脆弱的平衡。而这，似乎又是小彬所不很留意的。

从医院里走出来，我当年熟悉的街道，其格局依稀可辨，但是它们无一例外地变得狭窄和局促了，两侧曾经的砖砌平房、土坯房都已不见，代之以高层住宅区，看不出与其他县城和集镇的区别。我和小彬常常逃课去光顾的老电影院，已经被一栋高层住宅所取代。

我无暇感伤，又急急地返回医院，因为小彬对我有一个重要的嘱托。小彬此时睡着了，他的妻子和我来到走廊，告诉我这些年小彬在工作之余，一直没有停止写作和绘画，作品锁在家中的一个书柜里，但是从不肯示人。

前几天他对妻子说这些东西他们也不大懂，不一定非得留存，可以考虑转交给我，让我看看，看后可随意处理。闻此，我便去了他家。打开书柜，里面是一大摞他的手稿，有他创作的水墨画，有他写的古体诗词。我大致地翻阅了一遍，我得说，他的诗词和画作皆不俗，有着相当的艺术价值。

而且他自己整理得很是精细，编排得极为精当，基本上就是成品，并不需要我再做过多的整理、编辑。我匆匆地赶往医院，我想告诉小彬，他留守县城的这一辈子是值得的，他的作品是不可多得的，是我未曾在市面上见过的，他在此付出一生，终将有所成。我要告诉他这一点，而且我是可以为他做点什么的，我也能够做得到。

小彬就是一个当代隐士，与这功利浮躁的时代背道而驰，从未张扬过自己，从未想过要以此谋得些什么，他只是热爱，并且把它们写出来，画出来，以此表达内心，仅此而已，岂有他哉？我不想过多地赞美，赞美并不足以表达，他令我心痛，看来我和他并不真正地相知，他从未与我提起过他的创作。这是我要追问他的。

我返回医院时，小彬已经停止了呼吸，这座与我少年时代息息相关的县城的最后一丝微弱的联系，就此崩断了。与小彬诀别之后，我决定不再乘高铁，约了一辆网约车。

车准时到了，我带上小彬沉甸甸的遗作，将一个生于兹、长于兹、逝于兹的县城固守者的情与爱打包收起，小心翼翼地置于后备箱中。它们将伴我一起，走完未竟的故乡之旅。

# 服务区

世界是沿着高速公路豁然展开的。当他驾车从城里出来，车轮在灰黑色的飘带上飞旋起来的时候，他明白，这就是他想要的比鸟儿的翅膀更加舒展的自由了。

当远方成为近处，成为被甩在身后继而成为过往的时候，新的远方重新出现。目标是不断被更换的，就像海子表达过的，不断被刷新的远方，令远方更远。同时的另一个事实是，一旦抵达，远方业已不再，它成了脚下新的现实，毫无悬念，也不再令人翘首，这刚刚沦落为脚下的远方，迅速成为陈迹，甚至连陈迹也不存在了。而狂奔的速度，不肯减弱，一路向前，使得回眸反而成为不可能，甚至连停顿一下，都成为重大的选择，因为减速和刹车，都将使得驰骋的极大快感被生生地割断，就像在某种激情的状态下遭遇了外在的打扰，令全神贯注的紧绷时刻瞬间夭折，生命的狂飙突进遭遇了猝不及防的陷阱。

服务区的出现，终于使得速度在一往无前的前倾姿态中，得以做出些微调整，并且是一种积极的调整。紧张的神经稍稍松弛下来，可以把视线从正前方交替腾挪到路的左右两侧，这时，两侧的风景便在不得不被忽略的无视中，真切地扑进了眼眸，它们开始次第成像，由模模糊糊变得清晰可见，它们是田野、山丘、树林、稻田、村庄、土路，小桥流水和大漠风沙。当车从主道转向右侧，在降速的过程中，悉心体会静止的徐徐到来。而静止在成为现实之前，一种令人熟悉的日常的生活气息，缓缓地从前面向车子的方向弥漫。

此次旅行，让他对服务区有了一个全新的认知。服务区，高速公路上的一个小小的逗号，一个现代驿站，它的基本功能无非就是加油、便餐和洗手间，此外，它就不再是别的了。这个逗号，意味着短暂、简单和快捷。它会迅速地成为被抛开的简易的驻足之处，不构成风景，也不构成亮色的记忆。然而，他错了，此番旅行，他发现了一个重要的事实，服务区已经不再如此简单，它正在不断地演绎自身，不断地进化，特别是由北往南的服务区，正在脱胎换骨，正在将自身变成目的，而不再是公路的伴生物、衍生品；它正从一个小小的长途配件产品，变成一个新的、有自身追求的自我建构主体，而高速公路，却在成为它的一个手段、一个为其配送客流的载体。它不再满足于做公路的配角，它正在努力与它曾经依赖的母体，平起平坐，平分秋色，它的野心是赤裸裸的。

当他来到辽宁北部高速公路边上的一家精致的服务区时，他看到的分明是一个袖珍版的村庄，诗意盎然。绿树掩映，灰瓦大屋顶，红棕色的砖砌墙体，将东北乡村原本简陋的乡土建筑，淬炼为某种艺术元素，令其重新生长。这里，早已不是简易的服务区。当它出现在视野中时，驾车的他不得不放慢了速度，因为他惊讶地看到了童年记忆中的乡村，那似乎是他外祖父的村庄，竟在这里意外地重逢了。高大的杨树和蓬勃的榆树环绕，形成了不着痕迹的“树墙”，把田野隔在了外面，仿佛田野离这里很远，就像那个物理化的现实不再是现实，而变得虚无缥缈起来，这就是高大围拢的、茂密的树墙造成的效果。而小小的服务区，被画地为景，从而构成了一个相对封闭的区域，青塘瓦舍居于这片树林之中。这是他儿时梦境的一次全景式复活和再现，他仿佛看见了祖父祖母，打开那大屋顶下面的窗子，露出他们慈祥的面容，他觉得自己甚至看到了外祖父那乱蓬蓬的、花白的胡子。这个服务区，与他心目中原来的服务区，还有什么关系呢？这是一个令人流连忘返的旧日乡村，但是显然比过往的乡村更具文化气息和精神性，它剔除了原生态的某些不洁和邋遢，只留下了流水绕孤村的美学意境。假如想要住下来，也无任何问题，因为它预留了若干间客房，他到客房里看了一圈，很合乎他的期待。从客房的窗子望出去，可以看见金色的稻田，和远处地平线上隐隐约约的另一个传统的村庄。服务区，在这个地方，由高速公路上的逗号和顿号变成了分号。

当然，有比他刚刚领略的这个小小的服务区更卓越的，在长江流域的发达省份，其服务区的建设和运营已经到了出神入化的新境界。各种主题式服务区、综合体式服务区、园林化服务区纷纷涌现出来，思路和定位清晰，业态趋于成熟，它们成了高速路上最新崛起的娱乐休闲所在，对于服务区的原有概念来说，它们似乎已经大大地突破了自身的局限，走得太快太远，把自己走成了一个不大不小的准都市，走成了一个浓缩了各种奇异梦想要素的特别体验区，一个迁移到路边的高度集成化的娱乐和梦幻天堂。更有甚者，有一个服务区竟然跳出了它的固有领地，即路边的低调处，而是十分“嚣张”地横跨高速公路之上，变成了凌驾于高速公路之上的娱乐王国，气势逼人。在公路的正上方建起的咖啡厅，内里优雅曼妙，向窗外望去，视野雄阔，一览无余。手捧香浓的咖啡，俯瞰过往的车辆从脚下飞驰而过，君临天下之感油然而生。这时的服务区，我觉得甚至已不再是分号，而是一个大大的惊叹号了！

他和停靠在服务区的一位大货车司机聊起来，问他是否会在服务区住。司机的回答是肯定的，他说进城反而很麻烦，住处和停车场都很难找，费时费事，而服务区的货车专用停车场相当宽敞，车位也多，吃住玩一应俱全，成本也不是很高，比去城里要方便，还省钱。这个服务区与其所在地的县城，相距不超过二十千米，但是县城却被大货车司机放弃了。司机说他常年跑长途，这些年来已越来越习惯于住在服务区里了。他想，这司机的选择带有必然性，服务区经济就是由这样的现代职业旅人支撑起来的吧？作为物流大军的主力，他们常年奔波在高速公路上，服务区成了他们心中的家。过去的驿站，服务的是马帮，或者骑马而行的零星个体，服务对象单一，而今日的服务区，服务的不仅是游客，更是这些物流中人。在南方省份，又更近了一步，服务区服务的不止是一走一过的人群，它还瞄准了附近固定居住的市民，反复研究和把脉他们的消费需求，将其纳入自己的客户体系，如今，发达区域的公路服务区，正在成为沿线附近城市人群的最新的休闲娱乐的好去处，其新奇独到的时尚元素被服务区运营者认真捕捉、研制和整合交融、放大，直至锻造为大受欢迎的各类特色消费产品，服务区成了新的造梦空间，成了旅人和附近居民流连忘返之所。

那么，它还是服务区吗？它还是高速公路的一个配套设施吗？它的定位和扩容，终归是存在着客观边界的。关键是，它方兴未艾的繁荣势头弥补了什么样的空白，满足了什么样的稀缺需求。离开各种各样的服务区，重返高速公路，他慢慢觉出了服务区的虚幻面。服务区当然是真实的存在，但同时，它们也是虚幻的、不真实的、极易消失的。他觉得自己不是过客，服务区才是。就像在路边仿佛发现了外祖父的村庄，但是它终究不是那个村庄，这一场梦最后总是以你的快速醒来而告终，甚至在你真切地面对这一个梦境的时候，你依然觉得这里面有一种隔阂感挥之不去。事实上，他只是停留在联想之中，虽然联想是他所需要的，回忆也是，但是它们都不可触碰，在那温情脉脉的仪表之下，他终究感受不到血液的流淌，和昔日人心的鲜活跳动，因为它们都已逝去，不会再回还。

或许，他的要求太过苛刻，或许不该有太多的奢求，服务区做了它能够做的。问题是，在远离高速公路的两侧，是无边的现实世界，那里有他生活的地方，有他工作的地方，但是他的梦想却被粉碎得无影无踪，所以他不得不抽空逃离一次。而服务区正好弥补了他的精神真空，复原了旧梦，这真空一直是需要填充的，这个梦一直是渴望被圆的，哪怕是短暂的，哪怕是在一个意想不到的所在。这时，服务区在他行进的半路上突然出现了，并且击中了他的软肋。他，或许还有你们，在不容分说的猝不及防中，在大脑出现空白或者被尘世烦事所填满的状态下，中招了。就像你在沙漠中旅行，在不经意间，幸运地看到了海市蜃楼，你瞪大眼睛唯恐它们消失，但它们还是消失了，在你尚未走进去的时候就消失了。仿佛就在眼前，其实远在天外。但是，服务区出现了，它以物理形态做了近乎完美的真实的呈现。它创造了真的海市蜃楼，由虚化实，它让海市蜃楼落地了。这时，你不仅可以远观，还可以走近，直至走进去，体验它的每一个局部和细节，你触碰了自己有棱有角的梦痕，这痕迹是真切的、凸起的、带有温度的。它们可以是绿树红村、青砖碧瓦，可以是童话城堡、神怪金刚，可以是异国风情，可以是远古珍存，总之，你可以纵情“穿越”。一路上，场景不断地变换，不同的省份、不同的区域、不同的路段，都在以服务区的特有方式，使劲浑身解数，展示各自的传奇和风情，甚至，在服务区之外，不时有各种观景台出现，像一个惊喜，像一个小小的呛哨，以路标的醒目的方式，提示你稍稍驻足，短暂地瞭望唯有这一路段才独有的风景，如果不肯停下须臾，便会在此生中一直错过。这似乎就是服务区那种强烈的服务意识的谜底，在它不同的成色的外观之下，藏着一颗颗渴望被慰藉的心。服务区仿佛在耳语着对他说："冲破黯淡的日常吧，在高速公路上，在服务区这稍纵即逝的穿越时刻，我来帮你激活你胸腔中那本来澎湃着的一团热情。"

在高速公路上驰行，路似乎是没有尽头的，其中的任何一条，都伸向天边，或直，或弯曲。仿佛它能将所有的未知，都变成已知，所有的目的地，都可以抵达。只要你想，车轮下，就有现成的路。他觉得这条长路，指向无数种可能，它似乎一直在诠释着驾驶者内心的狂野和自由，让他在突破重围的坦荡之上，感受被打开绳索之后解放了的身心。打开天窗，从链接的蓝牙里，向天地间放飞歌声。而适时出现的服务区，则是他的休止符，是他的顿号和逗号，甚至惊叹号。在穿越了各色各样的服务区之后，返程的路上，他终于明白，那些散布在一条条起伏蜿蜒的长线的边缘上标点般的现代驿站，承载着各色梦想的袖珍式的羁旅之地，不过是要打开他心中问号的一个个不间断的尝试罢了。这些尝试，都是某种尽心尽力的挽留，虽然他和任何一个驾驶者一样，终将再度启程，绝尘而去。

# 王 子

他是有名字的，他的名字太过普通，我说出来你可能记不住。实际上，除了名字不奇之外，他倒是一个真正的奇人，他的才华，他的性情，他的际遇和命运，都让人啧啧称奇，且为之感伤。

他活着的时候，我和他始终没有联系，也不知道他去了哪里，他最终又在哪里。甚至，我都忘了要和他联系，虽然，我曾因某种机缘想起过他，但他就像记忆中的一片秋叶，匆匆飘过。之所以这样想，是因为我一直在潜意识中觉得他会活得极为精彩，以他的勤勉和才华，他应该早已功成名就，成为他那个领域的大咖。或者，他整天忙于开各种研讨会、报告会，出入于巍峨的学术殿堂之上，忙得把我这个平凡的老朋友忘到九霄云外。然而，完全不是这样，他早已离世，走得孤独，走得无声无息。

那是不久前，我在外地开会，偶遇他的同班女同学，我一下子就想起了他，便向这位女同学问起他的下落。对方问我："你多久没和他联系了？"我说："太久了，我大学毕业后就再也没见过他，也没联系，一直很是挂念，请把他的联系方式给我吧。"女同学缓了半天，深深地叹了一口气，才幽幽地说："看来你是真的不知道，他已经离世多年了。"

我呆立在那里，完全没有想到。

我的这位同学姓王，请允许我姑且称他为王子吧，后面我会给出理由。我和他考入同一所大学，同届，又是同省老乡，这成为我俩交往的一个机缘。我俩不在一个系，他是学历史学的，我学哲学，但是我俩有一个共同点：上课之外，都喜欢泡在图书馆里。下晚自习的时候，偶尔会一起从图书馆里走出来，踏着月色，回我们共同的宿舍楼。

就是在回宿舍楼的路上，我俩有过为数不多的几次交谈，现在回想起来，也可以称之为深谈，因为那时的交谈，彼此没有任何保留。他是一个沉默寡言的人，面孔黝黑，总是独来独往，乍一看不是很好接近，但读书极为用功，我是个心浮气躁之人，对内向稳健者一向佩服，他专注于读书的样子，令我极为认可，因为我总是做不到如此。大三时，他决定考研究生便更为刻苦。考研于他的确适合，他真的就是一个学者型的人。在我俩的交谈中，他惯于倾听，这很鼓励我的谈兴，我停下来时，他就马上说："你接着说啊，非常好！"在他的纵容之下，我就激情洋溢地说啊说的，而他从始至终都在认真地倾听，偶尔插一两句话。记得他问我毕业后干什么，我那时不知天高地厚，回答他："无论我去哪个单位，还是要写作的，写作是我的最爱。"他就很羡慕地说："你的决心这么大，这么喜欢，一定要好好写。"现在回想起来，不胜惭愧。他说他自己除了本专业，没啥其他爱好，文学更是不敢想的事情。他说："我除了考研究生，继续攻读本专业，也没别的想法了。"语气怅然。我则诚恳而坚信地对他说："我了解你，你肯定能考取，你也一定会成为一个大学者。"我记得我俩还约定毕业后若有重逢定要互报成绩单。

后来，他毫无悬念地考中南方的一所重点大学的史学研究生，他兴冲冲地跑来告诉我："你对我这么大信心，我也不敢考不上啊！"我那时则陷入对毕业分配的焦虑中，很快就离开了母校北上，回到老家所在的省份工作了。自此以后，我们再也没有联系。

听了女同学的这番话，我一时回不过神来。他怎么就这样英年早逝了呢？

想到此生再也见不到他了，我怅然良久。女同学说了他的一些情况，大致是他的确研究生毕业，很顺利地留在了那所高校，做了几年学问。恰逢九十年代赶上下海大潮，他居然也下海了。他和同班同学交流不多，同学们也不知他为何非得下海，本来他就是一个很纯粹的读书人。在海里扑腾了几年，估计没少呛水，他又上岸了，从此工作无着落。

"后来，"女同学说，"黑龙江的一座很有名的边贸城市，在全国范围内招聘人才，他本来也是从那座小城考出来的，便去应聘，顺顺利利地成了边贸小城的某职能部门的一名副主任，专门负责中俄贸易事务，在那干了好多年。他是那座边城里难得一见的卓越人才，他的外语水平有目共睹，他深厚的学术背景和渊博的知识，也使得他的外贸业务能力令人刮目相看。然而他并未因此得到重用和升迁，一直在原来的位子上待着，最终也没有崛起的机会。再后来，不知为什么，他开始埋头写起长篇小说来，就以他在边城贸易工作的多年经历为素材，写得风生水起。这是他初次尝试写作，此前从未见过他有文学创作的经历，这一点他后来和要好的同学说起过。然而，他的文学天赋其实一点不差，只不过以前是沉睡着的。他的这部处女作写完后，就投寄给国内一家著名的文学杂志，最终居然发表了。可见他出手就是重量级！”我后来设法寻找那本杂志，但是年头久了，我只是在网上查到了有他大作的那一期杂志的目录，纸质刊物一直没能淘到。这成了我的一个未了的心愿。

我的另一个心愿：我想抽出时间，去他工作和生活的小城寻访他的足迹。我猜想，能够真正地了解他的当地人，一定是很少的，何况他又是个内向的人。但是即便如此，我也要设法问遍那些接触过他的人，那些与其相处过的人，还原他的音容笑貌，他的喜怒哀乐；还原他的个性化经历和他生命的一段河流，尤其是他在遥遥边城的那些充满病痛的、最后的日子，他是怎么熬的。

那座边城我是去过的，只是走马观花，并不真正地了解，但当走在他曾经走过的街道上，我似乎仍能隐隐约约地体会到王子在那样一个他勉强逗留的空间里无边的寂寞。我想，他很难为自己找到知心朋友，假如真的有一两位知音，那将是多么令他欣慰的幸事啊。但更大的可能是，以他的个性和心路历程，他只能在独处中默默地疗伤，他内心的种种郁结恐怕难以得到缓解和释放，是不是因为这样，他才不得不转向笔墨，转向电脑和键盘，把向外投射的目光，转向倾注于自己风云激荡的内心。文学或许可以融化一部分他心中之块垒，但一定不是全部，不然，他不会早早病倒，英年早逝。

下海，于他或许是一个最不应该的选择，他放弃了自己的专业所长，以自己之短，去搏击商海的波诡云谲和滔天风浪。或许，那又不是一个错误，那就是他的人生和命运，那错误成为艺术女神将其纳入怀抱的一个绝好的契机，虽然那样的文学机缘，对王子而言是一个人生悲剧，却是对其灵魂的一种救赎。

我行走于对我来说依然颇感陌生的边城的小街上，我竟大胆地猜想，也许多年以前的他，走在边城上下班的路上，我当年和他月夜之下谈论文学的场景，又浮现于他的眼前，历历在目，栩栩如生。这样的猜想应该不是无端的，因为我们彼此是在意对方的，在各自的心中，彼此都留下了深深的刻痕。我试着想象，在边城的、寂寞的生涯，当他在出入海关的时候，面对着无穷无尽的数字、文件和材料，他偶尔会想起他的历史学，他曾倾注心血的那些课题，如何变得模糊，又一次次地在他的心中恢复清晰。他内心的挣扎是不会完结的，然而他又无法回到昔日的学者生活，这时，他或许会突然遥想大学时代，与一位同窗共同走过的月夜，在图书馆和宿舍楼之间的林荫路，那些近乎缥缈但又分外真切的文学话题，他不可能不想起这些。当他一个人或陪着客商在边城刚刚落成的西餐厅里举起红酒杯的时候，他的眼前将闪回大学生活的若干片段。我猜想，他试图找到哲学系的同乡，和他重叙旧日话题，或者干脆就谈谈文学，文学之于他的某种可能性。但是很遗憾，正如我无法找到他一样，他也无法找到我。因为毕业之际，我的工作几经变化，他大概无法想到我后来从事的职业和我的工作单位。我其实就在离他不算太远的另一座城市，常常和他一样陷入遐想和孤独之中。

但是我固执地相信，他将不止一次地想起他的同乡以一个文学青年的痴迷和热诚所做的诗意描述，只不过那时，他只是在静静地倾听一个故事，一个热切的梦想，而没有和他自己联系起来。直到许多年以后，在他离开大学校园的边陲小城，这些潜藏在记忆深处的情景、细节和灵魂的光芒，都像童年一样醒来，复苏的样子犹如清晨晶莹的露珠，或者如一道闪电，一把从高处的云端突然跳到他手边的熠熠短剑，他紧紧地抓住了它，抓牢它，用它来剖开这浪迹天涯般的生活，同时也剖开了他甚至不怎么了解的那个有些纷乱落拓的自己。

我在后来的梦里，见到了他，他那本来十分黝黑的面孔，突然绽开了花朵一样的笑容，那灿然的一笑，照亮了他的整个神情，和他四周的背景。据说，他写完这部小说，虽然把它投了出去，但是并未来得及看见它们变成铅字，没有看到自己的心血之作在刊物上亮相，就被严酷的疾病带走了。

他的小说成了他的遗言和墓志铭，他借助文学，说出了他在实际生活中万难说出的一些话，虽然那些话远远不是全部。他用短暂的生命和最后的冲刺，写就了一部他自己也未曾料到的瑰丽诗篇。他的命运、他的性格，令他不间断地进行着自我调试，在他那不动声色的，也无法动声色的外表下，他终于找回了一颗强大而坚韧的心，他试图改变自己，其实又不曾真正地改变。他终于在生命的后期，重新发现了自己，并且予以坚守，他因此成就了他内心的自己，一个穿着尘世外衣的王子，驻扎在他的心中，清风明月绕行，一炳青色神剑，匣中激鸣。

我现在看得见他，那个从边城小巷走出来的人，正在和当初校园小径上的身影合二为一，他手捧一叠打印出来的诗卷向我奔赴而来，身上披满落叶，那落叶有绿色，也有橙色和金色，我分明听见他的气喘吁吁中，带着旅途的一丝疲惫和一点点羞涩，对我说："兄弟，我也开始写了……"

# 断 水

抽刀并不能断水，断水另有缘由。

我在水电站的大坝上，看见了丰盈的水如何一下子束腰瘦身，成为下游枯水的源头。大坝是武断的，它巨大僵硬的躯体横陈，纹丝不动。顺势而下的河流在其下的闸口拼死挣扎，无济于事，从此颓势尽显，再无汪洋恣肆的可能。后来，我走在下游的一座城市的岸边，回望河流的来处，只看见河床裸露，鹅卵石遍布，中间细细的水线如一串泪珠，在残阳下闪闪烁烁，欲断未断。

夜晚，两岸的灯火齐放，但是河流却黯淡下来。

伸出手去，过去可以直接触摸到河流的面庞，感受它的体温、流动和指尖的微凉。现在要是想这么做，得从岸边下来，往深处走，踉踉跄跄地走过一片乱石滩。事实上，不大可能这样做，除非约上三五好友，还得有一样的心思。钓鱼者说，现在钓鱼的都已转移阵地了，起个大早去水库、池塘，去人工鱼塘，唯独河流不行了，水瘦且不说，还有污染问题。你看过排污口吗？生活污水从城市脚下汩汩而出，日夜不息，臭气熏天。河流和人都受不了的，鱼儿更是早早地没了命。

然后他指向不远处的一座大桥。桥上车水马龙，但是桥下并非水，而是江底，是干涩的河床。这其实是一座“旱桥”了。这样的“旱桥”并不少见，但是人们似乎都见怪不怪了。

然而我还是滞留在岸上，固执地与江对坐。想想看，一条河流，奔行数千里，从源头收集起无数细小的溪流，一路上又不断地接纳各条支流，从潺潺之声到洪钟大吕，就像一个婴孩渐渐长成了大小伙子，成为一条好汉，那是多么喜人的景象！但是有一天，在兴冲冲的行走中，忽然在某处被人为地挡住了去路，截断了腰身，成为残肢。那奔向大海的身躯，倒在了半路上，似乎再也无法起身了。

就在江岸不远处，有一座污水处理厂。知情者说，那个厂子规模小，处理能力有限，即使日夜不停息地运转，也无法处理那么大量的、源源不断地产生着的生活污水。在处理污水的同时，它是否也在产生着新的污染，无人说得清楚。这家处理厂外观犹如花园，从表面上看它甚至是一道景观，掩映在一大片绿荫之中。与其毗邻的，是一座漂亮的休闲公园，园中小桥流水，树影婆娑，成为市民争相前往的好去处。但是其不洁的味道，或浓或淡，会侵袭你的味觉，但你又难以追踪其所来之确切处，心下疑惑，却也无计可施。奔流的大江面临着种种人为的摧折，其所承受的悲苦，便只有化作无人能解的流淌的呜咽。

我从前习惯于对外地的朋友说：“你们来我的城市看看水吧，

一条注明的河流从我的城市流过，而我，经年累月地住在它的身边，多么幸运。”朋友带着女朋友来了，带着快乐幸福的期待。我不能辜负他们的神往，但是我不得不处心积虑地设计一番，我不想把我的城市和身边的河流的不够体面的地方展示给他们，虽然那也没什么，但我更愿意把苦恼留给自己和无法安眠的夜晚。

我带着朋友走在面包石街道上，向他们历数这条步行街的种种妙处，从南往北，这条名街直达江畔。我指给他们看罗马柱环绕的那座纪念塔，这塔的建造和一场大水有关，这座市民广场也和大水息息相关。而现在，人们似乎忽略了这些，现在他们看的是红嘴鸥在江面翔集，看它们追逐着游船上下翻飞，还可以看到江边百年老榆树屈曲盘旋，撑起长长的林荫大道。他们当然更能看到江对岸那座天下皆知的岛屿，水阁云天悄悄地藏在古柳深处，只要有兴致，乘一叶轻舟很快便抵达草木葳蕤的沙洲之上。

我请他们在江畔餐厅落座，从摆放着啤酒、俄式烤肉、红菜汤、水果沙拉和黑麦面包的长条餐桌望出去，可以看见窗边的一幅油画：一位妙龄的异邦女郎手持杯盏，与你相邀。大家不约而同地将目光集于一处，松香窗外硕大的落日，江水慢慢地红透……

我不会将心底的某些忧烦告知朋友，我不想说江水再往下走出不足百里，就会被拦腰截住……眼下我继续带着他们沿江行走，高铁时代的银色连环桥凌空而起，一辆轻盈的高速列车恰巧从上面闪电般驰过。而在其身畔，老旧的铁路江桥是黑色的，以钢铁的沉着，以寂静无声陈述着过往，它依旧宽大有力的桥身，仿佛屹立在时代的醒目的前额上，成功地抗拒了遗忘。这一切，自然都与浩大的江水有关。

所以断水欲断，何曾真的断。以江为轴，两岸不断地扩大着各自的边界和疆域，但是江水又将它们紧密地缝合在一起，无法分离。江水一如既往地辽阔，在水量充沛的夏秋两季，它的汹涌澎湃仿佛是一种无法阻挡的大气和宽厚，似乎一直在选择原谅与宽容。是的，城市不过是江河的一个驿站，只不过结构显得繁复些而已。

更多的时候，这条大江行走在高山峡谷之中，走在旷野之上，它生命的整体从属于大自然，或者它就是自然本身。城市，人类的聚集之地，无论多么不可一世，多么浓墨重彩，终究有限度和边界，就像一座污水处理厂之于一座巨大的城市。

更多的时候，河流是在与大地、山峦对话，与荒郊野岭和峡谷对话。它当然会遇到渔人，遇到垂钓者，它把他们视为朋友和伴侣，甚至是自己的儿女，他们之所取，正是它所乐于施与的，或者是它的一份馈赠，是它施与的本意。当莽撞的城市给它带来创痛，或许是它此前未曾想过的，更大的可能是，此举并未超出它的预想之外，不然，为何它在经历着污染、拦腰截断、憋坝等厄运之后，在经历了一系列大大小小的创痛之后，依旧初心不改，依旧高举着丰沛的水量，从天而降，顺江而下，似倾其所有，毫无保留地奔向城市，然后，又永不停歇地奔向最终的目的地——蓝色故乡？

这一路，它路上的支流有的干涸了，但有的又从地表和深谷中涌出泉水；有的在源头熄灭了，像一朵微弱的火，但是用不了多久，在另一处，它又获得了再生，补充成为新的水源地。它生生不息的生命之源，原本不止一条溪水，不止一处泉眼，无数个它们，让河流处于永生之中。城市，在无数次自身的错误乖谬中，在河流的宽宏大量中，或许终将省思和启示。城市，当你在不断地试错中为自己开辟着道路，当你这庞大的躯体以河流为心脏向四面八方扩展自己的时候，要时时以手抚心，时时叩问胸腔，那颗城市之心，每时每刻每秒，都在为你怦怦地跳荡，每一朵浪花，每一次或轻或重的涛声的起落，都是河流从未止息的心音。所以城市，你要倾听。

“行到水穷处，坐看云起时。”其实，水从未有真正的穷处啊，不可对“水穷”持身外之物的古典式静观，转而看云。其实那云，何尝不是另一种水，那天上的水，同样也在寻找着它大地上的兄弟——那日夜行走着的江河。它们彼此是感应着的，一如我们每个人自身携带着水意丰盈的灵魂。

# 后　记

这本书讲述的当然不只是一个人的故事，也不止是桥的故事，甚至也不仅仅关乎某座城市和某个特定的区域，而是生活时空的诸多侧影与片段，是作者所经历的人生的难忘部分，以及由此带来的内心的感触和思考。

对于作者自身而言，一个考验或许是文体和表达方式的变化对固有写作惯性的调整，因为此前我主要是借助诗歌，有时也通过对其他人的创作的感悟来表达自己对艺术、生活和人生的认知、理解，但是这一次有很大的不同。这一次是尝试着以娓娓讲述的方式来进行，不像诗歌那样可以任意地自我阻断，或随意跳跃，这里要的是从容连贯，行云流水，如一条不间断的小溪，持续着流向远方。

这一次写作时，优先考虑的是潜对话机制，是与网友和读者的对话，而非个体的自言自语，作者不再是任性驰骋的某个幻想家，纵天入地，而是一介生活中人，人间烟火味浓，是一个仿佛坐于案头给亲友写信的人，要有诉诸交流、见字如面的那样一种亲和的境界。当然，不知道自己在多大程度上做到了这一点。同时，作为文学，仅限于表达方式的考量是远远不够的，作者理当在此基础上，在蕴藉的追求上要走得更为深远。

但是无论何种文体，写作都是一种立于大地，向着星空的仰望，诗歌创作如此，散文随笔也是如此，它们无一例外地需要用故事、细节、感悟和人物来编织文本，这些用来编制文本的纵横交织的经纬线，是通向内心生活某一高处的无数条细密的小径。尤其对于散文随笔来说，作者此番并非孑孓独行，而是要呼朋引伴，一路上不断地邀请他者加入，需要群落般的彼此呼应，一道走向高远和未知。自然，能否如期抵达，要交给作者之外的人们判断了。

本书所收录的篇什，都已在文学杂志和微信公号上发表过，它们缘起于文学专栏和媒体平台编辑老师的专题性约稿，所以一篇篇稿子像一只只小鸟，慢慢翔集，最终汇合在某一片水域，形成了小小的鸟群和一片鸟鸣。

这些文字在最初的编发过程中得到了相关编辑老师的激励和鞭策，同时，众多读者和网友们真诚持续的互动与支持的氛围，也推动着我不断地前行，否则，疏懒怠惰如我，是很难完成这一花费了不少时日的码字过程的，也不会有这本小书的面世，所以在此深表谢忱。同时，也衷心地感谢为本书结集出版的出版社，和投身其中的编辑老师及各位相关朋友。你们的帮助和支持，使我在未竟的文学之旅中得以葆有前行的勇气和力量。

包临轩

2023 年 4 月 8 日

**图书在版编目（CIP）数据**

一个人的桥 / 包临轩著 . -- 南京 : 江苏凤凰文艺出版社 , 2024.5
ISBN 978-7-5594-8484-0

Ⅰ . ①一… Ⅱ . ①包… Ⅲ . ①散文集 – 中国 – 现代
Ⅳ . ① I266

中国国家版本馆 CIP 数据核字 (2024) 第 008728 号

# 一个人的桥

包临轩 著

责任编辑　曹　波
特约编辑　王美元
装帧设计　WONDERLAND Book design 仙境 QQ:344581934
出版发行　江苏凤凰文艺出版社
　　　　　南京市中央路 165 号，邮编：210009
网　　址　http://www.jswenyi.com
印　　刷　三河市兴国印务有限公司
开　　本　880 毫米 × 1230 毫米　1/32
印　　张　9.5
字　　数　204 千字
版　　次　2024 年 5 月第 1 版
印　　次　2024 年 5 月第 1 次印刷
书　　号　ISBN 978 - 7 - 5594 - 8484 - 0
定　　价　79.00 元